Sa façon d'être à moi

DE LA MÊME AUTRICE

J'aime ma famille ! Le livre qui vous aidera à en rire plutôt qu'à en pleurer !, avec Loïc Lecanu, *Robert Laffont, 2010*

Maman travaille. Le guide, *Éditions First, 2011*

Je reprends le travail après bébé, *Tournez la page, 2012*

Éloge de l'enfant roi, *François Bourin éditeur, 2012*

Les 200 astuces de maman travaille, *Quotidien malin, 2013*

Le Dictionnaire déjanté de la maternité, *Michalon, 2013*

Le Guide de grossesse de maman travaille, *Quotidien malin, 2014*

Pas plus de 4 heures de sommeil, *Stock, 2014*

J'arrête de m'épuiser ! Comment prévenir le burn-out : 21 jours pour changer, avec Cédric Bruguière, *Eyrolles, 2015*

Plafond de mère. Comment la maternité freine la carrière, avec Cédric Bruguière, *Eyrolles, 2015*

Lettres à mon utérus, *dir. La Musardine, 2016*

Marianne est déchaînée, *Stock, 2016*

La parole aux femmes : 150 citations inspirantes d'hier et d'aujourd'hui, *Éditions First, 2017*

Où sont les violeurs ? Essai sur la culture du viol, *L'Aube, 2017*

(suite en fin d'ouvrage)

Marlène Schiappa

Sa façon d'être à moi

roman

Stock

L'intrigue, les personnages, les événements, les situations de ce roman sont purement imaginaires et fictifs. Toutes ressemblances avec des personnes ou des faits existants ou ayant existé ne seraient que fortuites et ne sauraient donner lieu à aucune autre interprétation que celle du roman.

ISBN : 978-2-234-09249-5

« Être différent n'est ni une bonne ni une mauvaise chose. Cela signifie simplement que vous êtes assez courageux pour être vous-même. »

Albert Camus

1

Sur les bureaux des gens, on trouve toujours ce que j'appelle « l'autel ». Photo de leur femme ou de leur mari, coquillage ou carte postale souvenir de vacances, dessin des enfants, portrait du chien... Est-ce là une tradition masochiste consistant à s'infliger toute la journée les visages extatiques de ceux qui nous manquent ? Ou bien un aide-mémoire pour salariés surmenés – « mon petit ami porte une barbe », « ma femme est blonde », « la destination de mes dernières vacances, c'était la Grèce »... ?

Rien de tout cela en vérité. L'autel n'est pas destiné à soi. L'autel s'étale au vu et au su de tous et adresse un message aux visiteurs : « Je suis une personne équilibrée, je me repose sur des bases saines et une famille aimante. » Un peu comme la colonne *loisirs* d'un curriculum vitae : personne n'inscrit jamais ses véritables activités (*binge-watching* compulsif sur Netflix, épilation régulière au laser, suivi assidu de la fuite de Xavier Dupont de Ligonnès, consultation frénétique de sites à caractère pornographique, accumulation de boîtes à chaussures vides), mais beaucoup préfèrent mentionner des *hobbies* apportant une *valeur ajoutée au profil*. Le trio gagnant : la pratique médaillée d'un sport d'équipe, démonstration de votre capacité d'intégration ; l'engagement altruiste dans une association, preuve que vous êtes une personne davantage obsédée par le bien dans le monde que par votre prime de fin d'année ; et le très vague *voyages*, qui ne révèle pas grand-chose de votre psyché, dans la mesure où chacun s'abstient de préciser s'il voyage pour une organisation humanitaire au Sahel, au Club Med 4 tridents de Cefalù en Sicile, ou chez sa tante Suzanne dans le Jura.

Mais l'autel revêt à mes yeux une tout autre signification : c'est une revendication. « Voici un aperçu de tout ce que je préférerais faire plutôt que d'être ici avec vous. » Ces photos, ce sont des offrandes. Je ne peux pas m'empêcher d'y lire : « Ci-gisent mes sacrifices. » RIP les vacances, RIP ma vie de couple, RIP les moments passés avec mes enfants et/ou mon chien. Chaque fois que l'on renonce à une chose, on vient la déposer symboliquement sur l'autel de son bureau, enrichir sa mythologie personnelle et implorer la clémence du dieu du travail pour le jour où l'on devra quitter les locaux avant 19 heures.

Ainsi, sur mon autel du bureau trône toujours la photo de mon mari dans son cadre ébène, bien qu'Anthony soit parti depuis maintenant dix-sept mois. Oui, je compte en mois, comme pour les âges des bébés. Cela m'évite de constater que les deux ans approchent.

Je vis avec ma mère et ma fille. Je ne le présente jamais dans ces termes-là aux gens, du moins, pas précisément. Je reste vague. Car théoriquement, je devrais être une double héroïne : « mère célibataire » et « aidante familiale ». Une championne toutes catégories du sacrifice social, prête à recevoir la médaille du mérite ou, a minima, un portrait dans la presse quotidienne régionale. Sauf que, pour une raison qui m'échappe, vivre avec sa fille et sa mère ne vous place pas d'emblée parmi les gagnantes du meilleur des mondes, comme dirait Günter Wallraff. Au contraire : si l'un de ces deux items, seul, m'assure une place au Panthéon des femmes sacrificielles – option plaque dorée à mon nom pour les journées du *matrimoine* –, les deux cumulés me font basculer du côté des cas sociaux.

Et personne ne plaint un cas social ni ne lui rend hommage. Tout au plus éprouve-t-on de la pitié, se réjouit-on de ne pas en être un soi-même, repositionnant la photo de son épouse (en pensant à sa maîtresse ?), de son chien (que l'on abandonnera l'été suivant au chenil en se persuadant de faire une bonne action) ou de ses enfants (mais ce soir, on restera travailler jusqu'à l'heure du coucher pour éviter d'avoir à s'occuper des bains ou de la vérification des devoirs). Rassuré par cet équilibre affiché, dont on se persuade qu'à force de fixer les photos de l'autel, comme une incantation, un rituel, une prière, il se matérialisera pour devenir réel.

À côté de la photo d'Anthony, j'ai déposé une photo de ma fille en vacances à La Baule, mais pas de photo de ma mère sortant d'hôpital psychiatrique. Pourtant, ma mère passe plus de temps en hôpital psychiatrique que ma fille à La Baule. J'en étais à ce stade de mes réflexions, perdue dans la contemplation de la chevelure brillante de ma progéniture améliorée d'un filtre *intense et chaud*, quand je sentis un regard posé sur moi. Je levai la tête mécaniquement. Barbe Bleue, le directeur des affaires publiques de All Bioty, fixait grossièrement mon décolleté.

« Je peux vous aider ?

– Très jolie robe. Très, très jolie robe. Venez dans mon bureau. Maintenant. »

Prise de court devant cette demande ne semblant souffrir aucun débat, je ne trouvai rien d'intelligent à répondre qui m'empêcherait de suivre Barbe Bleue dans son bureau, bien que je sache pertinemment ce qui s'y passait. J'ai tapoté sur mon téléphone fixe pour déclencher un renvoi d'appels vers le standard, attrapé docilement un stylo, un bloc-notes, et ai talonné Barbe Bleue jusqu'au couloir comme un robot, en mode pilote automatique. Ma première pensée fut de me dire que j'avais échappé à ses assauts jusqu'à présent et que j'avais été stupide d'imaginer disposer d'un totem d'immunité éternel.

Barbe Bleue me fit signe de m'asseoir. Il jeta un œil en direction de l'open space et lança une question qui s'avéra purement rhétorique : « Je ferme la porte, d'accord ? » Il tourna la manivelle pour clore les persiennes de son bureau vitré, le temps pour moi d'apercevoir le regard compatissant, mais immobile, de la directrice des études, Laurence, de l'autre côté de la porte. C'était le même regard que lançait ma grand-mère aux lapins que mon grand-père s'apprêtait à abattre dans le clapier de mon village en Corse.

Il s'approcha suffisamment pour que je sente le souffle nauséabond qui lui servait d'haleine. Si j'avais eu quinze ans de moins, je n'aurais sûrement rien dit. Mais, peut-être parce que je venais de fixer les photos de ma famille, parce que j'avais l'impression que ma fille me regardait depuis la plage de La Baule, ou que j'étais en colère de tout ce que je ne pouvais pas dire à Anthony figé dans son cadre ébène, ma deuxième pensée fut que rien ne m'obligeait à faire quelque chose dont je n'avais pas envie. Cette pensée, somme toute assez banale, me permit de répondre à cette question qui n'en était pas vraiment une : « Non. » Un simple non. Sans forcément en peser les conséquences, mais en les acceptant par avance si elles devaient advenir. Non, je ne suis pas d'accord pour qu'un type qui ferait passer Jeffrey Epstein pour un disciple du Dalaï-Lama ferme la porte alors que je suis seule avec lui dans son bureau.

J'ai prononcé ce « non » d'une voix claire, je me suis levée, et, emportée par une forme de puissance, je suis sortie en clamant depuis le pas de la porte, assez fort pour que la directrice des études m'entende : « Si vous avez une demande à formuler qui entre dans le cadre de ma fiche de poste, je serai assise à mon bureau, là où Laurence peut me voir. » Barbe Bleue est resté là, debout, sans rien dire, bras ballants dans sa chemise étriquée dont je remarquais pour la première fois qu'elle était jaunie aux aisselles.

Lorsque j'ai vu Laurence, tête baissée, jouer des pouces avec frénésie sur son téléphone portable, j'ai maudit son manque de sororité, pensant qu'elle cherchait lâchement à s'extirper de cette scène pénible. C'était tout le contraire. Laurence lançait l'alerte. Et ce n'est que bien après que j'ai compris la portée de ce simple « non ».

2

Je vis avec ma mère et ma fille dans un appartement qu'un magazine de décoration aurait présenté comme *cosy*, voire *girly*, ou tout autre mot franglais avec une terminaison en *y*, manière de dire qu'il est coloré et confortable. Les murs mansardés et les meubles, tous blancs, s'égaient de différents témoignages d'une triple présence féminine de générations différentes : bougies claires, coussins design turquoise et fuchsia, miroirs de toutes tailles, piles de *ELLE*, livres de développement personnel sur la table basse, partitions éparpillées sur le piano droit, affiches encadrées des différents épisodes des *Avengers*, de *Kill Bill*, des *Enfants du Paradis* et d'*Autant en emporte le vent*, rosiers blancs et roses sur les rebords des fenêtres, voilages blancs, plantes grimpantes et descendantes de toutes tailles, guirlandes lumineuses mauves en forme de papillons, théières et tasses de thé à messages polyglottes et se voulant motivants (« Wonder Mum », « Féminista », « *Britney survived 2007, you can handle today* »), rayonnages de livres anciens surplombés de flacons de parfum vides méthodiquement alignés, piles de livres de philosophie, derniers trophées de mes études, photos de ma fille à tous les âges, et des tas de collants, de vestes, de foulards, de chaussures et de sacs éparpillés un peu partout. Unique vestige de la présence d'Anthony en ce lieu, une deuxième brosse à dents en bambou dans le verre de ma salle de bains. Donner ses vêtements encombrants à Emmaüs, m'approprier ses livres, lui faire expédier ses papiers, passait. Mais jeter sa brosse à dents me semblait un acte trop définitif.

Dans une *comédie pour filles*, ma mère serait interprétée par une actrice d'à peine dix ans de plus que moi et nous nous serions inscrites l'une l'autre sur des sites de rencontres, parce que « trouver l'amour » serait notre objectif commun. Après tout, nous sommes des *filles*. Avez-vous remarqué comme le mot *femme* disparaît de plus en plus ? Est-ce que quelqu'un au marketing chez Gaumont considère que *femme* est un mot déprimant, à réserver aux militantes et aux vieilles, tandis que le qualificatif de *fille* signifierait forcément drôle, jeune et léger ?

Je vis donc avec ma mère et ma fille, et nos soirées devraient consister à refaire le monde en mangeant de la glace dans notre bel appartement, un masque à l'argile sur le visage, devant l'une de ces comédies étudiées pour les mères et leurs filles et leurs mères, dans cet ordre ou dans un autre. Sauf que ma mère, ma fille et moi, nous ne le faisons jamais. Ma mère, Isabelle, ancienne professeure de musique de soixante-sept ans, passe la plupart de ses journées au piano depuis qu'elle vit avec nous. Élancée, gracieuse, elle arbore souvent longs colliers et foulards colorés pour souligner ses yeux verts. Quand elle se souvient qu'elle en a besoin, elle prend ses médicaments pour éviter les bouffées délirantes. Elle joue jour et nuit, ce qui serait agréable si elle disposait d'un répertoire varié ; or ma mère joue en boucle le seul morceau dont elle se souvienne par cœur : le *Prélude en do majeur* de Bach. *Ad libitum.*

Quant à Nina, ma fille, je rêve qu'elle entre un jour au lycée Henri-IV. Mais à quatorze ans, Nina ne vit que dans la perspective de devenir « activiste sur Instagram », comme Greta Thunberg mais, préciserait-elle, avec « un carré badass » à la place des tresses. Elle s'énerve pour des raisons qui m'échappent et nourrit une passion pour les féministes intersectionnelles américaines. Je pense être profondément féministe depuis que je suis en âge de réfléchir sur ma condition et celle des autres femmes. Mais ma fille, elle, est sur une autre longueur d'ondes : Depuis qu'elle a troqué Fantômette pour Angela Davis, Nina trouve tout sexiste, raciste, homophobe, discriminant ou oppressif, et « le signe indubitable que je n'ai pas conscience de mes privilèges de bourgeoise blanche cisgenre ». Et clamer cette phrase depuis sa chambre du 6e arrondissement de Paris, sachant que son père est breton et qu'elle a besoin d'une crème solaire indice 50 pour ne pas brûler l'été, ne retire rien à son aplomb. Nina a éteint la télévision le soir de Miss France, « qui juge les femmes sur des critères archaïques », et me reprend systématiquement lorsque j'ai le malheur de dire « il » ou « elle » d'un « le pronom non discriminant, c'est iel », car voyez-vous, « le genre est exclusivement une construction sociale et exclure les personnes non-binaires des conversations est une violence symbolique et systémique inacceptable. »

Donc, les conversations dites *de filles*, comprendre *drôles et légères*, je les ai avec ma collègue d'open space, Jade. Ma bouffée d'oxygène.

Jade, Lin-Yang de son vrai prénom, m'a spécifié dès notre première rencontre que « cela signifie *jade* en chinois, or le prénom Jade effraie moins les employeurs ». Elle estimait que la pandémie de Covid obérait durablement son employabilité de Française d'origine chinoise. La première fois que je l'ai rencontrée, elle a posé ses mains sur mes épaules comme pour m'immobiliser contre le mur bleu du couloir de la direction. Sous sa frange, ses yeux lançaient des éclairs. Elle m'a tenu un discours passif-agressif ponctué d'appels à la sororité, au nom de laquelle je ne devais jamais, sous aucun prétexte, ne serait-ce que m'approcher du grand brun du quatrième étage sur lequel elle avait des vues. Sous réserve du respect de cette condition, nous pourrions devenir des alliées et même, qui sait ? des amies.

« Le grand brun du quatrième ? Tu parles de Péricoli, de la direction des ventes ? Aucun risque. Il est super gay. » Gênée de s'être ridiculisée par une entrée en matière aussi dramatique que pathétique, Jade a simplement réagi d'un « Bon, alors on déjeune où ? » dans un éclat de rire partagé. Depuis, c'est devenu notre gimmick quotidien chez All Bioty, l'entreprise de produits de beauté bio et écoresponsables pour laquelle nous travaillons. Nous déjeunons en tête à tête en face. L'établissement a tour à tour été un bar à tapas au moment de la mode des bars à tapas, un bar à sushis au moment de la mode des bars à sushis, et est aujourd'hui un bar à bowls, jusqu'à la prochaine mode, jusqu'au prochain confinement ou jusqu'à la prochaine faillite. Nous n'avons déserté que pendant les trois mois où ce fut un « bar à eau » expérimental.

Nos déjeuners répondent à une chorégraphie bien huilée. Avec une pointe d'accent des beaux quartiers, Jade se plaint de sa vie de noctambule jusqu'à la commande – moment où j'annonce qu'il y aura des frites en plus ou un supplément pain pour moi –, je me plains de ma vie de mère presque célibataire jusqu'au dessert – pour elle, un café sans sucre –, puis nous allons au fumoir de All Bioty partager avec nos collègues notre bonheur d'œuvrer pour un monde meilleur en travaillant pour une entreprise écoresponsable et attachée à la durabilité. C'est du moins ce que j'ai écrit dans le dossier de presse. Nous remontons travailler sans pause jusqu'à la nuit tombée, elle comme responsable du juridique, moi en tant que responsable de la communication, dans l'espoir que All Bioty devienne le numéro un des produits de beauté, que le bio devienne une norme inconditionnelle dans les cosmétiques, et que nous puissions enfin toucher des salaires nous permettant de déjeuner autrement qu'en établissant des notes de frais fictives.

Donc, tandis que Jade et moi sommes attablées, comme chaque midi depuis cinq ans, le nez dans le menu que nous connaissons pourtant par cœur, rien ne peut laisser présager que ce déjeuner-là sera le dernier. Et encore moins que ce sera le dernier parce que j'ai dit « non » à Barbe Bleue la veille.

« Choc, déni, culpabilité, colère, tristesse, marchandage, acceptation, reconstruction…

– Dis donc, pour une responsable des affaires juridiques, tu connais vraiment bien les étapes du deuil !

– La fille au pair qui s'occupait de moi à l'école suivait des études de psychologie et révisait ses cours à voix haute. »

Jade rejette une mèche de cheveux derrière son oreille, et énonce le verdict :

« Je pense que je vais prendre un poke bowl avocat-saumon sauce soja. Et toi, Elsa ?

– Pareil, mais avec une assiette de frites.

– T'es sérieuse, là ? Encore des frites ? »

Pour Jade, du haut de son mètre quatre-vingt de jambes fuselées surplombées d'une frange lisse au-dessus de ses yeux en amande, commander des frites équivaut à « se droguer » pour ma grand-mère. D'ailleurs, je soupçonne Jade d'avoir plus souvent absorbé de la coke que des frites. Chez All Bioty, la fameuse case *loisirs* du curriculum vitae s'orne d'un encadré *expérience dans le mannequinat* pour la plupart des salariées – à part Marie-Claude du courrier et moi-même. Je ne parle pas de mannequins pour un « numéro spécial rondes » sous-titré « on peut faire du 44 et être sexy, la preuve #streetstyle #bigisbeautiful #curvy », mais de mannequins au sens classique : grandes, minces, blondes, belles, qui font la gueule. Notre patronne, Belinda, a elle-même été l'une des top-modèles stars des années quatre-vingt-dix avant de se « réinventer en femme d'affaires, parce que je ne m'interdis rien ». C'est du moins ce que je lui ai fait dire dans le dossier de presse de l'entreprise.

« Écoute, Jade, je ne fume pas, je ne bois pas d'alcool ni de café, je ne sors pas, laisse-moi au moins les frites. C'est tout ce qui me reste. De toute manière, personne ne me voit toute nue, alors... Comme disait Schopenhauer, la vie n'est pas là pour qu'on en jouisse, mais pour être conquise et traversée. Bref, tu en es où, là ? Culpabilité ou colère ?

– Niveau deuil de mon histoire d'amour ? J'en suis au marchandage. Tu vois, ça ? »

Jade brandit son smartphone devant moi, m'obligeant à devenir le témoin non consentant de ses échanges intimes.

« C'est ma conversation de la nuit dernière avec lui. Regarde.

– Mais... il n'y a que des messages envoyés. Tu as supprimé ses réponses ?

– Non. Il n'y avait pas de réponse. Alors, au début, tu vois, j'ai pensé qu'il avait peut-être un problème de réseau, ou que Messenger buguait, ou que peut-être il avait été enlevé par des terroristes et que l'un d'eux consultait ses messages à sa place, ce qui aurait expliqué les petites barres de "*lu*" sans réponse, et puis… je me suis rendue à l'évidence.

– Il ne veut pas répondre ?

– Il ne veut pas répondre. Il me ghoste. »

Devant mon regard vide, elle enchaîne :

« Il m'ignore, si tu préfères. Du coup, je suis repassée à la colère, alors que normalement le marchandage survient après la colère dans les étapes. Il arrive, le serveur ? Il est d'une lenteur… »

Bien que recrutées au même moment chez All Bioty, nous venons de deux pôles opposés de Paris. Jade a été élevée dans un hôtel particulier de la porte d'Auteuil par une « mère tigre » et un père diplomate, moi dans une cité d'Aubervilliers par les parents de mon meilleur ami. Elle a passé son bac au lycée Saint-Louis-de-Gonzague, deuxième meilleur lycée de France, surnommé « Franklin » ; j'ai passé le mien au lycée Jules-Ferry d'Aubervilliers, 2 707ᵉ du classement, surnommé « La Petite Jamaïque » – et pas pour sa créativité musicale ni sa météo ensoleillée.

J'en ai passé, des heures seule, hypnotisée par *Club Dorothée* dans la loge de la gardienne de l'école primaire, les soirs où ma mère ne pouvait pas venir me chercher. Jusqu'à ce que Marvin arrive dans le quartier, un mardi de janvier. Après, je n'ai plus jamais regardé le *Club Dorothée*. Je me souviens encore de son premier jour d'école. Mme Piche nous avait prévenus qu'un nouvel élève arrivait du Mali avec sa famille. Pull jacquard sans manches, chemise blanche dont le col impeccable dépassait : aller à l'école était une chose sérieuse pour la famille Martin. Les enfants devaient faire bonne impression pour se montrer dignes de cette chance de pouvoir s'instruire. Marvin portait un cartable plus grand que lui et remontait sempiternellement ses lunettes rondes sur le haut de son nez, comme il le fait toujours aujourd'hui quand il s'impatiente. Quand Mme Piche lui a demandé de se présenter, il a répondu : « Marvin Martin, enchanté », en tendant la main pour la serrer. La classe avait éclaté de rire en répétant « enchanté, enchanté ! » sous les cris.

Les enfants sont cruels avec ceux qui semblent plus sérieux ou plus polis qu'eux. Dès la première récréation, moi, la bagarreuse, je m'étais interposée pour empêcher que le colosse de l'école ne lui casse ses lunettes. Contrairement aux parents de Marvin, mon apparence à l'école était la dernière préoccupation de ma mère. Je portais tous les jours un jean, des baskets à scratch, les cheveux longs dans les yeux. Si bien que des surveillantes, assez peu impliquées par les raisons de ces négligences, m'avaient surnommée « la sauvageonne ». Je profitais de cette réputation : « Si tu touches au nouveau, je te préviens, je te mords l'oreille jusqu'au sang. Et tu sais que je le ferai. » Je n'aimais pas qu'on s'en prenne aux plus faibles, et Marvin, sans vouloir l'offenser, était un vrai freluquet à l'époque. Depuis ce jour-là, Marvin et moi, c'est « à la vie, à la mort ». On l'avait juré et on avait même craché par terre devant le platane de la cour. Je le protégeais à l'école, il me protégeait en dehors en m'accueillant chez lui. Personne n'aurait alors parié que le petit Marvin deviendrait le député le plus populaire de France, et que son style lunettes rondes-pull jacquard deviendrait une mode. Mais j'y reviendrai.

Si j'ai usé et abusé, à l'époque, de la patience de la gardienne de l'école, c'est parce que la maladresse de ma mère la menait souvent aux urgences. Vous n'imaginez pas le nombre de chutes accidentelles que l'on peut faire sous son propre toit. Ma mère avait manifestement un problème d'équilibre ou de psychomotricité : elle se cognait dans les portes, tombait dans les escaliers, chutait dans la douche. Elle glissait sur la chaussée mouillée, n'avait pas vu la hotte du four, s'était fait tomber le fer à repasser sur la main. Elle se coupait en épluchant des légumes qu'on ne mangeait jamais, se prenait les pieds dans les rallonges des fils électriques, butait contre la télévision. Quand je rentrais, je la trouvais en train de jouer le *Prélude de Bach en do majeur*, les yeux rougis et le nez en sang, sur le piano qui occupait le tiers du salon. Elle murmurait : « Je me suis cognée, *do mi sol do mi sol do mi*, ce n'est rien, *do ré la ré fa la ré fa.* »

Les bleus ont constellé ses bras, son visage, son buste, jusqu'à la mort de son mari, Denis, dont la phrase préférée était « je suis pas ton père », éructée entre deux bières. Et sincèrement, dans la mesure où mon père était un homme fin, cultivé et généreux, j'avais assez peu de risques de le confondre avec cette personne dont la principale passion était de terroriser sa femme jusqu'à ce que la mort les sépare, donc. Dès lors, ma mère a subitement cessé de se cogner dans les portes, de glisser dans l'escalier, de chuter dans la douche. Mais sa mémoire, elle, l'a laissée tomber. Elle ne sait plus où elle habite. J'ai feint de ne pas comprendre pendant quelques années, puis sans réfléchir, à l'annonce du confinement, alors que j'allais chercher du lait et des pâtes – et du papier toilette, mais je l'assume moins –, je me suis retrouvée en bas de chez elle, devant l'interphone à son nom, la sommant de préparer un sac et de descendre. Depuis, elle vit chez moi. Il lui reste deux hématomes sur le bras gauche, qui refusent de disparaître. C'est drôle, l'un d'eux a presque la forme d'un cœur. Parfois, lorsqu'elle tend le bras pour payer au marché, les commerçants imaginent que c'est un vieux tatouage. Mais ce ne sont pas les marques les plus indélébiles.

« C'est pratique que ma mère soit à la maison, comme ça elle va chercher Nina à la sortie du collège et lui prépare un dîner si je rentre tard », expliqué-je dans un entrain joyeux à mon entourage. L'avantage de rester bloquée à l'étape du déni, c'est que l'on n'arrive jamais à celle de la tristesse. On ne l'impose pas aux autres. « *Happy face !* », me répétait sans cesse Marvin, mimant les chorégraphies de Mia Frye que nous regardions à la télévision quand je dormais chez ses parents, histoire d'éviter de me cogner moi aussi dans les portes…

Si, pour moi, coincée dans un appartement mansardé entre ma mère et ma fille, la solitude est un Graal, pour Jade, c'est un fléau. Seule dans son loft, le silence de la nuit lui pèse, les « plats pour une personne » la dépriment – donc elle ne s'alimente plus chez elle –, et elle a installé trois « brosses à dents d'invités » pour ne plus voir tous les matins son unique brosse à dents électrique posée sur le lavabo design immaculé. Elle enchaîne les histoires d'amour farfelues – son voisin venu chercher du sirop d'agave à minuit, le photographe du mariage dont elle était le témoin, et dernièrement, le garagiste passé dépanner sa voiture électrique, enlevé peu après par une faction terroriste dont le but est de consulter ses messages privés et de l'empêcher d'y répondre, donc. Jade écoute poliment mes problèmes de mère, sans omettre de loucher sur mes frites avec réprobation, comme si la cellulite était contagieuse.

« Ce n'est pas juste que je mérite cette augmentation, c'est que j'en ai vraiment besoin. J'ai pris des cours de soutien pour Nina, qu'elle puisse choisir un bon lycée. Le problème, c'est que, vu les prix, ou je paye les cours ou je paye mon loyer.

– Mais elle n'est pas en quatrième, ta fille ?

– Et alors, qu'est-ce que tu crois ? Les dossiers du lycée se préparent maintenant ! La quatrième, c'est la nouvelle troisième. Tu dois donner les bulletins de notes des deux dernières années avant la seconde. Déjà qu'à l'entrée au collège, pour l'inscrire, j'ai dû louer une chambre de bonne trois mois dans le 6e arrondissement et donner cette adresse bidon pour avoir accès à un bon collège parce que ma dérogation a été refusée, jusqu'à ce que je trouve enfin un appartement abordable dans le quartier... »

Le serveur dépose nos deux bowls devant nous. Jade fronce les sourcils et inspecte le sien pour vérifier que le cuisinier n'a ajouté ni sauce ni matière grasse.

« Toi et ta passion des chiffres...

– Rien à voir ! Je stresse qu'un pervers la suive genre harcèlement de rue. Je lui ai même commandé en ligne un bracelet connecté qui m'appelle et qui filme tout grâce à un mot de passe à prononcer en cas d'agression. Tu veux des frites ?

– Ah non, ma chérie, moi, je ne vais pas quémander une augmentation pour me payer une abdominoplastie. Si tu veux un conseil, sois directe avec Belinda. C'est une femme et elle a élevé seule trois enfants avant de se remarier. Tu le sais bien, c'est toi qui l'as écrit dans le dossier de presse de All Bioty. Elle comprendra que tu aies besoin d'argent. Je demande l'addition ou tu prends un dessert, histoire d'être certaine de ne jamais attirer personne d'autre que ton mari ?

– Je n'ai pas l'intention d'attirer qui que ce soit, si tu veux savoir. J'éprouve une lassitude immense à l'idée de rencontrer un homme à qui je devrai raconter ma vie, feindre de m'intéresser à la sienne... Je n'ai aucune envie de faire quelque effort que ce soit pour me montrer sous un jour agréable, maquillée ou souriante, alors que la seule chose que j'ai vraiment envie de faire le week-end, c'est traîner chez moi en pyjama avec Nina, un bon livre et un thé chaud. Nous n'avons pas besoin qu'un inconnu vienne perturber l'équilibre féminin du foyer en laissant des poils dans le lavabo et des chaussettes sales sous le lit.

– C'est un peu stéréotypé, ça.

– On voit que tu n'as jamais vécu avec un homme, Jade. Et je vais en effet consulter la carte des desserts. Et depuis quand es-tu le mandataire notarial d'Anthony sur ton temps libre ? »

Le père de ma fille et moi avons décidé de nous séparer temporairement d'un commun accord, sans pour autant divorcer, afin qu'il n'ait pas de pension alimentaire à payer. Pour être honnête, disons qu'il était plus d'accord que moi. Il m'a présenté la chose comme *un break*, formule bien plus désirable que *séparation temporaire d'un commun accord sans pension alimentaire*. Et l'histoire du divorce non prononcé pour éviter la pension alimentaire, c'était évidemment son idée.

Anthony, mon mari depuis seize ans, a décidé un matin que la vie était courte, que ma mère était envahissante et qu'élever notre fille n'était pas aussi épanouissant qu'envisagé. J'aurais dû y penser, moi aussi, en accouchant, quand je me retenais de lui mordre la main pour ne pas laisser de marques, parce que, niveau épanouissement, sur une échelle de 1 à 10, avec l'aiguille qui recousait les points de l'épisiotomie tandis que la péridurale déclinait, on était à environ moins 124. Et j'aurais dû y penser quand, hiver comme été, je courais à m'en fouler une cheville du bureau à la crèche, puis de l'école au pédiatre, tandis qu'Anthony « découvrait son Ikigaï », passait d'une ancienne passion pour la restauration des meubles Louis XV à un projet soudain de création de blog de notation des capsules Nescafé, des tutos de guitare aux investissements en Bitcoins. La promesse systématique et répétée de fortune imminente s'inscrivait dans une dynamique que n'importe quelle camarade de la fille au pair de Jade en première année de psychologie qualifierait sans doute de « stratégie de l'échec ». Anthony « ne se sent pas d'avoir un patron et des horaires » et trouve « pigeons » ceux qui vont travailler tous les jours pour « toucher une paie identique à la fin de chaque mois ». Tout en étant ravi de toucher la mienne.

Pour leur crise existentielle, certains hommes s'achètent une moto. D'autres se font tatouer « *Carpe Diem* » sur le dos ou un dragon sur l'épaule. D'autres encore séduisent la baby-sitter suédoise. Après le confinement, certains sont partis vivre à la campagne ou ont pris un abonnement « panier primeur » chez un maraîcher local. Anthony n'était pas banal, on pouvait au moins lui accorder une certaine originalité. Non, Anthony ne s'était pas tatoué, ne s'était pas abonné à des paniers de légumes anciens, n'avait pas acheté de moto et n'avait pas séduit de baby-sitter. Anthony avait commandé, avec le plan épargne logement de notre fille, un aller simple pour l'Australie, où il expérimentait depuis quelques mois toutes sortes de sports extrêmes dans un unique but : figurer dans le livre Guinness des records. Il ne reviendrait qu'une fois qu'il aurait accompli un exploit. Il poste régulièrement sur Instagram des photos de lui bronzé et musclé, avec des mantras comme « Hier est un souvenir, demain est un mystère, aujourd'hui est un don. #LaVie ☺ » Comme Anthony est un père attentionné, il démarre un FaceTime tous les soirs à 21 heures avec l'être humain à qui il l'a donnée, la vie, parfois accompagnée de la femme avec qui il avait juré de la partager, y joignant promesses de fidélité, secours et assistance.

Après avoir terminé notre déjeuner, Jade et moi demandons une facture pour la note de frais et marchons jusqu'au fumoir. Jade sort un fume-cigarette et y fixe une Craven A avec élégance. Des petits groupes de salariés de All Bioty rejoignent peu à peu l'atrium dans un brouhaha régulier. Soudain, des cris en allemand surgissent du couloir. Personne ne bronche, nous sommes coutumières des crises de colère de Belinda. Pas plus tard que l'an dernier, quand l'agence de publicité que nous avions engagée a lancé une campagne avec une photo de cascade de Malaisie pour illustrer notre gommage Amazonie, je n'ai pas eu besoin de convoquer mes souvenirs d'allemand première langue pour décoder les hurlements de Belinda, qui me considérait responsable de la boulette et me traitait entre chaque phrase de « *große Scheiße* ». Quand j'étais petite, ma mère se désintéressait de mon bien-être, mais elle avait mis un point d'honneur à ce que je choisisse des options qu'elle imaginait gratifiantes : allemand première langue et latin. Où va se nicher l'instinct maternel… Toujours est-il que je comprends plus souvent qu'il ne faudrait les propos de Belinda. Cette fois, elle semble courir après un homme lourd à la calvitie avancée que, sans mes lunettes, je ne reconnais pas tout de suite.

« Tu l'as vu passer ? C'est qui ? demandé-je à voix basse à Jade.

– Je crois que c'est Barbe Bleue », lâche-t-elle.

Je n'ai pas raconté à Jade l'épisode de la veille, ne sachant quels mots utiliser. Je ne voulais pas me donner le rôle de l'héroïne pour m'être simplement levée, et, sachant Jade proche de Laurence, je refusais de l'embarrasser en racontant la passivité de son amie.

« Tu es sûre ? Barbe Bleue n'est pas du genre à se laisser crier dessus.

– Pourquoi vous l'appelez comme ça ? », nous demande une jeune rousse avec, autour du cou, le badge violet des stagiaires.

« Tout le monde l'appelle comme ça. Je ne suis même pas fichue de te donner son vrai nom. C'est un énorme pervers. Il jette son dévolu sur des nanas qu'il amène à coucher avec lui, puis il met toutes ses ex-maîtresses slash victimes dans un placard dont personne n'a la clé.

– Un placard ? Oh mon Dieu ! Un placard ici, chez All Bioty ?

– Un placard métaphorique. En clair, il couche avec toi, et comme il ne veut pas être soupçonné de promotion canapé, il te fait régresser juste après.

Si tu veux un bon conseil de carrière, ne couche pas avec lui. Jamais. »

La jeune arrivante écarquille les yeux, oubliant sa cigarette électronique.

« C'est un violeur, en fait ? Mais le site web disait que All Bioty était une entreprise féministe qui favorise l'empowerment des jeunes femmes… »

Jade lui tapote le dos en signe de compassion polie, avant de me souffler à l'oreille :

« Je pense que je sais ce qui s'est passé. Laurence m'a appelée ce matin, elle est en arrêt maladie longue durée. Hier soir, je ne sais pas pourquoi, d'un coup elle en a eu marre et elle a demandé à toutes celles qui ont été harcelées par Barbe Bleue ou prises dans des relations abusives avec lui chez All Bioty de contacter le cabinet d'avocates féministes que je lui avais recommandé le mois dernier. Et j'ai cru comprendre qu'elle a eu pas mal de réponses… »

Jade mime le nombre vingt en montrant deux fois ses deux mains.

Laurence a donc agi, et mieux que cela encore, suite à mon départ du bureau.

Malgré les cris de Belinda et la possible présence de Barbe Bleue, je décide d'honorer le rendez-vous pour demander mon augmentation – avez-vous idée du tarif horaire d'un professeur de mathématiques qualifié, vous ? Je salue les occupantes du fumoir d'un signe de tête et m'engouffre dans l'ascenseur juste après Belinda et Barbe Bleue. Après tout, ce n'est pas moi qui ai quelque chose à me reprocher. Je suis dans mon droit. Je n'ai harcelé personne, moi. Je refuse de renoncer à ma demande d'augmentation. Je ne vais pas priver Nina de cours particuliers juste parce que Barbe Bleue est un porc. Et puis, si j'avais dû être renvoyée pour mon refus d'hier, ce serait déjà le cas. Qui renverrait quelqu'un pour refus de fermer la porte ? Au pire, je pourrai toujours me faire embaucher au McDonald's par le frère de Marvin. Cela nous éloigne un peu de l'admission de Nina à Henri-IV…

Une fois sortie de l'ascenseur, je vais m'asseoir sur le canapé en forme de feuille de bambou, devant le bureau de Belinda. Anxieuse à la perspective d'affronter ma patronne, je tente de me calmer en récitant du Heinrich Heine en allemand dans ma tête. Mais comme je ne me souviens que de la première phrase de *Die Lorelei*, c'est vite récité : « *Ich weiß nicht, was soll es bedeuten, daß ich so traurig bin.* » Ce qui signifie schématiquement en français : « Je ne sais pas d'où vient ma tristesse. »

Depuis ma place, des bribes de cris me parviennent. « *Me too* », « *müde* », « harcèlement », « *keine Entschuldigung* » et des tonalités plus graves en français, manifestement en provenance de Barbe Bleue, « pas moi », « elles qui ont », « jamais voulu nuire »… La porte s'ouvre soudain en trombe sur la silhouette dorée de Belinda. À cinquante-six ans, la patronne a toujours l'air de sortir d'une sublime couverture de *Vogue*. On dirait qu'un ventilateur invisible la suit partout pour projeter de l'air et des paillettes dans ses cheveux. Elle s'arrête net sur le seuil de son bureau. Dans sa langue natale, ses mots sonnent comme un coup de fouet :

« *Was machen Sie* maintenant ?

– Bonjour Belinda. Elsa Colombani, de la communication. Vous savez, on a passé la réunion de la campagne des gommages Amazonie ensemble... enfin bref, hum... Nous avons rendez-vous pour ma demande d'aug... euh, pour mon entretien annuel d'évaluation.

– *Ach*, écoutez-moi, Emma...

– Elsa.

– C'est pareil. Là, je viens de perdre mon directeur des affaires publiques, à un mois pile du passage à l'Assemblée nationale d'une loi importante qui peut changer tout l'avenir de All Bioty. Donc je n'ai pas le temps de parler gommages. »

Elle fronce les sourcils, dans ses pensées.

« D'ailleurs, puisque je vous tiens : vous le saviez, vous, qu'il harcelait sexuellement les femmes ?

– Barbe Bleue ? Ben, disons que son surnom ne vient pas de nulle part... »

Au regard polaire que me lance Belinda, je comprends que ma réponse n'est pas celle qu'elle attendait.

« Et saisir la cellule harcèlement, ça ne vient à l'esprit de personne ici, avant que je me ramasse un procès de sept avocates féministes en simultané ? À se demander pourquoi on l'a créée, la cellule harcèlement...

– C'est-à-dire que... en tant que directeur des affaires publiques, c'est Barbe Bleue qui avait la responsabilité de cette cellule. Alors... on n'allait pas le signaler à lui-même. J'ai d'ailleurs mis dans le rapport annuel du réseau égalité de l'entreprise que c'était un point d'amélioration du process. Mais si je peux me permettre, c'est surtout l'accompagnement des victimes qui devrait nous préoccuper, davantage que les plaintes. Les plaintes, c'est positif, vous allez pouvoir mettre fin à ses agissements.

– *Ach*, je vois, je vois... Petite maligne... Bon, là, l'entretien, je ne vais pas avoir le temps. À moins que vous ne vouliez postuler pour devenir directrice des affaires publiques ? On a un enjeu important avec la loi Écologie-transparence des produits. Vous êtes une spécialiste de l'écologie, Emma ?

– C'est Elsa... Sans me vanter, disons que j'ai mangé un bowl bio ce midi, je regardais *Ushuaïa* quand j'étais petite. J'ai d'ailleurs déjà été à la plage à quelques mètres de la maison de Nicolas Hulot à Saint-Lunaire... et la semaine dernière encore, j'ai acheté un lot de vingt-cinq pailles en bambou. Sans compter le fait que je trie les bouteilles en verre dans la poubelle en verre, donc... oui, oui, on peut dire que l'écologie, c'est un peu une passion de tous les jours, pour moi. »

Peu convaincue par ce qu'elle semble interpréter comme du sarcasme, et probablement plus absorbée par le futur septuple procès intenté contre son directeur des affaires publiques, Belinda me toise et tourne les talons comme si elle arrivait en robe de mariée au bout du podium d'un final de défilé Yves Saint Laurent – ce qu'elle a d'ailleurs sûrement déjà fait. Je me lève et me dirige vers l'ascenseur sans même avoir osé demander à voix haute si c'était le bon moment pour aborder mon augmentation de salaire.

3

Les candidats putatifs pour remplacer Barbe Bleue défilent dans le bureau de Belinda depuis trois jours. Trois jours sans aucun répit pour nous, doigts suspendus au-dessus de notre clavier d'ordinateur, à la fois dans l'expectative tout en n'en attendant rien. Il existe certainement une courbe d'évolution avec en abscisse la naïveté, en ordonnée l'âge : plus on approche des quarante ans, plus on s'éloigne de la candeur et plus on doute de tout. En l'espèce, si j'étais un parieur, je considérerais que la probabilité qu'un porc en cache un autre reste élevée. Ce sentiment s'appelle la désillusion. C'était le thème de mon mémoire de philosophie sur Schopenhauer et, j'ignore pourquoi, le mot *désillusion* s'impose à moi à cet instant précis.

Chaque entretien est mené par Belinda et Jean-Pierre Planchon, alias JPP – surnom attribué parce qu'il répète sans cesse « J'en peux plus ! » de sa voix de baryton, en levant ses larges bras vers le ciel. Et aussi C.Q.F.D., mais là, cela n'a rien à voir avec ses initiales. Grand patron de ATOM, holding de pétrochimie et actionnaire majoritaire de All Bioty depuis son rachat récent, JPP tient à tout faire lui-même – ce qui lui permet de reprocher ensuite à Belinda qu'il doit « décidément » tout faire lui-même.

J'ai été la première surprise du rachat de All Bioty l'an dernier. Pour préparer la communication financière à destination des spécialistes, j'ai mené un travail de recherche important, bien que JPP ait tenu à gérer personnellement le volet des données chiffrées. Le but pour moi : démontrer la cohérence de ce rachat. Belinda mérite que l'entreprise, créée sur la simple base de son intuition que les salles de bain des femmes prendraient vite le tournant du bio, soit valorisée dans ce rachat par un groupe à l'image moins vertueuse. Mais, *de facto*, les produits de beauté et la pétrochimie sont des parents proches. Les consommatrices n'imaginent pas toujours que deux secteurs économiques aux images aussi antagonistes que l'industrie pétrochimique d'une part, et la beauté d'autre part, soient liés.

Pourtant, toutes les matières utilisées dans l'industrie de la mode ou des cosmétiques viennent à un moment ou à un autre de l'industrie pétrochimique. Il existe pléthore de schémas de transformation de produits pétrogaziers en d'autres composants, que les femmes utilisent au quotidien sans s'en rendre compte. Les solvants. Les colorants. Le nylon. Même moi, qui suis une consommatrice attentive, je subis ces composants. Le soin nourrissant pour les cheveux que j'utilise chaque matin, par exemple, comporte du cyclopentasiloxane. Ma lotion pour le visage, pourtant achetée en pharmacie, contient du benzophénone. Mon autobronzant d'une marque de couturier, de l'hydroxyethyl, mon « démaquillant doux » d'une marque à l'image familiale, du poloxamer 124. La pétrochimie se niche dans chacun de nos produits. Même les plus *naturels* d'entre eux. D'ailleurs, au fond, si vous prêtez attention aux composants de vos produits d'hygiène et de beauté, vous découvrirez probablement que, malgré des packagings et des messages très différents, les composants restent les mêmes entre votre *soin pour cheveux au sirop d'érable* sans une goutte de sirop d'érable et votre *gel douche pour le corps à l'amande douce*. Loin du visuel vert rassurant représentant une amande et quelques feuilles, en voici la probable composition : *aqua* (jusqu'ici, tout va bien), plusieurs types de *sodium* (*laureth sulfate*, *levulinate*, *benzoate*... le *laureth* par exemple est un détergent peu biodégradable et irritant présent dans des nettoyants pour sols), *cocamidopropyl betaine* (dérivé de l'huile de coco présent dans de nombreux produits pour ses propriétés douces), *glycerin*, plusieurs types d'*acid* (*levulinic*, *cinnamic*, *citric* – non toxique, mais qui peut devenir irritant en quantité trop importante), *polyquaternium-7* (qui, lui, fait partie des ammoniums quaternaires, dérivés de l'ammoniac), *parfum*... Je cherche encore l'amande douce représentée sur l'emballage avec ses petites feuilles.

Au fond, ça ne me dérange pas de me laver avec du cocamidopropyl betaine, dérivé de l'huile de coco, mais j'aimerais juste qu'on ne me fasse pas prendre les vessies pour des lanternes en m'expliquant que je me lave à l'amande douce. Il en va de même pour le muguet. On ne peut pas extraire l'odeur de la fleur de muguet. Alors les distillateurs, au début du XXe siècle, ont réussi à la recréer dans l'hydroxycitronellal. Si vous venez de regarder une image de muguet, que l'on vous écrit *muguet* en toutes lettres, vous êtes conditionné. L'hydroxycitronellal permet d'envoyer au cerveau le message suivant : vous êtes en train de respirer du muguet. Ingénieux. Les apports de la chimie à la beauté sont inestimables, tant que cela ne dégénère pas. Tout produit d'hygiène, gel douche, shampooing, gommage, soin... se compose donc approximativement de la même manière, avec d'abord de l'eau, un tensioactif primaire qui lave, un tensioactif secondaire qui adoucit, et un ou plusieurs conservateurs. C'est tout ce dont un bon produit lavant a besoin. Le reste, c'est du superflu destiné à correspondre à la promesse marketing, sur les questions de mousse, de parfum, d'aspect du produit...

L'idée de Belinda, avec All Bioty, est d'offrir une alternative, entre les produits trop chimiques ou toxiques et le savon noir qui ne resserre pas les pores de la peau et n'hydrate pas les cheveux.

Les femmes sont soumises à des injonctions paradoxales : gommez vos rides et vos cheveux blancs, soignez votre acné, épilez-vous, soyez maquillées et en beauté, mais n'utilisez aucun des produits qui permettent d'obtenir ces résultats. Et, si vous tombez malade à force d'avoir utilisé des produits toxiques, ce sera votre faute, vous n'aviez qu'à pas être si frivole. Chez All Bioty, nous utilisons des ingrédients 100 % d'origine naturelle, au pH neutre pour la peau, sans allergènes, sans substances controversées, nos flacons sont 100 % recyclables, réutilisables et rechargeables. Parmi nos composants favoris, le *mel extract*, issu du miel bio, la *argania spinosa kernel oil*, issue de l'huile d'argan bio, ou l'*aloe barbadensis leaf juice*, pour l'aloe vera bio. Ces dernières années, les débats sur l'écologie et l'environnement ont amené beaucoup de questions et de solutions sur les emballages, mais assez peu sur le contenu des produits. Si bien que l'on se préoccupe de savoir si l'emballage du shampooing est 100 % recyclable, mais qu'obtenir des informations sur le produit en lui-même relève du parcours de la combattante. Les formulations des premières alternatives végétales aux ingrédients pétrochimiques des cosmétiques démarrent à peine.

En rachetant la petite entreprise *green* qui monte, ATOM, qui traite plus de 35 % des matières premières de France, s'est engagée dans une démarche écoresponsable pour réduire les intermédiaires entre le producteur et le consommateur, une démarche proche de celle du commerce équitable. C'est du moins ce que j'ai écrit dans le dossier de presse. Pour beaucoup de consommateurs, les notions de « bio », d'« écolo », d'« équitable » se confondent. On peut pourtant fournir des produits bio qui n'ont rien d'écologique s'ils viennent du bout du monde ou des produits au bilan carbone faible n'offrant aucune garantie de culture biologique. Quant au label « équitable », peut-on considérer qu'une crème au karité est en circuit court du producteur au consommateur, à partir du moment où elle est en vente dans les rayons d'une chaîne de magasins propriété d'un grand groupe de distribution ? En dessous de combien d'intermédiaires le produit n'est-il plus équitable ? Est-ce qu'on agit vraiment pour la planète en consommant ces produits ? Ces questions, nous nous les posons souvent avec Jade dans le but d'améliorer le service de All Bioty.

L'entreprise a grandi rapidement et la fabrication des gels douche, shampooings et crèmes s'est peu à peu industrialisée pour répondre à la demande. Chaque mois, nous commençons les réunions « *business review* » par une présentation des meilleures ventes du mois précédent. Les stagiaires doivent classer dans l'ordre les flacons, du moins vendu au plus vendu, et la direction commerciale partage les recommandations de packaging sur les PCB, ce qui signifie « par combien » : en gros, le nombre d'unités de vente consommateur présentes dans l'unité d'approvisionnement, mais aussi les PLV (publicités sur lieu de vente) qui, conjuguées au BRI (bons de réduction immédiate), sont destinés à augmenter les achats d'impulsion grâce à un *facing* (avant de l'emballage) plus attractif. Notre but ultime étant d'être enfin en vente dans les GSA (Grandes Surfaces Alimentaires). C.Q.F.D., dirait JPP.

Les cloisons en plexiglas teintées de vert d'eau nous permettent d'apercevoir en temps réel les jambes des personnes reçues, et uniquement leurs jambes. À ce stade, seuls des pantalons d'hommes tombant sur des chaussures sombres. Alors que je consulte le classement des meilleurs lycées de France pour vérifier si Henri-IV est toujours numéro un – les précédents sont des établissements privés, donc ça ne compte pas, je suis de gauche, quand même –, une bulle bleue apparaît sur l'écran. Jade m'envoie, via la messagerie interne :

« Tu ne le croiras jamais. Je viens de recevoir un mail de Belinda, je suis short-listée pour remplacer Barbe Bleue ! (émoji fête)

– Génial ! Tu ferais une super directrice des affaires publiques ! Tu as de vraies chances ? (smiley qui tend les bras)

– Je suis la seule ici avec un doctorat en droit des affaires (smiley à lunettes). Trois ans d'expérience dans l'entreprise, neuf ans en tout, et j'ai un master en sciences politiques, ce qui peut aider pour le travail autour de la loi sur la transparence dans la composition des produits de beauté. Enfin, je t'apprends rien, tu as suivi ça de près avec Marvin... On déjeune où, après la réunion exceptionnelle de JPP ? (émoji sushis car il n'existe pas d'émoji bowl)

– On verra ! À tout de suite dans la salle du conseil. (émoji horloge) »

Chaque jour, nous nous demandons où déjeuner, sachant très bien où nous finirons. Simplement, l'idée d'avoir le choix nous séduit. Hélas, comme je vous le disais, notre déjeuner de ce midi n'aurait jamais lieu.

Plongée dans le noir, la salle du conseil, sorte de reproduction des arènes de Nîmes en pierre ocre, grouille de monde. « On jurerait un after la semaine de la Fashion Week à Paris », glisse l'assistante de Belinda en contrôlant les badges à l'entrée. Nous gardons tous à l'esprit notre dernière réunion dans cette salle, quand Belinda nous a annoncé le rachat de All Bioty, consécration et reconnaissance du monde du business pour son action de femme d'affaires. Elle entrait dans la cour des grands et nous avec. Sur scène, l'imposant JPP, ogre des affaires passé de l'aéronautique à l'armement puis de l'armement à la pétrochimie, avec les mêmes recettes : racheter à la baisse des petites entreprises émergentes, créer des conglomérats, tout revendre à la hausse. « Les clés de ses réussites, disait-il, la discrétion et le mouvement. » Dans la seule et unique interview qu'il ait jamais donnée, cette phrase en gras : « On ne rattrape pas une cible mouvante. »

En un temps record, la totalité des salariés a reçu un message en milieu de matinée pour les informer de la tenue d'une réunion extraordinaire dans la salle du conseil le jour même à midi. L'information du licenciement de Barbe Bleue n'est pas encore sortie publiquement, mais l'action d'ATOM menace de dévisser si la nouvelle s'évente. Et trois jours sans fuite, dans le monde des affaires, c'est déjà colossal. La légendaire discrétion de JPP, conjuguée à son rôle d'administrateur de plusieurs autres entreprises du SBF120, et son statut d'ami personnel de nombreux patrons de presse, explique peut-être ce silence. Mais chez All Bioty, nous avons toutes et tous conscience de notre chance de travailler dans une entreprise porteuse de sens et nous soutenons unanimement les décisions de la direction, car nous sommes une équipe soudée – c'est du moins ce que j'ai écrit sur le site de l'entreprise à la page *Esprit d'équipe !* Cela étant, dans l'ère post #MeToo, il reste impensable pour les actionnaires de maintenir Barbe Bleue en place alors que sept femmes témoignent les unes pour les autres. « Nous serions une entreprise de bricolage, cela se discuterait, mais notre marque a besoin de la confiance des femmes », murmure d'un air entendu un stagiaire brun à mèche, son badge violet rentré dans sa veste, en escaladant l'amphithéâtre.

Sur scène, muni d'un micro à la TedX et de fiches cartonnées, JPP a déjà commencé à faire défiler des images des produits All Bioty sur l'écran géant.

« Nos enjeux sont forts, avec la loi sur l'écologie-transparence des produits d'hygiène et de beauté dans un mois à l'Assemblée nationale. Vous connaissez les articles de cette loi, bien sûr ? Nous en soutenons l'objectif. Mais nous appelons à ne pas effrayer les consommatrices et à conserver des équilibres trouvés de longue date dans l'explication des produits. Il ne s'agit pas de représenter seulement All Bioty, mais de défendre toute l'industrie des cosmétiques et produits écolo et bio. Si les contraintes de cette loi sont *in fine* trop fortes et que les produits écolo et bio ne bénéficient pas d'une souplesse dans les normes économiques, il n'y aura tout simplement plus de produits écolo et bio et les femmes devront se contenter de produits peu recommandables. Des produits non bio. Chimiques, mais salement chimiques. Qui développent des cancers. Mauvais pour elles. Est-ce qu'on est contre le cancer ? Oui ! J'ose le dire avec courage ! Est-ce qu'on est pour la santé des femmes ? Oui ! C'est le bien-être des femmes qui se joue là ! La beauté des femmes est un don de la nature. Voulons-nous qu'elles soient privées de produits de beauté naturels, meilleurs pour elles ? Non ! Répétez après moi : non ! Voulons-nous que les femmes aient accès au meilleur de la nature pour valoriser leur beauté ? Oui ! Répétez après moi : oui ! Alors pour remplacer notre directeur des affaires publiques, nous avons intérêt à avoir un profil solide, quelqu'un qui maîtrise le processus législatif, les relations publiques avec les députés, les sénateurs et le gouvernement, et qui nous garantisse de ne pas effrayer inutilement la population avec des inquiétudes qui n'ont pas lieu d'être puisque nos produits sont les plus sûrs et les mieux appréciés du marché des cosmétiques bio selon la dernière étude menée auprès de mille deux cent consommatrices représentatives en ligne. Évidemment, si c'est une femme, c'est encore mieux. Les histoires de harcèlement, j'en peux plus ! Alors puisque tout ça fait des histoires, on arrête les simagrées et dès demain, je veux un encadrement 100 % féminin. Ah, et désormais tous les assistants seront des hommes. Si c'est pas féministe, ça ? C.Q.F.D. ! »

Tout le monde applaudit chaleureusement cette décision féministe puisqu'il le dit, sans comprendre que cela signifie le licenciement immédiat des cinq assistantes de direction actuellement en poste.

« Parlons gros sous deux minutes. Nous, chez ATOM, nous avons mis beaucoup d'argent dans cette entreprise, et nous en sommes ravis, Belinda, vraiment, même si tout le monde nous disait de ne pas le faire en affirmant que tu étais un mannequin écervelé, tu le sais. Nous, nous assumons ce bel investissement. »

Dénigrer l'autre en se positionnant en sauveur : une spécialité des grands manipulateurs. Belinda ne cligne même pas d'un cil. Je me demande si elle est dupe. Au moment du rachat, j'ai insisté auprès des équipes de JPP pour insérer une citation positive sur All Bioty dans le dossier à destination de la presse économique. Je trouvais intéressant d'expliquer sa démarche, d'humaniser douze pages froides de graphiques et de frises de projection des bénéfices. Tout ce qu'il a trouvé à dire, c'est : « Principe d'investisseur : toujours acheter à la baisse. » Je l'ai supprimé du bon à tirer. Il poursuit :

« Les valeurs de l'entreprise All Bioty sont primordiales pour nous. C.Q.F.D. Respect, écologie, bio. Mais si l'action de All Bioty dévisse, c'est tout le groupe ATOM qui va plonger. La pétrochimie est l'unique segment en croissance de la demande mondiale de pétrole en période de transition énergétique, ce n'est pas moi qui le dis, ce sont les objectifs de l'agenda développement durable de l'ONU. Est-ce que l'ONU ment ? Non ! Alors je ne peux pas permettre que le fleuron des entreprises de pétrochimie françaises décroche pour les histoires de c… euh, de cœur d'un cadre dirigeant. Je voudrais d'ailleurs que nous applaudissions et que nous saluions le courage de notre directeur des affaires publiques, qui a décidé de lui-même de partir faire du bénévolat dans des pays en voie de développement avec notre Fondation de l'Eau ATOM. Nous nous préparons donc à présenter à la presse professionnelle et aux investisseurs notre nouvelle directrice des affaires publiques, qui sera aussi intègre que compétente. »

Certains applaudissent avec conviction, sans savoir pourtant si l'on applaudit Barbe Bleue, son licenciement, ou l'hypothétique nomination d'une personne dont nous ignorons toujours l'identité.

« Et maintenant, je vous propose de regarder la nouvelle version de la vidéo *corporate* d'ATOM, qui montre comment or noir et produits de beauté bio poursuivent le même objectif : planète, hommes, femmes, comment vivre ensemble dans le respect des ressources de chacun. »

Cela, en revanche, ce n'est pas moi qui l'ai écrit. Je n'aurais jamais proposé une phrase aussi tarte et, sauf erreur de ma part, sans verbe conjugué ni cohérence. Je donne un coup de coude à Jade et chuchote :

« C'est exactement ton profil ! Ça va être toi ! Je suis contente. J'espère qu'on déjeunera encore ensemble au bar à sushis quand tu seras "cadre dirigeante" avec un badge vert.

– C'est un bar à bowls, je te rappelle.

– C'est pareil. »

Belinda annonce une pause imminente de quelques minutes. Elle et JPP quittent la scène par les coulisses. Dans le noir, la lumière de mon téléphone s'éclaire subitement du symbole de l'appel entrant et du numéro du collège de ma fille. Ma mère a dû oublier – encore – d'aller la chercher. Ses pertes de mémoire se font de plus en plus fréquentes ces derniers temps, mais je refuse que Nina prenne le bus seule, même pour quelques stations, même si c'est la dernière élève de quatrième à n'avoir pas le droit de rentrer seule chez elle. J'envoie un SMS à mon meilleur ami, Marvin, pour lui demander s'il est disponible et peut passer prendre Nina : impossible pour moi de quitter une réunion aussi importante. Ce n'est pas que Marvin s'ennuie, dans la vie. Loin de là. Mais c'est un accord entre nous : si sa filleule a besoin de lui, il répond présent, quoi qu'il soit en train de faire. L'an dernier, il a quitté précipitamment la remise de Légion d'honneur à un grand patron du CAC 40 pour aller chercher Nina alors que j'étais bloquée à un séminaire de travail. C'est aussi pour ça que Marvin est mon meilleur ami depuis toutes ces années. La famille passe avant tout, pour lui.

En me faufilant dans les coulisses, je passe devant une loge où JPP et Belinda s'activent. Des bribes de leur conversation me parviennent. Manifestement, ils s'apprêtent à choisir Jade. Ils débattent pour savoir s'ils indiquent son vrai prénom d'état civil chinois, ou s'ils peuvent utiliser son prénom francisé pour l'annonce, pesant le pour – « le marché chinois en plein essor, elle parle mandarin » –, et le contre – « la fondatrice est déjà franco-allemande, on n'est pas chez Benetton non plus », gronde JPP, sans que je comprenne bien le rapport. Je souris, heureuse pour ma collègue, convaincue qu'elle marquera un changement dans l'entreprise. Par miracle, Marvin me répond immédiatement par SMS : il est déjà en chemin pour le collège. Il a interrompu son entretien avec le secrétaire général de son parti politique, Ordre & Progrès, pour s'y rendre. Je m'éloigne, tentant de capter plus de réseau pour rappeler le principal et l'en prévenir.

« Oui, allô ? Elsa Colombani à l'appareil, la maman de Nina, quatrième B. Oui, sa mamie a eu un empêchement mais un ami va... allô ? Nous captons mal... Oui, entendu, je parle plus fort... Là vous m'entendez ? Un ami à moi va venir la chercher... Entendu, il aura sa pièce d'identité. Il s'agit de Marvin... Allô ? C'est Marvin Martin. MARVIN. MARTIN. Vous avez noté ? Non, il n'est pas de la famille, mais c'est mon meilleur ami, Nina le connaît bien, c'est son parrain. Oui, ça s'écrit comme le député Marvin Martin, c'est lui. Voilà. Merci à vous ! »

J'ai toujours un peu de mal à me souvenir que Marvin est connu. Quand on grandit dans une cité, l'on ne s'imagine pas voir un jour son meilleur ami sur les chaînes d'information en continu, en direct de l'Assemblée nationale chaque semaine, et dans les kiosques à journaux, en couverture des magazines, lunettes rondes et pull jacquard, représenter « l'élite » du pays et décider de ses lois. Marvin n'est pas seulement un député : concédons-le, c'est une star. C'est d'ailleurs ce qui l'a amené à devenir député. Les influenceurs banlieusards spécialistes de l'écologie et désireux de s'engager avec le parti majoritaire Ordre & Progrès, ça ne courait pas les rues au moment de sa campagne. « Tu es noir, gay, tu coches plein de cases », avait méchamment ricané un rival, vexé de n'avoir pas été investi par son parti.

Marvin a été élu avec 64,7 % des voix au deuxième tour malgré une triangulaire, score incroyablement élevé, qui plus est face au député sortant, l'ex-député-maire d'une grande ville du département, adhérent du parti d'extrême gauche REV (Rouges et Verts) élu depuis vingt et un ans sans discontinuer. « Avec un score pareil, si j'avais été blanc et élu d'une ville de province, je serais déjà au gouvernement », déplore parfois Marvin, qui ne colle pas avec l'image d'Épinal de l'homme politique classique. Femmes, minorités, banlieusards (« vrais banlieusards liés au territoire, pas parachutés en recherche d'une permanence à louer », pestait-il) : des différences assez notables pour attirer l'attention des médias, mais trop notables pour vous offrir d'office des vraies responsabilités, soupirait-il souvent. « On me met en vitrine, mais on ne me donnera jamais les clés du magasin, si tu préfères », traduisait-il pour moi.

Belinda et JPP, à l'orée de leur loge, me fixent. J'ignore depuis combien de temps ils espionnent ma conversation téléphonique.

« Mais qui êtes-vous ? interroge JPP, mi-suspicieux, mi-agressif.

– Elsa Colombani, du marketing… Vous savez, l'an dernier, nous avons passé une réunion ensemble sur la gamme des gommages Amazonie… »

Il faudrait peut-être que je me présente en trouvant une meilleure référence que le pire bad buzz de l'histoire de la marque, en y repensant.

« Désolée, je voulais juste téléphoner depuis les coulisses…

– Belinda, vous la connaissez, cette Emma ? demande alors JPP, faisant soudain comme si j'étais devenue invisible.

– Euh, c'est Elsa.

– Vous êtes vraiment la meilleure amie de Marvin Martin ?

– Ben, oui. »

Lui, ils retiennent son nom.

« Marvin Martin ? Le Marvin Martin ? Le député-youtubeur ? L'icône de tous les jeunes ? Le député de Seine-Saint-Denis qui a fait son coming-out le soir de son élection ? Celui que *Libération* appelle "le Nelson Mandela écolo" ?

Le premier député à dépasser les dix millions de fans sur Instagram ? Le député qui a fait le tour de Paris à vélo au profit de la recherche pour guérir les cancers pédiatriques ? Le député dont le président de la République a dit au 20 heures de TF1 qu'il est "le meilleur atout et le plus grand espoir du parti Ordre & Progrès" ? Celui qui a été élu "député de l'année" quatre ans de suite par le Prix des journalistes politiques, révélation politique du Trombinoscope et personnalité politique la plus médiatisée de France ? Et, surtout, le député Marvin Martin qui a déposé la proposition de loi sur l'écologie dans la composition des produits de beauté qui nous occupe depuis des mois ? Vous voulez dire que ce Marvin Martin-là est votre meilleur ami ? Mais... pourquoi ? »

Accessoirement, Marvin a aussi mené avec brio des actions politiques. Il a été rapporteur général de la loi pour la PMA, a fait voter la création d'un congé payé pour les parents d'enfants handicapés ou prématurés et la défiscalisation des entreprises comptant plus de 60 % de femmes au COMEX, il a fait instaurer pour la première fois le « green budget » de l'État, qui passe au crible le bilan carbone de chaque politique publique. Mais les mêmes qui prétendront rejeter la politique du buzz sont souvent les premiers à ne retenir que les buzz des politiques, justement.

« En fait, nous avons grandi ensemble à Aubervilliers, ses parents m'ont quasiment élevée. Nous sommes des amis d'enfance. Marvin est le parrain de ma fille, réponds-je, sans relever que la question pourrait être désobligeante.

– Retournez vous asseoir dans l'auditorium. Nous allons annoncer le nom de la directrice des affaires publiques dans un instant », lance JPP, regard glacial.

En partant, je me dis que j'aurais peut-être pu lui parler de ma demande d'augmentation. Trop tard. Il faudrait que j'apprenne à mieux saisir les opportunités, au lieu de raconter ma vie. Je remonte jusqu'à ma place, non sans buter sur quelques-unes des trente-sept marches trop hautes et trop mal éclairées, jusqu'à côté de Jade, au moment où la vidéo de propagande, pardon, la vidéo *corporate*, s'achève.

Dans une aura dorée, Belinda et JPP réapparaissent sur scène, têtes hautes, regards droits de ceux qui n'ont rien à se reprocher, qui défendent l'environnement, qui défendent les femmes, qui sont des gens bien. La preuve s'affiche au dos des fiches cartonnées qu'ils tiennent avec grâce de leurs doigts manucurés : le logo signature de All Bioty s'élevant des bambous – quel monstre faudrait-il être pour ne pas aimer les bambous ?

Alors que les dernières pubs de la marque défilent sur l'écran géant, je me penche vers Jade et lui prends les deux mains.

« Grande nouvelle ! Ça va être toi ! Je les ai entendus parler en coulisses, ils vont te nommer !

– T'es sérieuse ? Ce serait extraordinaire ! Je sais exactement comment faire, j'ai déjà pensé à une stratégie pour renouveler nos process. Je pense que la loi Martin est une formidable possibilité pour la marque d'adopter des standards encore plus écologiques, il ne faut pas la contrer, mais s'en saisir comme une opportunité de nous améliorer. Attends, attends, ils s'apprêtent à l'annoncer... »

Belinda, enveloppe en main façon finale de télé-crochet, poursuit en faisant durer le suspense :

« ... Et c'est la raison pour laquelle nous avons décidé de nommer comme directrice des affaires publiques de All Bioty... Emma Colombani ! »

JPP fixe Belinda, sourcils froncés, pendant qu'elle crie ce qu'elle imagine être mon nom. Il semble aussi surpris que moi de trouver mon nom sur le carton. Jade me lâche aussitôt les mains. J'entends la salle murmurer dans un brouhaha dubitatif :

« C'est laquelle, Emma Colombani ?

– Ce n'est pas celle qui a fait la pub pour les gommages Amazonie avec une photo d'une cascade de Malaisie ?

– Emma Colombani... Emma ? Venez, montez sur scène. »

Je fais un geste d'impuissance à Jade qui me fixe, immobile, comme anesthésiée, et je descends les marches de l'amphithéâtre jusqu'à la scène.

« Emma, Emma ! Applaudissez-la ! » lance JPP à la salle, qui s'exécute bon gré mal gré.

Les projecteurs m'aveuglent. Il me reste juste assez de vision pour apercevoir les deux immenses jambes à frange de Jade quitter la salle d'un pas furibard. Je me penche vers JPP et lui glisse à l'oreille :

« Pourquoi moi ? »

Il me répond de même :

« Puisque le député Marvin Martin est votre meilleur ami… »

Une dizaine de minutes plus tard, suivi par Belinda, il m'entraîne comme en me télétransportant dans son bureau, au dernier étage, là où je n'étais encore jamais allée. Des centaines de dossiers à rattraper, des caissons métallisés partout, des volets automatiques, mais aucun élément de décoration ni de personnalisation qui pourrait laisser deviner quoi que ce soit de la vie personnelle de JPP.

Pas d'autel, ici. Il se fiche manifestement de ce que vous pensez de sa vie personnelle. Pas de photo de sa femme ni de son chien, pas de cendrier en pâte à sel de la fête des pères, pas de balle de golf dédicacée ni d'indice sur ses lieux de vacances. Juste l'audition de All Bioty à l'Assemblée nationale la semaine prochaine à préparer. Cet homme a-t-il seulement une vie en dehors de ses fusions-acquisitions ? Ou sa vie personnelle est-elle si extraordinaire qu'il n'éprouve pas le besoin de se rassurer en l'exposant ?

JPP se penche vers moi et m'explique le marché : je suis à l'essai. En intérim, si je préfère. Si je réussis à faire adopter les amendements de la loi écologie-transparence-beauté de Marvin Martin tels que All Bioty les souhaite, alors la loi ne sera pas trop contraignante pour l'entreprise, qui poursuivra sa croissance, et je serai titularisée comme directrice des affaires publiques, avec le salaire brut mensuel hors primes et divers avantages de Barbe Bleue. Si j'échoue, il faudra que je parte moi aussi faire du bénévolat dans des pays en voie de développement au profit de la Fondation de l'Eau ATOM, de ma propre initiative.

Sonnée par cette nomination inattendue mais reconnaissant bien là l'opportunisme cynique de JPP, je ne peux pas m'empêcher de me sentir flattée. Certes, j'éprouve un pincement au cœur en pensant à Jade. Mais tout de même. Moi, Elsa, dont personne n'arrive à retenir le prénom malgré cinq ans d'ancienneté, je vais enfin être identifiée. Sans même parler de l'aspect financier. L'occasion est trop belle pour toucher un salaire qui me permette de créer toutes les conditions pour que Nina rentre à Henri-IV ! Manifestement, la direction de All Bioty s'angoisse à l'idée que Marvin présente bientôt sa loi qui, somme toute, et malgré l'amitié que je lui porte, n'a rien de si révolutionnaire et prévoit simplement que les femmes puissent mieux connaître les composants des produits de beauté qu'elles utilisent.

« Cette loi doit être une opportunité pour nous et ne peut pas être une contrainte supplémentaire », répète JPP comme en écho aux propos de Jade. Il a rédigé lui-même un amendement et entend bien le faire présenter et voter par les parlementaires.

Il semble entendu pour tout le monde qu'étant la meilleure amie de Marvin, je connais sa loi par cœur. Rien n'est plus faux. Nous ne parlons presque jamais de politique. Je vote parfois pour

Ordre & Progrès aux élections, mais je vote à Paris : techniquement, je n'ai donc pas voté pour lui. Et sincèrement, une fois l'enveloppe déposée dans l'urne, je n'ai pas le temps de me demander ce qui est advenu du programme présenté, dont je ne retiens au demeurant que des bribes. Je me contente de suivre les informations de loin en loin. Nina était encore à l'école primaire quand Marvin s'est engagé pour la première fois, je n'avais pas une seconde de temps libre pour prendre part à sa campagne électorale. La politique, c'est son monde, et c'est très bien ainsi. Je n'estime pas être moins engagée que l'actrice tendance qui affirme son soutien à la dernière cause à la mode sur papier glacé. Ma vie entière est un engagement. Nul besoin de prendre une carte de membre pour que l'on m'explique de quoi les mères célibataires auraient besoin dans leur vie.

Alors, tandis que JPP présente la loi de Marvin ponctuée de « comme vous le savez », je hoche la tête d'un air convaincu. JPP résume les enjeux et explique que, selon son amendement au texte de la proposition de loi Martin, désormais, pour soutenir le marché des produits cosmétiques bio, ceux-ci bénéficieraient d'une exception dans la transparence sur la composition. En résumé, selon lui : toutes les marques de produits d'hygiène et de beauté seront soumises à la transparence, sauf les marques bio, « réputées pour déjà respecter les critères nécessaires de transparence eu égard aux démarches d'obtention des labels bio ». Et c'est vrai que les trois dernières années, nous avons mis toutes nos pratiques en conformité avec les cahiers des charges de tous les labels bio et écolo du marché.

JPP fait les cent pas dans son bureau de patron, sans m'avoir ne serait-ce que proposé de m'asseoir.

« À quoi sert d'avoir un logo bio et un emballage vert avec des feuilles de bambou si, sur ce même emballage, la cliente lit : "*Potassium, E237, sodium, colorants*", etc. ? Cela éloigne les femmes des produits écolo et bio alors qu'ils sont meilleurs pour elles. Forcément, puisqu'ils sont écolo et bio ! C.Q.F.D. ! Nous devons avoir la possibilité de créer nos propres cahiers des charges pour obtenir l'appellation bio, donc, oui, nous soutenons l'idée que tous les produits soient obligés d'afficher leurs composants. Mais avec dérogation pour les produits bio qui pourraient opter pour des "composants d'intention". On se base sur le principe de l'allégation qui permet déjà d'afficher des *100 % brillance !* ou *Cheveux 3 fois plus forts !* sur la face d'un produit. La loi imposerait la publication des composants de tous les produits de beauté, et pour les produits bio qui sont déjà soumis à davantage de contrôles, il s'agirait des "composants d'intention". Vous me suivez, Emma ? Je vous donne un exemple : *limonel C10H16* deviendrait juste *citron*, parce que ces composants sont utilisés pour donner l'odeur et l'arôme du citron. L'intention, c'est le citron. Donc le composant, c'est juste *citron*. C.Q.F.D. On n'écrit absolument aucun autre ingrédient sur le flacon, même s'il y en a d'autres. Et on pourra décliner ce principe sur des composants plus nobles. »

Face à mon regard incrédule, Belinda déroule puis brandit une affiche où il est indiqué :

GOLDEN SHAMP. Le shampooing bio-écolo qui dore vos cheveux à l'or fin. PAR ALL BIOTY

JPP reprend, d'un débit saccadé :

« C'est un prototype de nouveau produit. Nous allons expérimenter des ingrédients naturels inédits pour notre nouvelle gamme de shampooings avec un composant d'intention très novateur : l'or. Les femmes pourront littéralement mettre de l'or dans leurs cheveux, et les faire briller comme des bijoux, quelle que soit leur couleur initiale. Belinda elle-même sera le visage du produit pour la campagne de publicité. Cette stratégie nous permettra de faire à la fois une campagne centrée sur le shampooing et une campagne *corporate* sur la marque. Notre icône n'est pas juste une mannequin, c'est une patronne, une épouse épanouie avec son mari Rufus, une femme de pouvoir, et plus forcément toute jeune, sauf ton respect Belinda. »

Cette manie de dénigrer Belinda devant témoins, quelle grossièreté ! Je ne peux m'empêcher d'y voir le sexisme d'un homme d'affaires persuadé qu'une belle femme n'a aucune légitimité pour réussir dans son domaine. Je dirais même que ça l'agace d'avoir besoin d'elle. Il sait que personne n'aurait envie d'acheter un quelconque produit après avoir vu sa tête à lui sur une affiche. Il reprend.

« C'est inédit et c'est une autre valeur ajoutée de notre marque : nous prenons nos égéries pour ce qu'elles font, pas seulement pour ce à quoi elles ressemblent. Les femmes de cinquante ans et plus vont s'identifier à Belinda, les plus jeunes auront envie de lui ressembler plus tard et de bénéficier de sa fabuleuse expérience de vie. Vous devrez organiser une soirée événementielle qui permette de présenter cette nouvelle gamme. Idéalement, il faudrait réunir des icônes : trouvez-moi des chanteuses à la mode, mais chic. Haut de gamme. Pas une poupée R'n'B refaite. Je préfère du moins connu mais très pointu. Un tournant pour All Bioty, qui, en plus d'être identifiée comme écolo – ça, c'est dans notre ADN –, sera désormais en plus une marque trendy, de luxe et porteuse de sens. En gros, on n'est pas une enseigne de produits verts achetés par correspondance, on n'envoie pas des réductions et des catalogues *cheap*. On devient une référence de luxe écolo, mais accessible à toutes. Nous allons faire de la concurrence aux autres marques déjà sur le marché, ça va secouer ! Et bien sûr, vous m'amenez le député Marvin Martin à notre soirée. Sa présence montrera à tous à quel point nous sommes engagés pour l'environnement. »

J'acquiesce en signifiant à JPP que le plan de communication semble déjà bien arrêté. Je me tourne vers Belinda :

« Vous avez réalisé l'affiche vous-même ?

– *Nein*, je l'ai achetée à la boulangerie... évidemment, je l'ai réalisée moi-même !

– Alors il ne me reste plus qu'à m'employer à organiser une belle soirée de lancement. »

JPP poursuit, agité :

« Oui, mais la soirée ne suffit pas, voyez-vous. Nous avons inventé un nouveau colorant sorti des usines pétrochimiques de ATOM, qui rend le goudron doré. Le tout se mélange à la perfection et nécessite très peu de liants, toute la formule s'équilibre naturellement. En sciences, c'est le principe de l'homéostasie… bref. Si cette loi passe en l'état, nous devrons indiquer des noms repoussants comme *goudron de houille* dans les composants sur la face du produit. C'est moche, cette expression. Alors personne ne l'achètera. Il est si beau, notre flacon, juste avec son nom et le seul mot *or* en anglais. Pourquoi effrayer les consommatrices ? Pour faire chuter le PIB français, c'est ça ? Mettre des millions de gens au chômage et laisser la France dégringoler dans les classements européens ? Cela ne leur suffit pas, de sortir à peine d'une pandémie ? C'est cela qu'ils veulent, hum ? Une crise économique et sociale majeure ? J'en peux plus ! Quand on a une pépite comme All Bioty, il faut la soutenir. Nous avons fait fabriquer en secret grâce aux usines d'ATOM des flacons prototypes avec ces shampooings, regardez : tout est doré, et rien ne vient gâcher le luxueux flacon. Le code-barres est caché dessous. Rien d'autre que le nom du shampooing. Nous allons donc indiquer non plus *goudron* mais *golden*. C'est le composant d'intention. Et ça se ressemble. Un peu comme Belinda Sugar qui s'appelle en réalité Beate Zuckermann… »

Regard noir de Belinda. Cette information ne figurait pas dans le dossier de presse. JPP s'offusque à son tour :

« Quoi encore, Belinda ? Vous préférez qu'on utilise votre nom d'épouse, le nom de famille de Rufus ? Schlumbergerner, ce n'est pas extraordinaire, sur une affiche. Nous sommes donc tous d'accord. On ne change que quelques lettres. Et dans l'esprit des consommatrices, finie l'image mentale du produit noir sale qu'on met sur les routes ou dans les cigarettes, terminé le mazout qui emprisonne les ailes de gentils goélands, et place à l'or !

– Sinon, on pourrait aussi mettre réellement des pointes de feuilles d'or et en faire un produit de luxe plus cher ? proposé-je après quelques secondes de silence reposant.

– Non, les riches ont plus d'argent mais les pauvres sont plus nombreux. Il faut toujours faire des produits pour les pauvres. Et on en vendra d'autant plus si notre produit pour les pauvres a l'air d'être un produit pour les riches. On n'achète pas un shampooing, on achète la possibilité d'utiliser des produits en or, comme une femme belle, puissante et célèbre : Belinda. C.Q.F.D. »

Cela fait des années que j'explique à Barbe Bleue que notre marque devait renforcer son incarnation et son engagement. La plupart des grandes marques d'hygiène et de beauté le font déjà, soit pour célébrer la pluralité des corps dans un esprit *body positive*, soit pour s'engager avec des clips féministes destinés aux plus jeunes… Une marque ne fidélise pas dans la durée grâce à ses produits, elle fidélise dans la durée grâce à ce qu'elle incarne. Aujourd'hui, on n'achète pas seulement une crème, on achète aussi l'adhésion à un corpus de valeurs véhiculé par la marque et sa promesse : être soi-même, s'évader, retomber en enfance...

À la fin de cette interminable journée dans le bureau métallique de JPP sans déjeuner ni même croiser Jade, je n'ai qu'un rêve : dormir, épuisée à l'idée du trajet de retour, sans même avoir l'énergie de me déshabiller. Je commande une voiture, m'écroule sur la banquette arrière du Uber dont j'adresserai le reçu au service comptabilité pour me faire rembourser, puis monte péniblement les marches de mon immeuble.

Je tourne la clé dans la serrure tout en donnant un coup d'épaule dans le haut de la porte, sans quoi elle ne s'ouvre pas. Je rêve déjà de m'étaler de tout mon long sur le canapé dépliant qui me sert de lit depuis que j'ai cédé ma chambre à ma mère quand, à peine la clé retirée de la serrure, j'entends des cris plaintifs. Suivant le son de la voix – celle de ma mère –, je la trouve prostrée par terre dans la cuisine, jambes repliées, tête dans les mains.

« C'est Denis... Il va arriver... Il va arriver... Je veux pas qu'il tape encore Elsa. Pas le visage ! Pas le visage !

– Maman. C'est moi, Elsa. Tout va bien. Je suis là. Personne ne va te taper, ni me taper. Denis est mort il y a des années. Il ne va pas venir, maman. Tu m'entends ? Maman ? C'est moi, c'est Elsa.

– Denis est mort ?
– Oui, maman, il est mort.
– C'est pas moi qui l'ai tué...
– Je sais, maman.
– Mais c'est bien, alors, s'il est mort ?
– Oui, maman. Et si tu allais dormir ?
– D'accord alors, s'il est mort, d'accord... »

Je ramène ma mère dans sa chambre où je découvre les pilules préparées ce matin encore dans leur soucoupe. Toujours à la même place, sur sa table de nuit. Elle a encore oublié de les prendre. Ma mère s'endort aussitôt après que je lui ai glissé ses médicaments dans la bouche. J'entrouvre la porte de Nina, que les plaintes de ma mère n'ont pas réveillée, et aperçois dans la pénombre son cartable du lendemain préparé.

Une fois ma tournée de vérification terminée, j'attrape ma brosse à dents en bambou, je me démaquille trente secondes avec un carré lavable, histoire d'avoir bonne conscience, passe sous la douche, et enfile le plus confortable de mes pyjamas avant de me jeter sur le canapé. Je récupère mon MacBook sur la table basse, l'ouvre et clique sur l'historique : appel FaceTime à 21 h 09, durée : onze minutes. Anthony s'est surpassé. Je n'arrive pas à m'endormir sur commande. Le silence m'oppresse, j'ai besoin de faire quelque chose ou de parler avec quelqu'un. La fatigue, l'adrénaline et probablement la douzaine de thés noirs avalés dans la journée m'empêchant de me détendre, j'éprouve le besoin de raconter à quelqu'un les événements de cette journée. J'essaie de joindre Anthony, mais l'appel n'aboutit pas. Je n'ai pas le courage de trier le dicible de l'indicible à Marvin alors, machinalement, ma main droite attrape mon téléphone et mon pouce scrolle jusqu'à mon application Tinder.

4

Tinder est une invention formidable. Pas pour rencontrer un homme, non, mais pour bien d'autres choses. À ce propos, est-ce moi qui ai un problème ? Quelque chose qui ne fonctionne pas avec les hommes ? Une molécule manquante ? Un mojo à l'envers ? La seule fois où j'ai pu vraiment discuter sur Tinder avec un homme, j'étais heureuse de me trouver des points communs avec mon interlocuteur. Il venait du même coin de Corse que moi. Nos avions les mêmes principes. Les mêmes souvenirs d'enfance en vacances au village. C'était comme si nous nous connaissions. En fait, nous nous connaissions : il s'est avéré que c'était mon cousin Bastien – sa photo était si floue que je ne l'ai pas reconnu et je portais sur la mienne des lunettes de soleil qui me mangeaient la moitié du visage. Bref, je n'ai pas donné suite. Lui non plus. Mais à Noël de l'année suivante, j'ai essayé de ne pas m'asseoir à côté de lui à table. Sur des millions d'inscrits, je suis tombée sur mon seul cousin. Si ce n'est pas un signe du destin pour me dire que je ne suis pas faite pour les rencontres, je ne sais pas ce que je suis censée comprendre.

Donc Tinder ne m'a pas encore servi à trouver un homme, mais ses autres utilités sont prouvées. D'abord, s'endormir. Le ronron des conversations de premier niveau, jamais profondes, jamais intéressantes, jamais originales des inconnus berce plus sûrement que n'importe quelle rediffusion de *Chasse & Pêche*. Qu'elles soient tenues par des photos de Ken à la peau lisse et aux sourires blanchis par l'application idoine les rend encore plus irréelles. Pour m'endormir, il suffit que je lance l'un d'eux avec une question assez ouverte et, peu habitués à ce que l'on s'intéresse à eux, ils écrivent des réponses-fleuves. Sur Tinder, il paraît que tous les hommes sont des obsédés déguisés en romantiques. L'expérience m'a appris que tous les hommes sont en fait des petits garçons déguisés en obsédés déguisés en romantiques, qui n'ont au fond envie ni d'un plan cul ni d'un mariage, mais d'une animatrice type GO du Club Med, prête à les divertir et à soigner leurs bobos avec bonne humeur sans jamais exprimer, elle, le moindre besoin. Chacun d'eux rêve, comme Romain Gary dans *La Promesse de l'Aube*, de cette voix les berçant d'un « oui, mon chéri, maman t'aime ». Sauf que j'ai déjà un enfant, et si j'en adoptais un deuxième, je ne l'imagine pas avec une barbe, un profil Tinder et une bio disant : *Cherche plan Q Paris ou proche banlieue, sauf RER B parce que grèves trop fréquentes, test PCR négatif ou passeport vaccinal exigé.*

L'autre utilité, je l'ai inventée avec Marvin : lui sur Grindr, moi sur Tinder, le premier qui attrape un *match* se fait payer un verre par l'autre après un de nos dîners PSG. Marvin a beau être devenu un député star, nous avons conservé notre rituel d'adolescents : chaque samedi soir de match du PSG, nous dînons tous ensemble chez ses parents, dans notre ancienne cité à Aubervilliers. Ensuite, Nina dort sur place pendant que Marvin et moi arpentons Paris la nuit comme au temps où nous portions des sacs à dos Eastpak et des baskets blanches compensées. Mais désormais, nous rentrons en Uber et non plus avec le premier RER fraudé et, le plus souvent, avant minuit, « parce qu'on travaille lundi » et que Marvin ne veut pas être photographié ivre dans un bar un samedi soir « pendant que la planète se meurt ». La presse people ne le lui pardonnerait pas. Depuis qu'il est devenu député, Marvin se retourne régulièrement dans la rue pour vérifier qu'il n'est pas suivi ou photographié.

Son frère Marlon, équipier au McDo en face du stade, fournit gracieusement le dîner familial. Puisque vous vous posez la question, oui, il y a bien une combine. Elle est simple : Marlon doit facturer à des clients au cours de la journée le butin qu'il va apporter le soir. Si sa mère veut un Best of nuggets, dès qu'un touriste de passage en Seine-Saint-Denis pour un match ou un concert commande un Best of nuggets, Marlon en facture deux. Si son frère veut un Very parfait, Marlon facture un Very parfait en plus à la famille néerlandaise pressée et mal élevée. Si l'on vous annonce qu'au total l'addition s'élève à 42,95 euros pour votre commande, vous payez 42,95 euros sans mégoter. Personne ne peut calculer de tête en onze secondes, dans une autre langue et cerné par des hordes de supporters suants, les prix cumulés de trois menus, deux menus enfants, une boisson en plus, cinq glaces dont une sans cacahuètes et en fait dans le premier menu c'était des frites et pas des potatoes ! Après le paiement, il suffit de poser la question : « Est-ce que vous voulez le ticket ? » d'un ton sans appel pour que les gens répondent « non » ou, mieux : ne pas le leur proposer du tout et le jeter, prétextant un oubli, en hurlant « personne suivante ? », le corps exagérément tendu vers la file d'attente afin d'inciter les affamés à se battre bruyamment. Quand un client omet de dire bonjour, où que ce soit, la vanne familiale consiste à dire : « Oh, lui, il ne sait pas qu'il va payer les Best of ce soir. »

Généralement, les clients ne refont pas la file d'attente interminable des soirs de match juste pour atteindre le comptoir et se plaindre dans leur langue natale qu'on leur a facturé une deuxième glace au caramel et, quand bien même le feraient-ils, Marlon leur en ajouterait simplement un en s'excusant. La probabilité est si faible que, même en perdant une fois sur trente, ça reste rentable. Et nous assure un véritable festin familial le soir.

Si Marlon ne parvient pas à surfacturer dans la journée, c'est simple : il prépare ce qu'il faut douze minutes avant de fermer sa caisse et explique au manager que la commande a été lancée depuis la machine, mais le paiement refusé, mais que c'est là depuis trop longtemps et que ça enfreint les normes d'hygiène et de sécurité alimentaire et on ne plaisante pas avec les normes d'hygiène et de sécurité alimentaire, et son frère n'a quand même pas voté une loi contre le gaspillage alimentaire pour qu'ici, dans son fief, on se comporte comme ça, si ? Non. Bon. Et tiens, il connaît justement une famille dans le besoin juste dans son immeuble, il peut leur apporter. Si bien sûr personne ne voit d'inconvénient à ce que McDonald's nourrisse une famille dans le besoin. C'est toujours bien vu, ici, de faire un effort pour la communauté, ça apaisera un peu les jeunes des cités. Quand ils vont se réveiller, ceux-là, imaginez qu'ils s'allient avec des Gilets Jaunes et Extinction Rebellion et que tout ce beau monde décide de fracasser les vitres du McDo, un soir de colère réveillée par la destruction de victuailles ?

Le temps que Marlon explique tout cela, le manager se masse déjà les tempes en pensant à sa future mutation au McDo tranquille de Saint-Saturnin-en-Sarthe, où il a une maison de campagne, parce que « la banlieue, ça commence à bien faire ».

Ne soyez pas choqués par cet attrape-touriste au préjudice de quelques euros par personne. Les caisses de Marlon sortent toujours les plus exactes, au centime près, en fin de journée et, parmi nous, personne ne voit d'inconvénient à la combine. Même moi, je m'arrange avec ma conscience, déjà chargée du fait que je jette les cartons recyclables dans le vide-ordures avec le reste des déchets, que je laisse couler l'eau pendant que je me rase les jambes, et que je porte parfois des vêtements *made in Bangladesh*. J'estime que ma balance de bonnes actions reste tout de même excédentaire.

Trois jours plus tard, me voilà donc dans le salon familial des Martin pour PSG-Real Madrid. Je tente d'éclaircir la question autour de la loi de Marvin. Je n'ai pas la moindre idée du cheminement d'une loi entre l'idée et la promulgation. Et si les projets d'amendements de JPP me semblent clairs, je ne suis pas certaine d'avoir compris s'ils vont dans le sens de ce que porte Marvin ou s'ils entravent son action. Marvin m'explique y travailler depuis quatre ans et avoir patiemment attendu son tour au calendrier parlementaire jusqu'à ce que son groupe dépose puis inscrive à l'ordre du jour sa proposition de loi. La popularité de Marvin aurait dû susciter jalousies et mesquineries dans son propre camp. C'était tout l'inverse. Les députés d'Ordre & Progrès savaient pouvoir compter sur lui pour mener des combats politiques et lui reconnaissaient un sixième sens médiatique, certes agaçant quand on peine soi-même à se faire un nom, mais pratique lorsque c'était vous que Marvin soutenait publiquement. Marvin était devenu très proche de Jean-Baptiste Rozewitch, le secrétaire général du parti. Ils avaient ferraillé ensemble en interne contre le projet du « contrat jeune » porté par le ministre du Travail, qui avait voulu instaurer un contrat de travail au rabais pour les moins de trente ans. Ils avaient réussi à en empêcher la création sans s'en prendre frontalement au ministre, ce qui était un petit exploit. Alors oui, Marvin s'affranchissait parfois du millefeuille procédural de validations nécessaires avant de lancer des actions ou de prendre des positions politiques sur des sujets qui lui tenaient à cœur, et oui, il y avait parfois des « off » mesquins de rivaux pour railler le député-influenceur. Mais personne n'assumait de s'opposer frontalement à Marvin les yeux dans les yeux. C'eût été peine perdue : avec ses lunettes rondes et son sourire avenant, Marvin avait toujours le dernier mot sans même élever la voix.

Et puis, Marvin traçait son chemin, il fonçait, mais il savait aussi être un bon camarade. Exactement comme à l'école. Toujours présent dans les mauvais moments, toujours d'accord pour prendre le tour de permanence d'un vote à 1 heure du matin quand un de ses collègues avait un impératif sur une circonscription plus éloignée de Paris que la sienne. Soutenu dans sa proposition de loi à la fois par l'Élysée, par Matignon, par le ministre de l'Environnement et du Climat – « un type un peu farfelu mais qui adhérait à l'idée générale », disait Marvin –, par son parti et par l'écrasante majorité des députés de son groupe, je ne voyais pas pourquoi Marvin se rongeait les sangs à propos de sa loi. « Tout est un combat, rien n'est acquis d'avance », maugréait-il. Il avait dû adresser une lettre ouverte signée de trois cent cinquante députés de tous bords, convaincus par la justesse de la cause, pour imposer l'inscription de sa loi sur un temps parlementaire suffisant après avoir entendu tous les arguments pas ouvertement hostiles, mais pas franchement en soutien non plus, tels qu'« est-ce bien le moment en pleine crise ? », l'usité « est-ce vraiment ce dont ont besoin les Français en ce moment alors qu'ils ne vont même plus voter ? », ou le fameux « l'idée est bonne, mais je m'interroge sur la méthode alors du coup il vaudrait mieux ne rien faire du tout » de ceux qui préféraient éviter d'ouvrir un front avec les industriels de la beauté.

Naïve, j'avais supposé que le groupe REV, en théorie engagé pour l'écologie, aurait promis ses votes à Marvin. Mais il n'en était rien : l'opposition ne voulait pas voter une loi émanant de la majorité et leur concéder cette victoire politique – « à leur décharge, nous ne votons pas les leurs en l'état non plus, c'est le jeu, hélas », avait soupiré Marvin. Il ne s'inquiétait pas des élus d'extrême droite du Parti gaulois, qui ne venaient jamais siéger dans l'hémicycle. Ils ne soutiendraient pas, ils n'entraveraient pas, ils se contenteraient d'être contre sur les plateaux de télévision, mais ça, Marvin s'en moquait.

Pourtant, personne ne prenait position publiquement contre la proposition de loi Martin. Certaines ONG la soutenaient. D'autres estimaient qu'elle n'allait pas assez loin. La plupart attendaient de voir à quoi ressemblerait la loi en discussion au Parlement, échaudées par les annonces de celles jamais promulguées dans le passé. Différents acteurs du monde économique comme les représentants de la grande distribution s'étaient montrés intéressés par un échange pour « partager une démarche écoresponsable dans l'intérêt des consommateurs et dans le respect des enjeux économiques de chacun ». Au gouvernement, les ministres s'étaient battus pour savoir qui serait au banc de l'Assemblée nationale et du Sénat pour défendre les positions de l'exécutif sur cette loi. Le ministre de l'Environnement et du Climat n'allant pas dans les réunions où ces arbitrages étaient rendus – « je n'aime pas les rapports de force, je préfère le consensus, je n'aime pas les réunions non plus, et j'avais prévu une séance de *scuba diving* ce jour-là », avait-il expliqué à Marvin avec mollesse –, il avait été écarté des débats. La dynamique ministre de l'Économie et du Budget étant par ailleurs occupée avec la loi sur le budget annuel et la réforme de l'impôt sur le revenu, c'était à la nouvelle et inconnue ministre de la Consommation qu'incombait cette responsabilité. Marvin grimaçait à l'évocation de son nom, mais n'en disait pas plus.

Tandis que je déguste, le cœur léger, un hamburger à la sauce coulante arrosé de Coca dilué dans les glaçons, Nina, elle, dévore les beignets de poulet sur la table basse marocaine. Du bout du pouce, je *swipe* pour trouver le *match* le plus rapide sur Tinder. Doudou, la mère de Marvin, vient s'asseoir à côté de moi. Aujourd'hui retraitée, Diatou, que tout le monde appelle Doudou, a été longtemps agente d'accueil dans un commissariat. Si bien qu'elle était considérée comme la shérif du quartier.

Quand nous étions enfants, si elle apparaissait à l'orée de la grille de la cité, les bandes criaient « 22, y a Doudou ! » et cessaient leurs méfaits. En cas de problème, elle avait le numéro de téléphone personnel de policiers de son commissariat, qui arrivaient dans les dix minutes à la cité. Le bâtiment B12 où vivait la famille Martin était le mieux sécurisé de tout le département. La légende dit qu'elle aurait forcé un petit caïd du quartier, qui avait essayé d'enrôler ses fils comme guetteurs, à jeter tout son stock de marijuana dans les toilettes de son appartement. Doudou, qui a toujours de grandes qualités mais pas celle de savoir respecter l'intimité d'autrui, regarde l'écran de mon téléphone par-dessus mon épaule.

« Ah c'est bien, ça, de chercher un homme, bonne idée. Mais tu auras le temps, avec ton travail ? Marvin m'a dit que tu as changé, qu'est-ce que tu fais maintenant ?

– Tu sais, Doudou, je remplace quelqu'un qui a été viré suite à une affaire liée à #MeToo.

– Mitou ? Le Pakistanais du troisième ? Je pensais qu'il s'était autoconfiné définitivement. Qu'est-ce qu'il a fait encore, ce vilain ?

– Mais non, Doudou, pas ce Mitou ! #MeToo, tu sais, le hashtag de libération de la parole des femmes.

– Ah, *wallah*, j'ai eu peur, moi ! Bon alors, il a été viré grâce à #MeToo et tu prends sa place. Bien fait pour lui. C'est quoi, tes missions du travail ? »

Comment lui expliquer ? Comme JPP m'a demandé de ne rien dévoiler à Marvin de notre stratégie, mais de l'amener à comprendre « par lui-même » que l'amendement rédigé par All Bioty était une avancée pour l'écologie et pour les femmes, j'ai pour la première fois de ma vie menti par omission à mon meilleur ami. Et je peux encore moins lui dire que, si j'y parviens, je serai confirmée à ce poste avec le salaire qui va avec. Presque trois fois mon salaire actuel. De quoi payer un précepteur à plein temps pour Nina, et à elle Henri-IV !

J'entends encore JPP marteler : « Avec les députés d'avant, on écrivait nos amendements, on les leur apportait, ils les recopiaient, ils les votaient et l'affaire était pliée, *veni vidi vici*, on pouvait aller dîner chez Françoise ou vider la cave à vin de chez Marco Polo avec les sénateurs, à leurs frais, sans contrôle. On se régalait. C'était la belle époque... Les députés de maintenant, non seulement ils boivent des eaux détox et des smoothies de fruits frais bios, mais ils veulent écrire eux-mêmes leurs amendements. Et même décider de leurs lois ! Non mais quelle prétention, vous vous rendez compte ? J'en peux plus de cette génération ! »

« En fait, Doudou, je vais travailler avec Marvin sur sa loi. Je vais lui donner un éclairage de ce qui se passe côté entreprises bio. »

Je me suis bien gardée de dire à Marvin que j'avais été nommée parce que je le connaissais. Je n'ai pas encore la moindre idée de la manière dont je suis censée m'y prendre pour faire voter les amendements écrits par ATOM ; je ne peux quand même pas préparer un mailing à tous les députés du type : *Chers tous, merci de présenter et de faire voter ces amendements afin que je conserve mon travail, Cordialement.* Le mieux serait sûrement de persuader Marvin de les porter lui-même ; après tout, ils sont parfaitement en accord avec l'esprit et la lettre de sa proposition de loi. D'ailleurs, moi-même, suis-je en parfait accord avec ces amendements ? Je n'ai pas pris le temps de me poser cette question. « Ce que je fais est toujours ce à quoi je consens. » Cette phrase du *Fondement de la morale* de Schopenhauer sur les devoirs que l'on a envers soi-même me revient en tête et me permet de balayer cette réflexion gênante. Si je le fais, c'est que je suis d'accord pour le faire. « C.Q.F.D. », dirait JPP.

Marvin remonte ses lunettes de vue sur son nez puis renchérit : il affirme l'importance du regard des entreprises concernées, pense aussi qu'il faudrait préserver la compétitivité des produits bio et écolo, est d'accord pour que ces produits soient valorisés et la pression mise davantage sur les produits plus polluants et plus douteux de grandes firmes, tant qu'*in fine* les consommateurs ont un véritable accès à l'information sur le coût climat des produits, à la composition sur la face des produits, et que suremballage comme perturbateurs endocriniens sont bannis.

« *Match !* s'interrompt-il soudain entre deux bouchées.

– Mais merde ! Comment tu fais pour *matcher* toujours avant moi ?

– Je suis homosexuel. On est plus ouvert à la rencontre de l'autre.

– C'est pas un cliché homophobe, ça ? »

Marvin s'approche de moi et me dépose un baiser bien gras sur la joue.

« Si c'est moi qui le dis, non. Bref, ma chérie, c'est toi qui payes le verre ce soir ! Termine tes frites ici, je ne veux pas qu'on me voie dehors avec un produit du McDo, ce n'est pas raccord avec mon image. »

Ma défaite tombe à point nommé : je sais où emmener Marvin boire un verre ce soir. J'avais tout prévu : j'ai prévenu JPP que j'arriverais un peu tard à la soirée d'anniversaire des trente ans de Belinda, mais avec une belle surprise. Et cette belle surprise, c'est Marvin. Évidemment, Belinda n'a pas du tout trente ans, elle célèbre ses trente ans de carrière, mais nous avons décidé de supprimer *de carrière* sur l'invitation pour laisser seulement les mots *Belinda 30 ans !* – d'ailleurs Belinda, avec sa cascade de cheveux dorés, sa silhouette élancée et son front aussi lissé que ses cheveux, pourrait encore aisément passer pour une femme de trente ans. Pour tout dire, j'appréhende le moment où quelqu'un me prendra pour sa grande sœur.

Dans la voiture venue nous prendre au pied de la tour de notre enfance et qui nous conduit à la soirée, je dépeins à Marvin mon plan : m'accompagner à une sortie de travail où il pourra se détendre au milieu de ses fans Instagram, dont mon boss et notre hôte ce soir, le discret milliardaire Jean-Pierre Planchon. J'aurais aimé pouvoir lui dire que de nombreux journalistes seraient présents et que, si je pouvais organiser une pose pour le pool de photographes devant le *photocall* entre le député star Marvin Martin et l'ex-top-modèle devenue femme d'affaires Belinda, ce serait un formidable « coup de com' » pour l'engagement de All Bioty en faveur de l'écologie des produits cosmétiques. Mais évidemment, je ne peux pas lui dire cela.

Je suis plutôt fière de ma soirée : à peine nommée, je passe la première étape vers ma titularisation. Car, aussi surprenant que cela puisse être, malgré ses innombrables relations, JPP n'a jamais pu obtenir de rendez-vous avec Marvin. « Mon assistante parlementaire a pour consigne de ne prendre aucun rendez-vous avec une entreprise, fût-elle bio et écolo, désolé. Je me méfie des lobbys », m'a asséné Marvin pour toute réponse lorsque je me suis étonnée de ce refus systématique. Mais, comme le répète souvent JPP, « la vente commence quand le client dit non » – ce que Barbe Bleue disait aussi souvent mais qui, à la lumière des derniers éléments, prend une tout autre tournure.

L'inaccessibilité de Marvin en fait une personne d'autant plus précieuse aux yeux de JPP. L'an dernier, Marvin a réussi un coup de maître qui l'a propulsé en tête des sondages de popularité des personnalités politiques chez les moins de trente-cinq ans : il a décommandé au dernier moment le plateau d'une grande chaîne de télévision pour annoncer qu'il débattrait en direct de son compte d'un réseau social avec les trois premières personnes à arriver à sa permanence. L'émission politique décommandée a réuni péniblement

574 000 téléspectateurs, tandis que Marvin a reçu plus de 2 millions de visiteurs uniques sur sa page. Et quand le PDG du groupe média Barrière lui a proposé de le rencontrer, Marvin a simplement répondu : « Non merci », et il a publié sa réponse sur Twitter. Une marque de vêtements s'est empressée de créer une gamme de tee-shirts avec l'inscription « Non merci », devenue un gimmick récurrent jusque dans les cours d'école. Marvin dispose en revanche de son rond de serviette dans le talk-show quotidien de Santana, où il m'a invitée à l'accompagner la semaine prochaine.

Barbe Bleue ne s'est, quant à lui, pas risqué à un refus : il n'a jamais rencontré Marvin et a préparé les différentes auditions avec les administrateurs de l'Assemblée nationale, l'assistante de Marvin ou deux autres députés « moins en vue » selon JPP – ce qui signifie simplement qu'ils n'ont pas de tee-shirts imprimés avec leurs répliques. J'ai également vu à son agenda des déjeuners avec le directeur de cabinet de la ministre de la Consommation.

Je soupçonne JPP de ne pas comprendre l'engouement autour de la personnalité de Marvin et de nourrir à son endroit un mélange d'admiration et d'agacement. Autant dire que si j'amenais Marvin à saluer JPP après sa photo avec Belinda, je montrerais que j'ai mérité ma nomination, validerais mon salaire, et pourrais même suggérer une promotion spéciale pour Jade…

Marvin, pull jacquard et pantalon chino rouille, n'est absolument pas habillé pour la circonstance.

N'importe qui à sa place semblerait décalé, marginal, « *underdressed* », dirait Belinda. Mais c'est ce qui fait sa singularité : Marvin reste lui-même en toutes circonstances. Les convives, en costumes et robes de cocktail, se pressent déjà autour de lui, formant un cercle dont je suis vite écartée. Nombreux sont ceux qui, bras tendus, prennent des selfies avec Marvin. À l'écart, j'observe la salle dans ma combinaison-pantalon fluide, noire, longue, décolletée, et tente de remettre du rouge à lèvres en vérifiant mon reflet derrière le bar. C'est alors que, de loin, Belinda me fait signe d'approcher, tandis que son mari Rufus en profite pour s'éclipser auprès des jeunes mannequins, émerveillé devant la texture de leurs cheveux, qu'il caresse sans retenue. Ce qui visiblement agace sa femme, au vu du regard noir dont elle le gratifie.

« Bonsoir Belinda, comment allez-vous ? Quelle sublime soirée ! Voulez-vous que je vous apporte à boire ?

– *Nein*, je vous appelle pour qu'on fasse une story Insta toutes les deux avec un filtre chat qu'on pourrait poster avec un #BFF… *Ja*, évidemment oui, c'est à boire que je veux, et même un mojito ! »

Je ne suis pas certaine de m'habituer un jour au sarcasme comme mode de communication, ni au ton condescendant que Belinda emploie pour me donner des ordres. Soudain, alors que je médite en attendant mon tour devant le bar à cocktails, je sens qu'on m'attrape le bras. Un surprenant parfum citronné et musqué embaume l'atmosphère. Alors que je me retourne, la musique me semble au ralenti, et mes yeux se posent sur un inconnu que je ne peux que qualifier du premier mot banal qui me vient pour le décrire : beau.

« Elsa Colombani ?

– Oui ? Et vous êtes ?

– Journaliste au *Figaro*. Rédacteur en chef des pages politiques. J'aimerais faire votre première interview suite à votre nomination.

– Ah c'est gentil, mais je n'ai rien à voir avec la politique, et les interviews, moi, je les organise. Je n'y réponds pas. Vous devriez interviewer plutôt ma patronne, Belinda, elle incarne parfaitement All Bioty qu'elle a créé en se réinventant après une carrière de top-modèle, car elle ne…

– … s'interdit rien, oui, j'ai lu tout le blabla du dossier de presse, je vous remercie. Belinda, je m'en moque. C'est vous qui m'intéressez, Elsa. »

Sa voix grave détache chaque syllabe. Il ne se trompe pas de prénom. Je comprends que je lui dis à voix haute.

« Vous ne vous trompez pas de prénom… !

"Il advint qu'un beau soir l'univers se brisa sur des récifs que les naufrageurs enflammèrent moi je voyais briller au-dessus de la mer les yeux d'Elsa, les yeux d'Elsa, les yeux d'Elsa."

– Pardon ?

– Aragon. *Les Yeux d'Elsa*. Un des plus beaux textes qui… bref. Jamais je ne me tromperais en appelant une Elsa, prénom le plus poétique qui soit au monde. Je vous donne ma carte. Appelez-moi. Je ne suis pas du genre à relancer. Mais je ne suis pas du genre à renoncer non plus. »

Quel genre d'homme assène des phrases aussi prétentieuses à des inconnues ? Alors qu'il me tourne le dos puis s'aventure dans la foule, mains dans les poches, démarche nonchalante, je le passe au crible de bas en haut. Chaussures de luxe vernies, pantalon bien coupé, chemise blanche immaculée, cravate noire élégante. Grand. Épaules carrées. Mélange de chic et de flegme. Un petit ventre qui indique au choix le laisser-aller de celui qui préfère les dimanches de lecture à la salle de sport ou la promesse de dîners gourmands à trinquer en refaisant le monde, mais les deux me vont, me dis-je avant de secouer la tête. Sa barbe de trois jours et les mèches de ses cheveux retombant devant les yeux m'empêchent de lui donner un âge précis. Il peut avoir mon âge, peut-être moins. Quelques rides qui, à bien y regarder, marquent plus les traits de la tristesse que ceux de la joie. Je n'ai pas vu ses dents, d'ailleurs, il n'a pas souri. Sourcils froncés, mine sérieuse et détachée à la fois. Étrange. De belles mains. Avec une alliance en or à l'annulaire gauche. Marié. Il s'éloigne et, comme s'il savait que je suis perdue dans sa contemplation, lève la main droite en tournant légèrement la tête pour me faire un signe d'au revoir. Je respire l'odeur de parfum d'homme aux agrumes qui flotte encore à l'endroit où il se tenait. Machinalement, je me frotte le bras et constate que j'ai la chair de poule.

Oubliant le mojito de Belinda, je retrouve Marvin enfin seul et lui montre le journaliste du menton :

« Tu le connais, lui ?

– Arthur de Lavallière ? Oh que oui, je le connais ! Je t'en ai parlé mille fois. Tu sais, c'est lui, le connard de droite du *Figaro*. Celui qui a fait la une avec ma photo et en titre “Le pire du nouveau monde” la semaine de mon coming-out. Il me déteste. Enfin, ce n'est pas personnel, mais il déteste tout ce que je défends, tout ce que j'incarne. Tu penses, un banlieusard noir, gay, écolo, féministe, progressiste et youtubeur par-dessus le marché, il doit faire des cauchemars en pensant à moi... Si, en fait, c'est très personnel. Tiens, prends mon téléphone, tape son nom sur la fenêtre de recherche du *Figaro*, tu vas voir ses articles : des papiers anti-mariage pour tous, anti-allongement de l'IVG, anti-start-ups, anti-réfugiés, anti-Twitter, anti-trottinettes électriques, anti-moi... Le mec hait de près ou de loin tout ce qui ne nous ramène pas au Moyen Âge. Et climatosceptique, en plus. C'est lui qui tient la rubrique “Pourquoi”, celle qui cartonne chaque soir sur les chaînes d'info. Regarde : “Pourquoi la chasse est bonne pour l'environnement ?”, “Pourquoi Greta Thunberg mérite une bonne punition ?”, “Pourquoi les féministes nous empêchent de vivre ?”, “Pourquoi l'immigration de masse est un problème ?”, “Pourquoi Marvin Martin est un Tartuffe ?”, “Pourquoi il faut manger de la viande deux fois par jour pour sauver l'agriculture française ?”, etc. Fuis-le comme la peste.

– OK, alors on le déteste, dis-je en inspirant une dernière bouffée de son parfum.

– Ah oui, c'est officiel, on le déteste. Tu n'avais pas une photo à me faire faire, toi ? »

J'accompagne Marvin jusqu'à Belinda et invite les photographes à les immortaliser sous le logo All Bioty. 54 600 likes saluant le post Instagram de cette photo et des dizaines de reprises presse plus tard, #AllBioty s'affiche en numéro deux des top tweets sur Twitter toute la soirée, juste après le hashtag du match #REALPSG. Un très bon score, pour une première. Je sens une main délicate me tapoter l'épaule. C'est Jade, jambes moulées dans une robe fourreau rose sur des talons aiguilles qui la rendent encore plus immense. Passé la surprise de ma nomination, Jade m'a appelée le soir même pour me féliciter : ce poste ne lui appartenait pas et elle était, à tout prendre, heureuse d'y voir une amie. Elle souffle :

« Finalement, c'était une bonne idée de mettre une fille du marketing aux affaires publiques, tu t'en sors très bien. J'espère que l'on déjeune ensemble bientôt, le bar à bowls ferme à la fin de la semaine.

– Qu'est-ce qu'il devient ?

– Un bar à pain. Un endroit où ils vont vendre des baguettes, mais aussi des pains garnis, des viennoiseries, tout un concept-store autour des pains.

– Une boulangerie, quoi ! »

Nous éclatons de rire ensemble. Surprise par la légèreté de la soirée et la facilité de mon nouveau poste, je me sens soulagée d'un poids.

Deux heures du matin. Avec le sentiment du devoir accompli, je rentre à Aubervilliers en compagnie de Marvin sous une pluie chaude qui fait ressortir l'odeur de l'asphalte. À peine arrivés chez ses parents, nous nous écroulons de sommeil, comme chaque samedi soir de match depuis notre adolescence, dans les deux lits jumeaux « une place » de sa chambre restée quasiment la même. Marvin l'avait imposé à ses parents en quittant leur appartement, la veille de ses trente ans, après des années à jouer les Tanguy. « Faites-le pour moi, mais faites-le aussi pour Elsa, elle n'a pas de maison de famille, elle n'a pas de refuge. Il faut au moins nous laisser la chambre ici telle qu'elle est. » Sur les murs, des témoins du temps passé. Poster de *Roméo & Juliette* avec Leonardo DiCaprio que nous avons vu trois fois au cinéma, petits mots punaisés, notre photo de classe de troisième, Marvin avec ses lunettes rondes, moi avec mes cheveux pas coiffés. Affiche du *Parrain*, affiche des *Affranchis*. Billets d'entrée pour un match du PSG au Parc des Princes. Marvin et moi dans un photomaton le jour des résultats du baccalauréat. Après, les photos souvenir s'espacent, mais perdurent. Un cadre avec une photo d'Anthony, Nina et moi à sa naissance, puis une autre d'un goûter d'anniversaire où elle doit avoir quatre ou cinq ans. Marvin avec son premier petit ami et ses parents. Son badge de l'ONU, souvenir du discours prononcé il y a quelques années à la tribune en faveur des droits des personnes LGBT+. Sur le bureau fatigué, le matériel informatique témoigne de l'évolution de la technologie. Devant le cadavre d'un Mac bleu des années deux-mille, les vestiges d'un vieux Nokia 3310 inutilisable, et l'ampli sans fil connecté à nos iPhone. Marvin ne jette rien. Jamais. Les CD de l'époque traînent encore par terre, compilations de titres écrits au marqueur, témoignages de la période où les rappeurs ne menaçaient pas les femmes mais célébraient leur liberté sexuelle, leur déclaraient leur amour et incitaient au cunnilingus, qu'Arthur de Lavallière déteste probablement. Je parle des rappeurs, pas des cunnilingus.

Les petits-déjeuners du dimanche chez Marvin se déroulent toujours de la même manière depuis les années quatre-vingt-dix, avec des cris, des rires, du jus d'orange bon marché, du chocolat en poudre renversé sur la toile cirée de la cuisine. Le salon, lui, trop petit pour accueillir une table haute en plus de l'immense canapé d'angle en velours orange, est le temple des goûters, des thés à la menthe et des menus Best of. Le père de Marvin y fait ses mots croisés en lançant de temps en temps : « Moins de bruit, la jeunesse » pour le principe, sans trop y croire lui-même, tandis que sa mère cuisine, range, fait du henné, se prépare pour aller à la mosquée, ou gigote dans la cuisine avec sa sœur Maya, « la petite dernière », désormais dix-neuf ans, aide-soignante stagiaire.

Ce matin-là, entre deux tartines, je remarque un changement chez Maya.

« Maya, tu as défait tes tresses ? C'est superjoli, comme ça, ça te fait une coupe afro.

– Merci El'. Ça ne s'appelle plus une afro, on dit que c'est *nhappy*, pour *natural and happy*.

– Ah, d'accord. En tout cas, vraiment, j'aime beaucoup.

– Oh là là, maman, j'ai le seum pour Maya, t'es tellement raciste, tu me fais honte. »

Nina tente, dans son langage, de désapprouver mes propos.

« Explique-moi ce qui est raciste dans ce que je viens de dire, chérie. Je complimente Maya.

– Non, tu l'essentialises, là. Tu la complimentes mais en tant que Noire.

– J'osais pas trop le dire, Elsa, mais Nina a raison…

– Mais n'importe quoi, je dis juste que ses cheveux sont hyperjolis ! En quoi c'est raciste ? »

Elles me tchipent en chœur.

« Par exemple, les shampooings Gold, là, que vous avez rapportés hier soir. Ben, c'est vraiment pas fait pour des cheveux de Renoi. Mais pourtant on dit pas "shampooing pour Blanches". Tu vois ?

– Non, je vois pas, non… Je vous laisse quand même le sac de goodies de la soirée d'hier, ou c'est raciste d'offrir des trucs à sa famille de cœur ? »

Doudou me dépose un baiser sur les cheveux.

« Moi, je les prends, tes cadeaux, va, ma fille. C'est gentil, ça. Mais gardes-en pour ta maman. Et invite-la la prochaine fois, ça fait vingt ans que je te le dis… »

Je l'invite, ma mère, Doudou. Je l'invite depuis vingt ans chez les parents de Marvin, sur tous les tons. Mais se confronter à cette famille sereine et simple où l'on ne se tape pas dessus est au-dessus de ses forces. Cela signifierait pour elle regarder en face ceux qui ont dû jouer son rôle de mère à sa place. Elle préfère encore rester seule à côté de Montparnasse.

Je dépose un paquet-cadeau rempli de Golden Shamp sur le rebord de la baignoire de la salle de bains avant de laisser la place à Nina, qui voudrait se doucher « sans que quelqu'un squatte ou mate, c'est la convention internationale des droits de l'enfant qui le dit, tout enfant a droit à grandir dans l'amour et la compréhension, merde ! ».

Pendant que j'appelle un VTC, la mère de Marvin me prépare un sac de yaourts « périmés depuis juste deux jours », et son père m'explique que je vais avoir « besoin de force, dans l'entreprise, c'est Dallas, les gens, je me souviens, à l'usine, nous, c'était pas facile facile tous les jours, vous êtes courageux, vous, les jeunes, moi, je pourrais plus avoir des responsabilités pareilles, c'est trop de stross » (c'est comme cela qu'il prononce le mot « stress »).

En descendant avec Nina, je souris intérieurement en pensant à la soirée d'hier, à ce journaliste qu'on n'aime pas et qui sent si bon, et je me fais cette remarque : finalement, pour une « meuf » venue d'une cité, qui vit avec sa mère et sa fille, je ne m'en sors pas si mal.

Sans prendre conscience du drame déjà en train de se jouer sous mes propres yeux.

5

Si j'avais su que mes nouvelles missions impliquaient de passer une audition à l'Assemblée nationale, j'aurais peut-être décliné le poste de directrice des affaires publiques. Mon cœur bat si fort que je suis à deux doigts d'appeler les pompiers pour un massage cardiaque préventif. Moi, dans la vie, je philosophe, je joue du piano et je fais des dossiers de presse ; pas des auditions devant des parlementaires aguerris. C'est JPP qui a exigé que j'insiste pour être entendue par la commission des députés travaillant sur la proposition de loi Martin. C'est classique, dit-il, que des entreprises concernées par les lois débattues éclairent les débats de leurs « retours d'expérience de terrain ». Barbe Bleue avait lui-même des rendez-vous prévus, avant... Je dois expliquer combien nous utilisons de plastiques recyclés et recyclables permettant d'atteindre un taux de 100 % de contenants écologiques et, gentiment, amener les députés à déduire par eux-mêmes que nous faisons déjà tant de choses en faveur du climat, de l'écologie, de l'environnement, que nous sommes déjà si engagés dans une démarche biologique, si exemplaires, que l'on peut nous sortir de la liste des entreprises contraintes à de nouvelles obligations. À grand renfort de Montesquieu, « ne pas faire par la loi ce que l'on peut faire par les mœurs », je suis censée aller dans leur sens tout en les empêchant d'atteindre leur objectif. JPP m'a fait répéter : « Nous partageons l'objectif », qui doit ouvrir toutes mes phrases.

J'ai rendez-vous avec Marvin dans dix minutes à l'Assemblée nationale et je ne sais pas où aller. Je ne suis jamais entrée dans ce symbole de la République. Enfant, j'ai pénétré dans la mairie de Paris pour le bicentenaire de la Révolution française, quand Jacques Chirac nous avait remis des mallettes « 1989-Paris » – je dois encore avoir dans une boîte à chaussures la photo de Marvin et moi sur l'escalier d'honneur. C'est à ce moment-là que Marvin s'est mis à s'intéresser à la politique. Il avait serré la main de Jacques Chirac et lui avait dit : « Enchanté, je suis Marvin Martin et plus tard, je veux devenir homme politique. » Au lieu de rire, Jacques Chirac lui avait répondu : « Quelle bonne idée ! » Marvin avait vu cela comme un encouragement, mieux : une prophétie. Il devait s'engager en politique. Il le devait à Jacques Chirac.

Mais à l'Assemblée nationale, jamais je n'avais mis les pieds. Comme mon nouvel assistant, un petit jeune, ne m'a pas indiqué d'adresse précise – il a juste noté *Assemblée nationale* dans mon agenda, comme si je savais où m'adresser et auprès de qui m'annoncer –, je reste bloquée devant la façade, en bas de marches immenses, la Seine dansant derrière mon dos, perdue dans la contemplation des statues claires de l'entrée, me blâmant intérieurement d'ignorer ce qu'elles représentent. Jade, diplômée en sciences politiques et en droit public, ne l'ignore sûrement pas, elle.

Un sentiment d'imposture m'envahit ; j'hésite à rebrousser chemin, quand un bras me saisit par la taille. J'ouvre mon sac en catastrophe pour en sortir ma mini lacrymo, mais c'est Marvin, qui me taquine : l'entrée n'est pas là, les grandes marches et les lettres immenses *ASSEMBLÉE NATIONALE* c'est le patrimoine, pour le décorum et *tutti quanti*, personne n'entre jamais par ici. Il y a une autre entrée dans une rue parallèle, là-bas, plus loin. Il pleure de rire à l'idée que j'aie essayé d'accéder à l'Assemblée par les colonnes, m'indiquant qu'il a la chance de disposer d'un bureau ailleurs que dans le bâtiment principal, où il fait trop chaud l'été et trop froid l'hiver, où le Wi-Fi est capricieux et les bureaux étroits. Je pourrais faire remarquer à Marvin qu'il ne m'a jamais invitée dans son bureau, mais dès sa nomination, il a insisté : aucune visite, aucun service, aucun avantage pour les amis. C'est son éthique, ce qui le différencie d'un système qui repose trop souvent sur le clientélisme, dit-il. Il faut dire qu'après la loi pour la confiance dans la vie publique, une députée a été lynchée sur Twitter pour avoir recruté la demi-sœur de sa nièce. Qui, à cinquante ans, avait vingt-deux ans d'expérience comme assistante parlementaire. Mais, pour des internautes, travailler à l'âge de presque soixante ans dans un bureau de neuf mètres carrés – où dort parfois la députée –, gérer les courriers et les mails, prendre des rendez-vous, rédiger des comptes rendus de réunion et des amendements, organiser des déplacements, assister aux séances de vote de nuit et tenir des permanences pour 2 375 euros brut par mois constituait « un résidu de la monarchie présidentielle inacceptable, digne des heures les plus sombres de notre histoire ». La dame en question a fait une tentative de suicide – c'est Marvin qui me l'a dit –, mais tout le monde s'en moque et personne n'est venu la voir à l'hôpital. Une brève dans *Midi libre* le jour de sa sortie a même donné lieu à la création d'une cagnotte « Pour que la voleuse Nadine Excebest rende l'argent, retourne à l'hôpital et n'en sorte jamais ! », qui a réuni 248 euros et n'a jamais été fermée par le site qui l'hébergeait.

Nous faisons le tour du bâtiment quand Marvin croise une grande rousse en élégant tailleur noir cintré, escarpins pointus, mallette sous le bras, flanquée de deux jeunes hommes silencieux et boutonneux. Elle nous interpelle, articulant illico les syllabes :

« L'audition de All Bioty par la com a été repoussée, on la fait demain, là, "ils" ont mis à la place une audition dans le cadre du PLFSS, mais ça m'arrange de partir de l'AN car je dois rentrer en circo donc le whip se charge de l'orga. »

Elle a débité cette phrase d'un coup, sur le ton de l'évidence, sans même me jeter un regard, et Marvin lui a répondu une phrase tout aussi nébuleuse.

« C'est la vice-présidente du groupe des députés. L'audition est repoussée », me traduit-il ensuite.

Je n'ose demander si l'on peut entrer tout de même, et me laisse guider vers le bar du coin de la rue, Le Bourbon. Je tente tout de même un :

« Et c'est qui, “ils” ?

– Je pense qu'elle parle des Cravates, me répond Marvin.

– Les quoi ?

– Les Cravates. C'est comme ça qu'on appelle les petits chefs. Ces messieurs qui pensent décider de tout : ils sont tous blancs, et ils portent tous des cravates. Aucun d'eux n'a été élu ou ne s'est même jamais présenté ne serait-ce qu'à une cantonale ; ils ont des postes assez importants pour décider, mais pas assez importants pour être exposés. Ils sont interchangeables, ont peu de personnalité, ce qu'ils compensent par l'intime conviction de détenir la vérité absolue et définitive sur tous les sujets. Ils prennent seuls des décisions dont ils imputent le choix à leurs patrons. Et personne ne va vraiment téléphoner à leurs patrons pour les mettre en cause. Donc ils vivent de ça. Ils sont tous hétéro et, évidemment, ils ont tous grandi dans les beaux quartiers et ont fréquenté les grandes écoles parisiennes. S'ils savaient d'ailleurs que je les appelle les Cravates, ils essaieraient déjà de me nuire. Donc ils prennent les décisions, et nous, on les applique. Ou on les subit, c'est selon.

– Qui, on ? Les députés ?

– Non. L'écosystème. Si on ne veut pas appliquer ou subir leurs décisions, ils nous rappellent qu'ils sont les Cravates, qu'ils ont raison et qu'on a tort, et qu'ils ont de nombreux moyens de nous pourrir l'existence au quotidien. Et on applique quand même leurs décisions parce que, très vite, vient la menace de nous "faire mettre une balle". C'est une expression courante qui signifie qu'on va te trouver une affaire, dire du mal de toi dans *Le Canard enchaîné*, ou refuser tes amendements sur les prochaines lois. Et personne ne veut recevoir une "balle", d'abord parce que c'est désagréable, et surtout parce que si tu perds en crédit, tes dossiers n'avancent plus. Tu ne peux pas imaginer le bordel que ça a été juste pour déposer cette proposition de loi.

– C'est-à-dire ?

– Je n'ai pas le temps de tout te raconter là mais, disons que, chez Ordre & Progrès, si tu n'as pas la culture du compromis, tu ne t'en sors pas. Tu as deux manières de faire avancer tes dossiers : les alliances et le rapport de force. Heureusement, j'ai la chance d'avoir des soutiens forts parmi les députés, dans mon parti, et même… plus haut. »

Le temps de consulter son smartphone, et il poursuit :

« Habituellement, je laisse venir les balles parce que mes répliques sont plus fortes. Tu sais, construire son piédestal avec les pierres qu'on vous lance… La plus grande probabilité, c'est qu'il y ait un réel problème d'agenda. Mais c'est aussi peut-être un coup de pression pour me rappeler que je ne décide pas tout seul. »

Effarée par le discours paranoïaque de Marvin, je me demande où j'ai mis les pieds. Je n'avais pas idée que déposer un simple texte de loi bon esprit pouvait lui valoir ces pressions. Mais de qui, exactement ? Je n'ose pas lui poser la question.

« Tu sais quoi, Elsa ? Je vais m'assurer de maintenir la pression, moi aussi. Ils veulent jouer à ça ? Alors jouons ! Heureusement, tout n'est pas décidé par les Cravates, il y a aussi des gens sincèrement engagés, et à tous les niveaux ; il faut juste les repérer et savoir s'entraider. Je vais tout de suite envoyer un message à ma collab' pour qu'elle mobilise le groupe, et au conseiller qui suit le dossier à l'Élysée pour le prévenir. Lui, je lui fais pleinement confiance parce que là-haut, on me soutient. »

Il pointe un doigt vers le ciel. Je lève la tête pour regarder, sans que je ne sache bien discerner s'il fait mention de l'Élysée ou du ciel à proprement parler.

« Et puis, moi, j'ai ma communauté. »

À peine assis, Marvin dégaine son iPhone et se filme façon selfie, d'un ton sérieux :

« Salut les citoyens ! On est en live. C'est Marvin Martin, votre député… Notre planète n'est pas un gadget. Notre santé non plus. Et les deux sont liés. La santé environnementale est un sujet fondamental. Je vais vous expliquer pourquoi : je voudrais vous parler de ma loi pour la transparence dans les produits d'hygiène et de beauté. C'est une vraie petite révolution dans nos salles de bains, en fait, cette loi… D'abord, plus de suremballage, plus de plastique partout. Des chaînes de contrôle qualité plus efficaces : désormais on devra prouver avant la mise sur le marché l'inoffensivité des produits. Vous saviez qu'avant, on commercialisait d'abord et on finalisait les tests après ? Avec la loi Martin, ça, c'est terminé. Maintenant, les tests, c'est avant, et aux frais des entreprises. Surtout, on va enfin savoir exactement ce qu'on frotte sur nos corps. Vous trouvez normal qu'on appelle "substance controversée" des ingrédients qui sont de puissants perturbateurs endocriniens ? On a commencé le travail avec le bisphénol A, il ne fallait pas s'arrêter là. Tous ces composants dégueu que nos applis Yuka flaguent en rouge, maintenant, on pourra les analyser nous-mêmes. Alors je vous avoue que ça va secouer un peu, parce que vous comprenez bien que tous ceux qui mettent des saloperies, des composants *cheap*, pas chers, colorés ou cancérigènes, bref, tous ces gens-là ne sont pas ravis ni de la loi Martin, ni à l'idée qu'on mette notre nez dans leurs produits… qui sont en fait les nôtres. Donc je vais avoir besoin de soutiens, et mettez-moi le hashtag #LoiMartin en TT sur Twitter s'il vous plaît, pour qu'on tienne bon ! Vous savez que beaucoup d'articles des journaux en ligne sont rédigés en fonction de ce qui se dit sur les réseaux sociaux… »

Subitement, Marvin cesse de tourner sa vidéo et repose son iPhone.

« Manquait plus que lui...

– Qui ?

– Là-bas. Arthur de Lavallière. Ce connard de droite... alors lui, il est à la colle avec toutes les Cravates.

– Tu sais, je crois qu'il aime bien Aragon... enfin, c'est ce que quelqu'un m'a dit à la soirée. Il n'est peut-être pas si de droite que ça...

– Si, si, il est vraiment très "de droite", crois-moi. Aimer Aragon, c'était communiste sous Mitterrand, mais c'est plus réac que de gauche, maintenant. Attends, je rêve, mais tu as vu avec qui il est ?

– Non, je n'ai pas mes lunettes...

– La ministre de la Consommation. Celle qui entrave les travaux sur ma loi. Je suis persuadé que ça vient d'elle, les reports et les blocages. Je ne saurais pas te dire pourquoi exactement, mais je la sens hostile vis-à-vis de moi. Une intuition. Et regarde bien autour, elle est sans son OS.

– C'est quoi, un OS ?

– Un officier de sécurité. Les gardes du corps des ministres, si tu préfères. Ça veut dire que c'est une entrevue privée.

– C'est-à-dire ?

– C'est-à-dire que je pense qu'il se la tape.

– Ah... »

Cette affirmation m'agace. Marvin peut être l'homme le plus engagé et le plus droit du monde et, parfois, asséner des jugements péremptoires définitifs sur les gens sans les connaître. Marcher dans la rue accompagnée d'un homme mais sans garde du corps, c'est « se taper » quelqu'un ? Quel drôle de monde. Et puis d'abord, pourquoi se la taperait-il ?

De loin, je remarque qu'ils font de grands gestes et que, par moments, elle lui attrape le bras. Ils semblent se disputer, comme des gens qui se connaissent très bien. Peut-être que Marvin a raison… C'est vrai qu'elle est jolie, élancée. Malgré moi, je nous compare : je suis plus grande, elle est plus mince ; je suis plus jeune, elle est un peu pâle. Cet air slave qui fait son charme. Soudain, elle lui fait une bise sur la joue, lui tient la main quelques secondes, regarde à gauche et à droite et traverse la rue en boitant légèrement pour s'engouffrer dans une berline noire avec chauffeur.

Je reprends mon jeu des sept erreurs. Elle a un joli jeu de jambes, mais je suis plus sympa. Je l'ai vue quelques fois dans des débats télévisés de deuxième partie de soirée, elle est d'une agressivité sans nom. Il ne doit pas beaucoup rire, avec elle, entre deux ébats. Et qu'est-ce que c'est que ce carton que je triture dans la poche de mon trench depuis tout à l'heure ? Tiens, la carte de visite du journaliste… Qu'est-ce qu'elle fait là ? Vite, je me donne une contenance, que Marvin ne lise rien de mon trouble. Je lance à voix haute, comme pour m'autopersuader :

« Après tout, il fait ce qu'il veut. C'est surtout sa femme que ça doit déranger, non ? »

Mais Marvin m'écoute à peine. Les épaules courbées sur son téléphone qu'il tient à deux mains, coudes écartés, tête collée à l'écran, il s'assombrit et brandit son appareil pour me prendre à témoin. « Marlon Martin – festif – a modifié sa profession – manager au McDo », signale le statut Facebook de son frère. Enjouée, je félicite chaleureusement Marvin, mais il ne semble pas partager ma joie. Il tape sur les touches de son téléphone, le colle à son oreille. Trois sonneries, puis le déclenchement d'une messagerie me parviennent. Marvin soupire en répétant : « Il répond pas, il répond pas ! », puis enchaîne :

« Il m'a tagué ! Mais quel con ! Cela veut dire que sa publication apparaît sur mon mur ! Si la presse apprend que le frère de Marvin Martin, pourfendeur de l'industriel, défenseur du bio et du bon, dirige un McDo, tu imagines le tollé ? Je fais pourtant tellement attention que ça ne se sache pas…

– Oui, enfin, il n'a pas racheté la marque, il est juste manager d'équipe à Saint-Denis, c'est un salarié, un prolétaire qui s'émancipe quoi, c'est casher progressiste, tu peux te détendre. Ça ne fera pas la une du *Monde*. Et puis tu n'es pas Alain Delon, tu peux parler de toi à la première personne.

– Aujourd'hui, personne n'achète plus *Le Monde*, à part ceux qui écrivent dedans, et ce n'est pas le sujet. Le sujet, ce sont les réseaux sociaux ! Comment mon tuto "recette *so fresh* à base d'*avocado* bio" reste politiquement crédible auprès de mes followers ? »

Je n'ose répondre que présenter une recette comme étant « un tuto *so fresh* » sur YouTube n'est à mon humble avis pas le meilleur moyen de gagner en crédibilité politique, qu'il existe un mot pour dire *avocado* en français, c'est *avocat*, et qu'en termes locavores, on a connu meilleur ambassadeur qu'un fruit produit sous des serres mexicaines.

« Je viens de lui demander de supprimer son post Facebook immédiatement. Ou plutôt, j'ai demandé à mon attachée parlementaire de l'appeler pour lui demander de le supprimer. Cela m'évite de devoir argumenter. Quand on vous appelle en commençant par "Assemblée nationale, bonjour", cela fait toujours son petit effet, les gens agissent plus rapidement. »

Marvin est une personne altruiste et généreuse. Il consacre sa vie à défendre des valeurs nobles et à protéger les plus fragiles. Mais il a aussi parfois des réactions puériles et excessives. Tout ce qui a trait à son image le touche exagérément. Sa personnalité, c'est son capital, il n'a rien d'autre, répète-t-il souvent. Sans sa popularité, il ne pourrait plus faire avancer ses dossiers. Hélas, cette hypervigilance l'entraîne parfois dans un tourbillon et l'amène à oublier ceux qui comptent vraiment dans sa vie au profit de ce qu'en disent de stricts inconnus.

« Mais Marvin, tu ne peux pas faire ça à ton frère. Il est content, c'est mérité ! Les gens ne s'arrêtent pas de vivre autour de toi juste parce que tu es député.

– Elsa, Elsa, Elsa… J'ai une communauté de followers et des électeurs à satisfaire, un remaniement gouvernemental qui se profile dans trois mois et une réélection dans moins d'un an ! Les gens qui me soutiennent aujourd'hui peuvent se retourner contre moi demain. Et dans ce cas, adieu la loi Martin ! Trop de personnes veulent que les choses restent comme elles sont… Tu comprends les conséquences qui peuvent advenir si ma loi ne passe pas ? Non seulement pour moi, mais à la limite, moi, je rebondirai. Mais surtout pour les enjeux que cette loi porte. Tu peux te goinfrer de Maxi Best of Big Mac, tout le monde se fiche de tes faits et gestes. Et je ne dis pas ça méchamment, tu le sais. Pas moi ! Les réseaux sociaux sont impitoyables ! J'en suis bien le premier désolé. Pour eux, je suis "le Gwyneth Paltrow gay". Je ne peux pas prendre ce genre de risques. Comme m'a dit un jour le Premier ministre, en politique, la seule chose qu'on ne pardonne pas, c'est le manque de cohérence. Je dois tout faire pour sauver la loi et la mener à son terme. C'est quand même inadmissible quand on pense à toutes ces saloperies qu'on s'étale sur le corps dans la plus grande opacité. Pour moi… Pour moi, le McDo, c'est terminé. »

Il réfléchit.

« Et Marlon aussi. Je ne peux plus retourner dîner chez mes parents les soirs de match. »

Je ne sais pas quoi répondre à cette décision aussi tranchante que subite, et qui me semble totalement disproportionnée. J'ai l'impression de braver ma mère un soir de crise. Vingt-cinq ans que je passe tous les soirs de match du PSG chez les parents de Marvin. Leur appartement a été mon refuge, l'endroit qui m'a permis de ne pas devenir folle pendant mon adolescence. Marvin ne peut pas me l'enlever ! Il ne peut pas ne se préoccuper que de sa réputation, et se moquer comme ça de son frère, qui est comme le mien !

Je termine mon thé refroidi sans un mot pour Marvin qui, de toute façon, s'avère bien plus absorbé par son smartphone que par ma présence. Une fois nos consommations réglées, nous partons chacun de notre côté. Marvin dans son costume bleu roi disparaît derrière la grille en direction des marches immenses et solennelles de l'entrée latérale de l'Assemblée nationale, où il a des choses mystérieuses et importantes à faire avec des gens qui portent des cravates sombres et n'ont pas de frère manager au McDo. Moi, dans mon trench Zara froissé, je prends la direction du métro Invalides pour repasser au bureau.

Si j'avais eu le temps de déjeuner avec Jade au bar à pain, j'aurais pu la sonder : pour elle aussi, marcher avec un homme sans garde du corps signifie-t-il que vous avez une aventure ensemble ? À la place, je serre fort entre mes doigts la carte de visite écornée d'Arthur de Lavallière, ne sachant qu'en faire. Je n'ai aucune envie de me lancer dans une relation amoureuse avec un homme marié et visiblement habitué aux relations extraconjugales, avec des ministres de surcroît, alors qu'à ses yeux je serais probablement juste une mère célibataire. Amusant comme ces deux mots séparés, *mère* et *célibataire* font appel à un imaginaire collectif positif, la gentille maman dévouée d'un côté, la célibataire en goguette de l'autre. Triste comme ces deux mots collés ensemble revêtent un tout autre sens. Le regard des autres varie en fonction de ce simple statut. La mère d'élève célibataire est perçue comme en difficulté. Son célibat devient l'explication à tout : Nina a oublié son matériel de dessin, mais j'ai appris pour votre situation… Ce statut modifie aussi la vie sociale. Les couples de parents d'élèves ont cessé de m'inviter quand ils ont appris que j'étais mère célibataire. Peur que cela ne soit contagieux ? Crainte que je reparte avec un mari, n'ayant plus le mien ? Non, mon statut ne fait peut-être pas envie, mais je ne veux pas d'une relation extraconjugale.

Et quand bien même ce ne serait pas le cas, je n'ai aucune envie d'aller me cacher dans un hôtel bon marché réservé via une application discrète pour le temps d'un rapport rapide, passés les premiers frissons. De fêter Noël seule près du téléphone tandis qu'il poste des photos de lui déguisé en père Noël devant la cheminée d'une maison de campagne familiale en Normandie ou dans le Perche, avec sa femme et les enfants qu'ils ont sûrement, qui forcément sont sages, sans poux, aux dents naturellement droites et aux chemises de nuit bien repassées. De décider ensemble qu'il vaut mieux qu'on ne s'écrive pas, tu comprends, elle pourrait tomber sur un des messages. Et de l'écouter me lister les mille raisons pour lesquelles il ne la quittera pas – tu comprends elle est malade, tu comprends elle est au bord du suicide, en ce moment elle est si fragile, tu comprends on se connaît depuis si longtemps, tu comprends on vient d'acheter un petit appartement avec balcon qu'on va mettre en location à côté de Nantes, les taux sont si bas en ce moment c'était le moment d'acheter c'est dans le dossier spécial de *L'Express*, ça ne change rien pour nous, tu comprends le grand va être opéré des amygdales et déjà qu'il est sensible je ne peux pas lui faire ça, tu comprends on peut continuer à se voir toi et moi mais en ce moment, *à la maison* (formule elliptique permettant de ne pas mentionner l'existence de sa femme tout en la rappelant) on essaie d'avoir un autre enfant, parce que j'ai toujours voulu une famille nombreuse, tu comprends, tu comprends.

Je le sais parce que Jade a entretenu durant près de deux ans une relation amoureuse avec un homme marié à une femme qui souffrait soi-disant d'un cancer en phase terminale, il ne-pouvait-pas-la-quitter-tu-comprends, jusqu'à ce que Jade tombe par hasard sur elle à un cours de pilates à Montparnasse. Elle remplaçait la prof habituelle. Jade ressent en général plutôt de la sympathie pour les autres femmes, assez peu de jalousie ; peut-être est-ce dû au fait qu'elle est si belle qu'elle n'a rien à envier aux autres. Elle a reconnu la femme de son amant et, dans un élan de sororité, la félicitée pour ses beaux cheveux soyeux, ce qui est rare après une chimiothérapie. Surprise, l'épouse-prof de pilates l'a remerciée et lui a répondu qu'elle n'avait jamais eu de cancer. Il devait y avoir erreur sur la personne, elle était dans une forme olympique et si ses cheveux brillaient autant, c'est qu'elle attendait un deuxième enfant, mais c'était un secret entre elles parce que même son mari n'était pas encore au courant.

Moi, je ne donne pas dans les hommes mariés. Non pas par règle éthique, mais parce que le rapport bénéfices-désagréments est trop négatif, selon le principe du calcul des plaisirs énoncé par Jeremy Bentham, philosophe du XVIIIe siècle, père de la philosophie utilitariste telle qu'on la connaît aujourd'hui et l'un des premiers libéraux. À une époque où ces questions étaient marginales, voire inexistantes, il se prononçait en faveur du divorce, de l'égalité femmes-hommes, des droits des animaux ou de la séparation entre les Églises et l'État. Selon Bentham, tout être humain calcule ses plaisirs selon plusieurs critères dont leur durée, leur certitude, leur intensité, et surtout, ce que Jeremy Bentham appelle leur « pureté » : la garantie qu'un plaisir n'entraînera pas plus de désagréments qu'il ne procure de satisfactions. Ses thèses s'inspirent en partie d'Épicure, à qui l'on attribue souvent à tort un sens contraire. Être épicurien n'a jamais signifié : « Faites n'importe quoi tant que cela vous fait plaisir », mais au contraire, dans sa doctrine du plaisir, Épicure suggère de cueillir les plaisirs de la vie qui n'engendrent pas de souffrance. Or une relation adultérine avec Arthur de Lavallière engendrait à coup sûr plus de souffrances que de plaisir.

Je m'aperçois que j'anticipe peut-être un soupçon trop. Aucune relation ne m'a encore été proposée par Arthur de Lavallière qui, sans doute, veut simplement et véritablement une interview et non me donner rendez-vous dans un hôtel parisien un mardi à 14 heures – et le mardi ne m'arrange pas, c'est le jour du comité de direction, je préférerais un jeudi... Mais je dévie encore, et ce n'est toujours pas le sujet. Je serre les poings : tu recommences à extrapoler, Elsa ! Stop ! Malgré moi, j'ai l'impression de le voir partout, sur les affiches en 4 x 3 des couloirs de la ligne 13, dans les alertes info de mon téléphone, et au loin, j'entends sa voix répéter, comme sortie des haut-parleurs du métro : « Les yeux d'Elsa les yeux d'Elsa les yeux d'Elsa... »

Mécaniquement, je compte les marches pour descendre sous terre, je compte les stations de métro qui me séparent du bureau, je compte 514 jours de break depuis le départ d'Anthony. 514 jours à dormir seule, sans la moindre relation sexuelle digne de ce nom – et encore, l'étreinte rapide en guise d'adieu qu'il m'a concédée plus par politesse que par désir ne m'a pas laissé un souvenir impérissable. Peut-être parce qu'elle ne m'a pas laissé non plus le temps de retirer mon pull.

Depuis, il y a bien eu l'orthodontiste de ma fille, mais, techniquement, aucun de nos cinq rendez-vous n'a abouti à une nuit entière ensemble. Je suis rentrée à l'aube à chaque fois. Je n'aime pas dormir avec des inconnus. J'ai toujours peur, dans mon sommeil, de parler, de baver ; j'associe le sommeil à l'abandon de soi et donc à la confiance en l'autre. À ce jour, il n'est personne en qui j'ai suffisamment confiance pour vouloir me blottir contre lui et m'endormir sur son épaule, personne avec qui je me sente assez en sécurité pour m'abandonner, personne devant qui j'ai envie d'ouvrir les yeux le matin au réveil, teint brouillé et cheveux ébouriffés.

Par association d'idées, je compte les semaines et, subitement, ce calcul s'impose à moi : je n'ai plus mes règles depuis que j'ai été nommée directrice des affaires publiques. La dernière fois, je m'en souviens, c'était le jour de la fermeture du bar à bowls. Cela fait donc cinq semaines et trois jours. Et à moins d'une opération du Saint-Esprit, contrairement à l'épouse sus-citée, il est impossible que je sois enceinte. Déjà la préménopause ? Oh mon Dieu, c'est sûrement ça… J'ai eu mes règles jeune, je suis ménopausée jeune. Je suis une vieille personne ! Je n'aurai plus jamais mes règles, je n'aurai plus jamais d'autre enfant, je vais grossir, je vais flétrir et les gens diront de moi : « Pourtant, elle était belle, quand elle était plus jeune, tu l'aurais vue… » Je me disais aussi que j'avais un peu chaud ces derniers temps. Dès mon retour à la maison, je regarderai sur Internet.

Mon changement de ligne arrive ; je compte neuf voyageurs sur l'escalator et je regarde la carte de visite d'Arthur – en me disant que je suis ridicule de l'appeler par son prénom, même en pensée. J'entends la voix de Marvin disant : « Le pire du nouveau monde, moi, tu te rends compte ? On le déteste », et je la jette entre deux masques usés en papier bleu et un gobelet Starbucks sale dans la première corbeille non signalée comme « Vigipirate ». Il est déjà 19 heures, mais je dois retourner au bureau écrire une note sur l'audition repoussée pour JPP. J'appelle ma fille depuis la partie du couloir de Châtelet-Les-Halles qui capte du réseau.

« Allô ? Nina ? C'est maman. Je vais rentrer tard, chérie. Si mamie dort, fais-toi un couscous-légumes pour le dîner. Il y en a un Picard dans le congélateur. »

La réponse tout en nuance de ma fille résonne dans mon smartphone :

« Franchement, t'as pas honte ?

– De te proposer de décongeler un plat Picard pour ton dîner ? Désolée, ma chérie, mais je cours après le temps et là je dois absolument retourner au bureau pour...

– Non, de me proposer un *couscous* ! C'est de l'appropriation culturelle ! Tu spolies des gens des pays arabes en volant leur patrimoine gastronomique. C'est du racisme.

– Hein ?

– Tu voles une tradition. C'est ça, l'appropriation culturelle. Tu t'appropries un plat.

– Mais je n'ai jamais prétendu que je l'avais cuisiné. Si quelqu'un a volé quelque chose, c'est Picard, mais je ne suis pas vraiment sûre de voir en quoi ce serait raciste, et je suis presque sûre que les courgettes et les navets viennent du Maine-et-Loire...

– Tu comprends pas ! Laisse tomber, je vais faire de la purée.

– Ça va, la purée, tu es sûre qu'on ne vole pas la recette à monsieur Patate ?

– C'est *personne* Patate maintenant, pas monsieur, la marque a dégenré les personnages, bordel !

– Nina ! Langage ! »

Mais Nina a raccroché.

Arrivée dans les bureaux de All Bioty, je suis frappée par le silence qui y règne. Toutes les lumières sont éteintes. Il n'y a plus âme qui vive dans les étages. Seul celui métallique de la direction semble animé. Aucune envie d'aller servir de dame de compagnie à JPP ou à Belinda. Je m'arrête au troisième et lance mon sac sur mon ancien bureau dans l'open space, devant l'ordinateur où j'ai encore un compte Skype préenregistré.

Je parviens à établir une connexion avec Anthony. Mon mari apparaît à l'image, me sourit, mais des vagues géantes s'apprêtent à arriver et il ne peut pas rater ça, car surfer maintient l'équilibre et ce n'est pas si souvent non plus que des vagues géantes se pointent en pleine mi-saison, ça pourrait être le moment de son record, alors il doit raccrocher, il m'embrasse, il embrasse Nina, il embrasse tout le monde et, rapidement, disparaît. La connexion est coupée. 1 minute 22. Je murmure : « Les époux se doivent mutuellement respect, secours, fidélité et assistance… » De fatigue, de frustration, de rage, je jette l'ordinateur qui s'écroule sur le sol et me mets à pleurer, la tête dans les mains.

« Tout se passe comme vous voulez, madame Colombani ? »

Je me retourne en sursautant. « Madame Colombani » : c'est ainsi que le boucher de la rue Fesch, à Ajaccio, appelait ma grand-mère. Personne ne m'appelle jamais comme ça. Deux bureaux derrière, debout, dans le noir, mon nouvel assistant, Léo. Depuis le limogeage de Barbe Bleue, il n'y a plus aucune stagiaire et plus aucune assistante. Que des hommes. La mèche brillante – et probablement coiffée à la cire – de Léo brille dans le noir, ses pectoraux dessinent sa chemise bleu ciel barrée d'une cravate mal nouée. Il sourit et la blancheur de ses dents éclaire presque la pièce. Je le remercie, et il s'approche de moi avec douceur, laissant sa question suspendue. Il reste immobile. Quelque chose en moi se crispe et crie en silence : « Approche-toi, approche-toi encore ! »

Rapidement, je débats avec moi-même pour savoir si je dois partir en courant, mais Léo semble si attentionné et son torse et ses épaules si rassurants dans une journée si hostile, que j'ai finalement plutôt envie de me recroqueviller dans ses bras. Il m'obéit et arrive devant moi en trois enjambées. Il pose sa main sur la mienne. Je renifle bruyamment. Il essuie une larme sur ma joue.

« Vous savez, si je peux faire quoi que ce soit pour vous... vraiment quoi que ce soit... »

Je ne sais pas si la fatigue fait sauter les barrières ou si la pénombre me désinhibe, si c'est la gentillesse de Léo ou la perspective de passer enfin un moment agréable dans cette période brutale, mais je lui réponds : « En fait, oui, tout pourrait se passer mieux, Léo. » J'attrape le bout de sa cravate froissée, l'attire vers moi en la tirant, l'assieds sur la chaise du bureau et m'installe à califourchon sur lui, mes doigts dans ses cheveux, ma langue dans son oreille, ma main sur la boucle de sa ceinture, et vous avez compris la suite, je ne vais pas non plus vous envoyer une copie de la sextape.

6

Éviter son propre assistant est un art difficile. Je regrette d'avoir cédé à la pulsion désespérée d'un soir de déprime. D'autant que ce n'est vraiment pas mon genre. J'ai prétexté des réunions à l'extérieur toute la fin de la semaine et profité du week-end pour ignorer les appels de Léo, m'en tenant à des réponses lapidaires du type « à rappeler », « merci », « à traiter », concentrée sur ma mère, ma fille, ou écoutant Marlon m'expliquer, en arpentant les allées du jardin du Luxembourg, pourquoi Marvin n'avait pas de cœur. Mais le lundi matin venu, impossible de repousser davantage le moment de croiser Léo. J'ai enfilé une robe grise droite et une veste à carreaux beige dont le message limpide signifie : « Je suis une personne sérieuse, je suis là pour travailler, pas pour me faire lécher la friandise par mon assistant, même s'il est plutôt doué pour un jeune sans expérience, mais ce n'est pas le sujet. »

Nina se gratte la tête avec intensité. Pourtant, depuis quelque temps et à ma grande joie, je n'y vois plus de poux. Sûrement quelques séquelles de piqûres, ou de… mais au fait, est-ce qu'un pou pique ou mord ? Une araignée mord, je crois, mais les poux sont des insectes. Observer les poux courir sur la tête de ses enfants est vraiment l'un des exercices les plus terrifiants de la maternité ; vous en retirez un, douze surgissent de chaque mèche, grignotant le crâne de votre petit. Pire que les reflux gastro-œsophagiens en jets…

Si les enfants se font à deux, c'est indubitablement pour avoir quelqu'un avec qui partager ce type d'interrogation. Il s'avère inhumain de se demander à soi-même à l'heure du petit-déjeuner si l'on déteste plus les reflux ou les poux. Et ce n'est pas avec Léo que je pourrais partager ce genre de considération, il a presque l'âge d'avoir encore des poux lui-même. On parle de quelqu'un qui est né après la finale de la Coupe du monde de 1998, tout de même. Je me demande même s'il n'a pas un appareil dentaire à l'intérieur de la mâchoire supérieure. Je déplore de devoir m'avouer qu'Anthony me manque. Quand il était là, c'était un bon père pour Nina, et je n'ai jamais eu à me plaindre de ses qualités d'amant.

Ma mère, immobile, debout dans sa robe de chambre marron, semble perdue dans la contemplation du café dégoulinant dans la machine.

« Maman, tu te fais un café ?

– Oui.

– J'ai l'impression que Nina n'a plus de poux.

– Ah…

– Tu en fais beaucoup, du café, ce matin.

– Deux.

– Il y en a un pour moi ? Oh c'est gentil, maman, mais je bois du thé, moi, tu sais.

– Non, c'est pour Denis, s'il n'a pas son café avant de se lever, tu sais bien qu'il va… couic ! couic ! »

Elle mime des gestes indéfinis avec un couteau surgi de nulle part. Je le lui retire des mains en lui souriant et le repose sur le plan de travail. J'ignore combien de temps encore je vais pouvoir la garder chez moi sans que ça devienne dangereux pour elle. Je devais prendre rendez-vous avec l'infirmière, mais j'ai oublié, avec les récents changements… Je m'en occuperai la semaine prochaine. Un « Salut ! » chantant claironné au loin et ponctué du bruit d'une porte qui claque m'informe que Nina virevolte vers le collège. Ma mère sursaute et murmure :

« Il est parti sans son café ?

– Non, maman, c'est Nina qui est partie. Ma fille. Ta petite-fille. Tu as pris tes médicaments hier soir, maman ? Regarde, je te dépose là tous ceux de la journée… Midi, 16 heures, et les bleus, 20 heures. Tu es sûre que ça ira ?

– Mais oui, voyons, quand même, Elsa ! C'est moi, la mère. Je ne suis pas aussi empotée ! On dirait parfois que tu t'occupes de moi comme si j'étais ton enfant… Allons, ne t'inquiète pas pour moi. Mets-toi au premier rang en cours d'allemand et travaille bien. Je vais jouer du piano, tiens, cela fait longtemps. »

Je soupire. Je voudrais tenter de joindre Anthony, me demande s'il est trop tôt chez nous, trop tard chez lui ou l'inverse. Il décroche après seulement deux sonneries.

« Ah, Antho… je ne pensais pas que tu répondrais. Je voulais te dire que, euh… Nina n'a plus de poux, je crois. Ça va me faire des économies. Si l'on met bout à bout tous les antipoux que j'ai achetés depuis que je suis mère, on arrive au PIB de l'Ouganda.

– Mais c'est super ça, El' ! Si tu postes ça sur Facebook, évite juste de mettre une photo de la Malaisie pour illustrer l'Ouganda. Haha ! Haha !

– Tu es vraiment un gros con, Antho. Sinon, ton record du monde, ça avance ? Qu'est-ce que tu as de prévu, aujourd'hui ?

– Ce n'est pas parce que les choses sont difficiles que nous n'osons pas, c'est parce que nous n'osons pas qu'elles sont difficiles.

– C'est-à-dire ? Tu vas enfin prendre une vague géante ?

– Non, je dois changer ma housse de couette. C'est difficile, tu sais, mais quand on y pense, il suffit d'oser s'y mettre et de bien tenir chaque extrémité de la couette. Ça va faire deux mois que je suis dans cette piaule, il est temps de me lancer. Il ne faut pas se laisser effrayer par l'immensité de la tâche. Tu ne crois pas ?

– Tu sais ce que je crois, Antho ? Je crois que tu as beaucoup, beaucoup trop de temps libre pour réfléchir. Je te laisse, je vais travailler. C'est ce que nous faisons, nous autres mortels qui n'avons pas été touchés par la grâce et qui avons des enfants à élever. »

Sur le meuble de l'entrée, un nouveau colis a été déposé, probablement monté de la boîte aux lettres par ma mère, avec le nom de Nina calligraphié dessus. Je le défais avec précaution, tentant de ne pas abîmer le scotch, et découvre le bracelet connecté que je lui avais commandé contre le harcèlement de rue. Je l'attends depuis si longtemps qu'il m'est totalement sorti de la tête. Intriguée, je l'extirpe de son emballage en me demandant comment le système de caméra fonctionne. Un minuscule bouton à activer contacte la patrouille de police ou de gendarmerie la plus proche, et un petit écran permet de rediffuser l'éventuelle agression enregistrée. Impressionnant. J'installe le bracelet autour de mon poignet pour l'essayer et quitte l'appartement.

Je passe les quatorze stations de mon trajet de métro jusqu'à All Bioty à tenter en vain d'en saisir le fonctionnement, sans comprendre ne serait-ce que le début des modalités de configuration. Il me semble devoir choisir un mot-clé à prononcer qui enclencherait la caméra en cas de harcèlement. Au hasard, mon regard se fixe sur une publicité pour un centre de bronzage affichée dans la station de métro. Je tente de murmurer le mot « soleil » comme terme qui, prononcé deux fois, déclencherait l'enregistrement de la minicaméra, sans être certaine d'y parvenir. Après tout, ce joli bracelet apporte une touche de couleur à ma tenue. En descendant du métro, je décide finalement de le garder jusqu'à ce soir.

Depuis le trottoir, j'aperçois par la fenêtre la silhouette lourde de JPP arpentant son bureau vitré en long, en large et en travers. Je le soupçonne de dormir sur un lit de camp dans une pièce cachée et de disposer de lots de costumes propres de rechange dans l'un des placards. Au même moment, mon portable me signale un appel en absence et un message. C'est JPP : il s'apprêtait à visionner l'audition concernant « notre » loi sur La Chaîne Parlementaire et n'a pas du tout apprécié de découvrir son report en direct. M'a trouvée « trop gentille avec eux » de l'accepter sans protester. Mais personne ne m'a jamais dit que je pouvais refuser à des députés le report de mon audition ! Alors que j'arrive à mon bureau, j'entends Belinda hurler en allemand. Elle doit être en ligne avec son mari. Je comprends un mot sur deux. Elle raccroche et m'intercepte dans le couloir. Elle m'agonit d'ordres contradictoires. Je tente de reformuler ses demandes pour m'assurer d'y répondre.

« Voulez-vous que je vous écrive un compte rendu de l'audition ?

– Un compte rendu ? *Ach*, non, ce n'est pas la peine de vous ennuyer avec un compte rendu d'audition, mon horoscope suffira. Je suis ascendant Sagittaire.

– Vraiment ?

– *Nein !* C'est ironique ! Évidemment que je voudrai un compte rendu de l'audition ! »

JPP arrive à son tour et rejoint notre réunion improvisée. Il estime que je devrais *vraiment* me servir de mes liens avec le célèbre député Marvin Martin. Si les autres députés comprennent que nous sommes proches, ils m'écouteront davantage, selon JPP. Il a demandé à la nouvelle responsable de la communication, qui arrive de la filiale américaine d'ATOM pour me remplacer, de proposer un plan média. Pourquoi pas une interview croisée sur notre engagement pour la planète dans un journal de gauche comme *La Croix* (j'ignorais que *La Croix* était un journal de gauche) ? Une séance de photos ensemble ? Un reportage dans *Paris Match* sur le thème « Retour dans le bidonville de notre enfance » (il ne précise pas si *Paris Match* est de gauche selon lui) ?

Je n'ose rectifier que c'était une cité HLM, pas un bidonville, et que nous ne dormions pas dans une tente au-dessus du périphérique. Nous avions l'eau courante, l'électricité, la télévision et même des consoles de jeux vidéo. Au-delà d'une certaine classe sociale, tous les niveaux de pauvreté s'équivalent. D'ailleurs, on ne dit pas *pauvre*, on dit *modeste* ou *populaire*. Marvin m'a expliqué que nombre de ses nouveaux amis sont effrayés par le mot *pauvre*. Pour eux, « la pauvreté » est un concept, une abstraction, au mieux un dossier. « Combattre la pauvreté. » D'accord, superbe projet. Qui commence ? Même *en galère* sonnerait mieux. Pour nous, quand nous étions petits, ceux qui louaient un appartement hors de la cité étaient des riches, comme notre copain Sébastien, dont le père exerçait comme fonctionnaire et gagnait 10 000 francs par mois. À nos yeux, un vrai privilégié. Mais pour le père de Sébastien, le luxe, c'était la maison en préfabriqué de Paola et sa mère, qui gérait son propre salon de coiffure. Pour beaucoup des nouveaux amis de Marvin, tous ces gens sont juste indifféremment *modestes* ou *populaires*, voire *en galère* donc, pour les plus jeunes d'entre eux.

JPP s'agace de ce que les députés de la commission « écologie », les jeunes comme les vieux, soient réputés trop pointilleux.

« Des députés qui exigent de voir des budgets avant l'audition ! Qui s'offusquent quand on leur prémâche le travail et qu'on rédige déjà les amendements. J'en peux plus ! Tous ces nouveaux types écolos, là, qui fument des joints à la sortie des ZAD avec des chèches autour du cou et veulent abolir Noël ! Des dingues, oui ! Il faut absolument leur faire comprendre qu'ils ne sont pas compétents et que ça doit passer par la commission Économie. Là au moins, il y a des gars sérieux, avec qui on peut parler, je le sais, j'étais avec eux à HEC, Dauphine ou l'ENA. »

Je me retiens de rappeler à JPP que ceux-là non plus ne sont plus députés depuis des années parce qu'ils ont été battus aux élections par les « petits jeunes » et qu'il trouvera des députés « trop pointilleux » dans la commission Économie aussi, pour la majorité d'entre eux. C'est comme cela que la machine fonctionne. Je me retiens aussi de lui rappeler qu'il n'y a pas de député du groupe REV dans la commission Économie et Finances à l'Assemblée nationale, qu'aucun député d'Ordre & Progrès ne veut abolir Noël, qu'on peut être écolo sans être zadiste, et qu'il y a de vieux députés tout aussi incorruptibles. Mais j'ai l'impression que l'heure n'est ni au débat ni à la nuance. D'ailleurs, lorsque j'ai appelé la Fédération des entreprises de beauté bio, quelle ne fut pas ma surprise de découvrir qu'ils n'avaient aucune envie d'exonérer les marques bio des nouvelles contraintes de la loi Martin : « Au contraire, la majorité des entreprises de cosmétiques bio salue l'initiative. Enfin, nous allons faire comprendre que la composition des produits importe. Que ce qu'il y a dans un produit est aussi important que ce qu'il y a sur le produit, et même plus. Cela va dans le sens des combats menés depuis des années par la Fédération des entreprises de beauté bio ! »

Deux possibilités : ou ils n'ont rien compris à la loi, ou je n'ai rien compris aux amendements de JPP. À moins que… Comment est-il possible que *toutes* les entreprises hygiène et beauté bio puissent saluer cette évolution, tandis que seul All Bioty voudrait s'en extraire ? J'ai bien étudié la loi de Marvin : elle semble apporter des réponses concrètes à des problèmes de notre époque. C'est ce que je lui suggérerais d'écrire dans son dossier de presse si j'avais à le rédiger. L'article 1 prévoyant de limiter enfin drastiquement le suremballage des produits dès maintenant, pas en théorie et pas dans vingt ans ; l'article 5 sur le lexique européen et la tenue à jour des perturbateurs endocriniens ; l'article 11 augmentant les pénalités financières et les peines pour mise sur le marché sans autorisation ; et même l'article 12 concernant le financement de la recherche scientifique à propos de l'évolution des conséquences de l'utilisation de colorants sur la santé environnementale peuvent recevoir notre soutien. L'article 14 sur les protections hygiéniques prévoit la publication en transparence, sur les packagings, de leurs composants. Année après année, des rapports paraissent pour alerter, l'ANSES invite les fabricants à améliorer l'information, et pourtant on peut toujours lire sur des emballages *coton bio**, avec un astérisque permettant de comprendre entre les (minuscules) lignes du verso que seule une partie du voile est en coton bio et non la protection entière. Dans la réalité, non seulement les composants des produits d'hygiène intime ne sont pas lisibles clairement sur tous les emballages, mais ils ne sont pas toujours disponibles plus facilement en ligne ou sur demande des consommatrices. Quand c'est le cas, un simple terme générique de type *polymère* ne permet pas de savoir avec précision quel composant est en contact avec nos parties intimes. Le débat fait rage entre ceux qui prétendent que tout est cancérigène et ceux qui prétendent que rien ne l'est. Hélas, nous ne savons même pas sur la base de quoi nous débattons, puisque nous n'avons pas accès à toutes les compositions, présentes seulement en fonction du bon vouloir des marques. Certaines jouent le jeu. Pas toutes. Grâce à la loi Martin, cela changera.

C'est l'article 7 qui préoccupe JPP. Celui qui exige la transparence totale dans la composition des produits d'hygiène et de beauté, stipulant la publication du principal composant en quantité sur la face du produit, dans une police de caractères ne pouvant être de taille inférieure à la moitié du nom du produit. L'objectif de Marvin : permettre à chacun de savoir ce qu'il ou elle achète. L'obsession de JPP : empêcher le vote de cet article.

« Trouvez-moi une par une les failles des députés et persuadez-les de voter contre ce maudit article 7. Ou menacez-les. Il n'y en a pas un qui trompe sa femme, enfin, ou son mari, je ne suis pas homophobe, hein ? D'ailleurs, il y en a peut-être un qui a posté des tweets homophobes dans sa jeunesse ? Un qui aurait un enfant caché ? Un compte en Suisse ? Vous trouvez et hop, vous menacez de tout balancer anonymement à Jean-Jacques Bourdin, qui leur posera la question lors de leur prochaine interview en direct. Comme ils ont peur, ils votent comme il faut nos amendements !

– Je ne suis pas certaine que ça intéresse M. Bourdin. Et n'est-ce pas un peu… illégal ? Je ne suis pas juriste, mais chantages, menaces, ce n'est pas très…

– Mais non, tout le monde fait ça ! Cessez vos pudeurs de gazelle. Ce que vous êtes naïve, parfois, ma pauvre Elsa ! Trouvez-moi des infos sur les pires d'entre eux et appelez *PressLigne*. Ils ne publient pas les histoires de cul, mais dès qu'il y a un demi-centime d'euro en jeu, même si cela n'a rien à voir avec le schmilblick, ils sont trop contents, ils font un article. Trouvez un député qui s'est fait rembourser un dîner en trop et ça devient un abus de bien social, qui mène des missions de consulting rémunérées et ça devient un scandale d'État, qui paye sa femme de ménage au noir et ça devient du vol d'argent public, qui a déjà croisé quelque part un représentant d'un lobby et proposez un article du type "Les relations troubles entre le député Untel et le lobby Bidule..." Vous avez le numéro de Stéphane Boucris ? Il vous le faut. Stéphane Boucris fait et défait les réputations : c'est lui qui sélectionne les bruits de couloir qui vont devenir des scandales, je vous envoie sa fiche. Appelez-le et dites-lui des saloperies sur les députés les plus virulents. "En tuer un pour en terrifier un millier", haha ! Sun Tzu, *L'Art de la guerre* ! »

Un assistant nouvellement arrivé s'approche en tremblant et rappelle à Belinda que sa réunion va démarrer. Elle expire bruyamment et le suit en marmonnant. JPP en profite pour me demander de le suivre dans son bureau d'un geste de la tête. Je trouve son argumentaire cynique et même effrayant. Je tente de recentrer la conversation sur nos objectifs.

« Excusez-moi, mais je pensais qu'on était là pour rendre la planète meilleure et protéger le corps des femmes ?

– Hein ? Ah oui. Enfin, comme vous le dites tout le temps : "C'est ce que dit le dossier de presse." Haha ! Bon, allez, le procédé, je m'en moque, mais je veux des ré-sul-tats. Et au pire il y a toujours l'enveloppe.

– L'enveloppe ?

– Ne dites rien à Belinda. Elle croit que cette caisse noire sert uniquement pour distribuer des primes en interne. Elle pense que les gens aiment sincèrement sa petite entreprise mignonne de trucs bio verts bambous et tout le bazar... Je vous le dis à vous, parce que je sens que vous n'êtes pas comme elle. Vous, vous ne vivez pas d'idéaux, vous comprenez les réalités économiques.

– Qu'est-ce qui vous fait dire ça ?

– Voler ce poste à votre collègue la plus proche ne vous a pas dérangée outre mesure, alors ça ne vous dérangera pas de gérer l'enveloppe. C'est une enveloppe, comme ça, voilà, pour disons... dédommager. On n'est pas des rustres, quand même.

– Mais vous en avez "dédommagé" beaucoup ? »

Portée par ses stilettos, Belinda entre de nouveau dans la pièce, s'avance devant JPP, bras croisés, et lance un « *Hallo !* » sonore. JPP la toise puis explique pourquoi, selon lui, nous n'avons pas indemnisé plus d'une ou deux stagiaires un peu trop énervées contre Barbe Bleue, avant que l'histoire des plaintes et des féministes ne sorte. Il mime des guillemets avec les doigts autour de « plaintes » et de « féministes » et se tourne vers Belinda, la mettant devant le fait accompli en écartant les mains en signe d'impuissance ou d'incompréhension, je ne sais pas.

« Il les avait complimentées d'un peu près et peut-être câlinées aussi, bon, voilà, y a pas mort d'homme ! On ne peut plus rien dire, aussi, depuis tout ce déballage et ces délations de pauvres hommes innocents ! J'en peux plus ! Ce n'est pas un drame qu'un homme tente sa chance, si ? Vous voulez toutes une société à l'américaine, mais je vais vous le dire : quand plus aucun homme n'osera prendre l'ascenseur avec vous comme aux États-Unis, vous serez bien avancées, mesdames ! J'ai un sens de l'honneur moi, je ne suis pas homme à fuir mes responsabilités. Pour la Terre. Et pour les femmes. C.Q.F.D. »

Belinda fronce tellement les sourcils que, pour la première fois, une ride du lion apparaît sur son front malgré le botox. Elle siffle entre ses lèvres : « *Was für ein Frauenfeind, was für ein Verräter ! Ich hasse ihn. Ich werde mich rächen.* » JPP grommelle et demande à Belinda de faire l'effort de s'exprimer en français, lui rappelant qu'elle vit en France depuis des décennies et que la pratique de la langue fait partie de l'intégration des immigrantes, fussent-elles intracommunautaires. JPP n'est pas germanophone. Sinon, il aurait compris que Belinda l'avait traité à l'instant de misogyne, de traître, et juré qu'elle se vengerait.

Quant à moi, je ne sais plus quoi répondre à ces horreurs et regrette le temps où mon travail consistait à améliorer un peu la réalité pour en faire un dossier de presse. Que faire ? Démissionner, me retrouver sans emploi et sans ressources avec ma mère et ma fille à charge ? Ou prendre sur moi et passer ces longs et douloureux moments avant de pouvoir stabiliser ma situation ?

« Je ne suis pas d'accord avec… Je ne suis pas vraiment pas sûre de… Je vais y réfléchir… Quelle est la deadline ? »

Belinda semble aussi agacée par mes questions que par les ordres de JPP. Elle pose une main sur mon épaule et répond, en me fixant dans les yeux :

« *Ach*, tranquillement, on ne va pas se presser non plus, mardi prochain, ça ira très bien.

– Ah tant mieux, parce que ce week-end j'avais prévu de sortir avec ma fille pour…

– C'était ironique enfin, Elsa ! C'est pour hier évidemment, voyons ! Personne ne laisse tomber All Bioty. Je veux me battre pour mon entreprise. N'oubliez pas : vous êtes toujours à l'essai. »

Je prends l'enveloppe et décide d'en faire bon usage. À la guerre comme à la guerre. Entre mes mains, je soupèse le pli pour tenter d'évaluer la somme qui s'y trouve. C'est tout sauf anodin. Elle est scotchée, aussi je n'ose pas l'ouvrir. Arrivée à mon bureau, je tends l'enveloppe à Léo et lui demande de la ranger dans un endroit sûr. Il l'attrape, souffle et murmure : « Tu m'aimes plus ? » avec une petite voix d'enfant agaçante. Je m'écarte en souriant et parviens à ne rien répondre jusqu'à mon bureau. Il passe la tête à travers la porte entrouverte et me lance :

« Ça va ?

– Oui, Léo, oui, ça va.

– Quoi de neuf ?

– Pas grand-chose depuis quatre minutes, Léo… »

En congédiant mon assistant trop collant, je consulte mon portable. J'ai un nouveau sms :

Elsa. On pourrait dîner ensemble. Et parler de votre interview. Ceci n'est pas une relance.

0680531330. Je le reconnais en un coup d'œil. Le numéro de la carte de visite. Arthur de Lavallière. Arthur de Lavallière m'écrit. Tâchons de rester calme. Ne pas s'exciter. Ne pas faire comme Jade, ne pas surinterpréter. Ne pas commencer à imaginer coller mon prénom à son nom de famille, Elsa de Lavallière, c'est joli pourtant, bonjour, je m'appelle Elsa de Lavallière. Ne pas nous imaginer en vacances en Corse ensemble, un cocktail à la main, lui, chemise ouverte au vent, sur un transat à Capo di Feno au son des guitares de Canta U Populu Corsu. Ne pas me demander s'il serait sympa avec Nina. Ne pas me demander à quoi il ressemble, sans son costume. Allez, je me calme. « Un homme, ça s'empêche », pour me citer Camus à moi-même. Une femme aussi. Empêchons-nous, donc.

D'ailleurs, le contenu de son message laisse à désirer. *Ceci n'est pas une relance*, non mais pour qui se prend-il ? Et puis un *dîner*, quelle grossière méthode de drague ! Je n'ai pas du tout envie de dîner, vissée à une chaise, discuter de la cuisson de la viande en présence d'inconnus peut-être infectés par un variant du Coronavirus à la table d'à côté, en me demandant s'il va m'embrasser après le dessert. Je préfère qu'il m'embrasse d'abord. Enfin non, ce n'est pas ce que je voulais penser. Je ne vais pas répondre. Je pianote son nom sur mon téléphone et découvre son dernier article, un long papier énervé sur « Les Tartuffes du politiquement correct qui nous gouvernent. » En numéro trois de son classement, « Le député Marvin Martin, chantre du bien-manger, apôtre du bio, dont le frère dirige… un McDonald's ! » C'en est trop. Ce type fait les poubelles et se fiche complètement des gens, de leurs familles. C'est ça, le journalisme ? Et dire que j'ai pensé un instant que cet Arthur de Lavallière pouvait être un homme qui… oh, et puis tiens : je vais le lui dire ! J'ouvre l'onglet *nouveau SMS*.

Vous faites comme si vous étiez un chevalier blanc rebelle, sans peur et sans reproche. Mais en fait, vous n'êtes pas politiquement incorrect. Au contraire, vous incarnez bien la pensée dominante du pays, les électeurs d'extrême droite et vos lecteurs réactionnaires étriqués qui ont peur de tout, des élus, des autres, des touristes, des migrants, que leur fils devienne gay, et même des pigeons. Vous êtes un raciste homophobe, sexiste, antique. Et un con. Je plains votre femme ! Je comprends pourquoi on ne la voit jamais avec vous, à sa place, j'aurais honte !

J'ajoute un smiley rouge en colère, histoire d'appuyer visuellement mon propos. Alors que le texte se colore en bleu pour traverser Paris jusqu'au siège du *Figaro* et s'afficher sur le téléphone d'Arthur de Lavallière, une voix surgit :

« Dis, tu fais quoi, ce soir ? »

Léo. Il m'était déjà sorti de la tête. À quel moment suis-je devenue attirante à ce point ?

Pourtant, dans *Marie Claire*, cet été, ils expliquaient que les femmes de pouvoir rebutaient les hommes. Je fuis de nouveau Léo, glissant telle une anguille insaisissable derrière le bureau, la table en bois clair entre son souffle et mon oreille, la haie de bambous entre son corps et le mien, la chaise à roulettes entre ses mains et mon bras, et mon regard perdu dans l'observation minutieuse d'un dossier vert foncé immaculé.

« Tu fais quoi ce soir ? T'as des bails ? Parce que je me disais qu'on pourrait faire un truc ensemble, tranquille. Je peux t'inviter chez moi. Ou aller au ciné.

– Des "bails"... ?

– Des bons plans, des infos, un truc prévu quoi.

– Euh... C'est vraiment gentil, Léo, mais tu sais, le soir, c'est difficile pour moi, j'ai ma fille...

– Tu ne peux pas lui trouver une baby-sitter ?

– Non, ce n'est pas si simple, ce n'est pas une question de garde mais de temps passé avec elle. Et puis, j'ai ma mère aussi...

– Ta mère n'a pas besoin de baby-sitter, elle ne peut pas garder ta fille ?

– Laisse tomber.

– Sinon, on va chez toi ?

– Non, on ne va pas chez moi, Léo. Chez moi comme je viens de te le dire, il y a ma fille, et on ne... »

La vibration de mon téléphone me sauve, je me tourne vers Léo, m'efforçant d'avoir l'air sincèrement désolée d'être interrompue. C'est ma mère. Je ne comprends rien à ce qu'elle baragouine, sinon que Nina a un problème grave et que je dois venir séance tenante à la maison. Si maintenant elle se met à avoir des bouffées délirantes même en journée, les prochaines années promettent de vraies parties de plaisir…

Dans le doute, je décide de rentrer, mais ne trouve ni taxi ni VTC. Je me rue sur un Vélib' que je peine à détacher de son socle, et pédale comme une folle des Batignolles jusqu'au 6e arrondissement, le jette presque à la première borne, longe le jardin du Luxembourg, escalade les marches quatre à quatre, ouvre doucement la porte pour ne pas faire sursauter ma mère, me demandant dans quel état je vais la trouver. Mais ma mère, châle immense relevé sur son cou, se porte bien. C'est Nina qui souffre. Cachée sous d'épaisses plaques rouges, sa peau s'est durcie comme des écailles de crocodile autour du cuir chevelu. Nina, mon bébé, couverte de plaques vermeilles sur le crâne, sous ses cheveux, sur les contours du visage, et même un peu sur les épaules. Comme jadis ma mère que je laissais le matin pour la retrouver marquée le soir, je retrouve ma propre fille abîmée et rougie. Un flashback désagréable s'impose malgré moi.

Je n'ai aucune disponibilité d'esprit nécessaire pour gérer ou digérer cette information. Je me concentre surtout pour rester aussi calme que possible et ne pas me mettre à hurler, considérant que je suis la seule adulte et responsable de cette famille. Si je m'écroule, plus rien ne tient. J'inspire fortement et me retourne vers ma mère, lui demandant de me décrire ce qui s'est passé, mais celle-ci crie en remettant son châle :

« Je comprends pas ! Je comprends pas ! Elle a des marques. Pourtant, Denis n'est pas rentré et tu sais, et même s'il était rentré, moi je lui ai dit, je lui ai toujours dit à Denis, je lui ai toujours dit, pas le visage !

– Maman... prends les médicaments bleus que l'infirmière a mis dans tes boîtes, bon sang, OK ? Ceux que je t'ai déposés ce matin dans la cuisine, tu les as pris, oui ou non ? Non ? Avale-les avec un grand verre d'eau alors. Je vais appeler un chauffeur et emmener Nina aux urgences. Toi, tu restes là, tu ne sors pas, d'accord ? Tu n'ouvres à personne, tu prends ton médicament bleu et tu vas te coucher, maman. »

Je ne la supporte plus. Qu'elle soit malade et irresponsable est une chose, mais qu'elle mette Nina en danger, je ne l'accepte pas. Pourquoi est-ce à moi de gérer ma mère, elle qui n'a jamais réussi à me considérer comme une priorité dans sa vie quand j'aurais eu besoin d'elle ? C'est injuste. Pendant ce temps, Nina pleure et se frotte la tête, les épaules, marmonne en sanglotant, ne comprend pas ce qui a pu se passer, me jure qu'elle n'a rien fait de particulier. Elle avait bien remarqué des rougeurs depuis quelques jours mais pensait que c'était dû au froid, et là, d'un coup, ça a pris ces proportions incroyables, ça la démange. Mon adolescente vaillante, en guerre contre tout et tout le monde, redevient mon adorable petit bébé qui avait peur du bruit des vagues et se réfugiait dans mes bras le premier été de sa vie, en vacances à Ajaccio, en criant « Simode ! » ce qui signifiait en babillement de bébé : « Cette vague est énorme. » Ça ne peut pas être grave, c'est impossible, Nina est une personne animée de tant de belles intentions et de valeurs positives, elle n'a pas mérité une maladie grave, me dis-je comme négociant mentalement avec une puissance supérieure qui pourrait comprendre son erreur et retirer ces plaques rouges en s'excusant pour la méprise.

Dans le VTC, je consulte Internet : un site médical indique au choix un staphylocoque doré, un herpès, le zona, la gale, un streptocoque, un cancer de la peau, le sida ou une mort imminente. Le blog des adeptes d'un gourou crudivoriste explique que se nourrir de crudités pendant huit jours soigne toutes les occurrences précédentes. J'essaie en vain de joindre Anthony. J'imagine qu'un seul appel de son épouse dans la journée lui semble suffisant, un deuxième serait redondant, c'est sans doute pourquoi il me laisse sonner si longtemps. Depuis mon téléphone, la liaison est mauvaise, il ne comprend pas d'où je l'appelle, n'entend rien, et m'explique qu'il expérimente un Flyboard avec Anna, une Basque venue en Australie pour les vagues. Je ne peux pas m'empêcher de penser : franchement, était-ce bien la peine d'aller jusqu'en Australie pour rencontrer une Basque alors que Biarritz est à seulement trois heures de train ? Il affirme que ça va couper, et ça coupe effectivement avant que j'arrive en même temps que quarante-deux autres patients dans la salle d'attente des urgences.

Depuis ma descente de la voiture, une sensation de jalousie m'étreint. Ce n'est pas la jeune Basque que j'envie. C'est Anthony. Je l'envie d'avoir l'esprit assez libre pour s'ouvrir à de nouvelles rencontres, tandis que j'empile les jours comme si le temps ne passait pas.

File d'attente – « Assieds-toi là-bas, ma chérie » –, douze patients dans la file. Le neuvième crie sur la dame de l'accueil parce qu'il a très mal ; un infirmier l'emmène, le patient crie sur l'infirmier, qui est le numéro 37 ? Numéro 37, une fois, deux fois, trois fois, numéro 38 ? Sortez votre Carte vitale, voici quelques feuilles à remplir. Antécédents médicaux ? Vaccins à jour ? Carnet de santé ? Une mutuelle ? Médecin traitant ? Attendez ici.

J'attends patiemment mon tour quand j'entends :

« El' ? Qu'est-ce que tu fais là ?

– Maya ! Quelle joie ! Enfin, je veux dire... C'est Nina, elle est vraiment mal, recouverte de plaques rouges sur la tête, regarde, elle est assise là-bas, pliée en deux... et toi ?

– Oh, la pauvre, ça a l'air sérieux. J'ai été titularisée ici cette semaine, je gère les urgences avec d'autres collègues, mais c'est une pagaille innommable. Tu attends depuis longtemps ?

– En temps ressenti ? Huit heures. En vrai, ça doit faire une bonne demi-heure. J'ai eu le temps de voir un type hurler qu'on allait lui amputer la jambe, une dame perdre les eaux et un patient crier sur un infirmier que le vaccin contre la COVID-19 était une invention de la CIA. »

Maya s'enquiert de notre numéro de ticket et froisse le 73 que je lui tends, en m'annonçant que nous sommes désormais le 37 et qu'en cas de demande elle feindra l'ignorance de la petite nouvelle qui ne savait pas qu'il fallait garder les tickets numérotés. Nina se glisse dans une blouse, et, après un ballet dynamique d'hommes et de femmes autour d'elle, une piqûre d'anti-inflammatoires permet à la fièvre de descendre. La médecin et l'infirmier pratiquent une batterie d'examens, d'analyses en tous genres. À première vue, elle ne semble souffrir de rien qu'on puisse déceler.

« Ça peut parfois être un virus, ça vient, ça repart, on a vu même des maladies tropicales ici. Elle prend le métro ? A subi un stress soudain ? La puberté, peut-être… ? »

Au moment où Nina descend en radiologie pour vérifier sa thyroïde, je me surprends à confier à Maya mon absence de règles au détour d'une phrase. Le manipulateur venu nous chercher, m'ayant entendue, me propose une « écho » rapide, non déclarée, donc « offerte par la maison », dit-il, parce que sinon il faut refaire tout un dossier. Il précise le faire exceptionnellement, parce que je suis une amie de Maya, et assortit cette information d'un lourd clin d'œil en sa direction.

Il se veut rassurant.

« Zéro préménopause, ma chère, vous êtes pleine de follicules, regardez ces trucs qui bougent, là, en forme de serpentins. Félicitations, je vous présente vos follicules. Et vous n'êtes pas enceinte du tout non plus. Peut-être hormonal ? Quand une femme travaille avec des hommes, d'un coup, le corps s'adapte et on peut se transformer soi-même... J'ai eu une patiente, une fois, qui a été nommée directrice d'une grande entreprise de finance. Elle a cessé d'avoir ses règles, a commencé à perdre ses cheveux, ses seins se sont aplatis, et sept semaines après sa prise de poste, je vous jure qu'elle avait un début de moustache ! On lui a fait une prise de sang, et devinez quoi ? Elle sécrétait des androgènes, des hormones mâles. C'est son propre corps qui les avait fabriqués, pour se fondre naturellement dans la masse. Un genre de darwinisme, vous voyez ? C'est le réglage de paramètres par l'organisme vivant, l'homéostasie. S'il fait trop chaud, votre corps sécrète de la sueur pour vous rafraîchir et faire baisser votre température. Là, c'est similaire, le stress est une réaction de survie qui peut faire réagir le corps de manière inattendue, parfois. Tout va rentrer dans l'ordre, faites confiance à votre corps. À part ça, votre fille n'a plus de fièvre. Mettez-lui de la Biafine pendant huit jours sur ses plaques, et vous me direz quoi. Sûrement une simple réaction allergique. On va prendre quand même quelques échantillons d'un peu tout, sang, urine, cheveux, histoire de regarder de manière un peu plus poussée pour elle et pour vous. Je les analyserai moi-même au labo, je les passerai à Maya et elle vous appellera pour les résultats. Ah, et Maya ? La prochaine fois, inutile de donner un faux numéro d'attente à votre amie, dites-moi juste que c'est une urgence amicale. »

J'ai à peine le temps de remercier le personnel soignant que ma poche vibre. En mon for intérieur, je soupire, touchée par cette marque d'attention : ce n'est pas trop tôt pour qu'Anthony me rappelle. Nina va se réjouir de pouvoir l'entendre après cette épreuve douloureuse. Je tourne l'écran vers moi en espérant un signe d'intérêt du père de ma fille, et découvre finalement un message de Léo. Il m'envoie trois cœurs rouges. Mais je n'ai rien demandé, moi. Tout dans mon attitude clame : « Je ne veux pas de toi dans ma vie » ! Qu'est-ce qu'il ne comprend pas ? Un assistant personnel n'est-il pas censé vous faciliter la vie plutôt que vous apporter des kilos de charge mentale supplémentaires avec ses mièvreries ? Je n'ai plus qu'une seule solution : le licencier.

7

Nina dut rester à la maison quelques jours pour récupérer. Exceptionnellement, je demande à l'infirmière recrutée pour ma mère de venir travailler en continu pour rester avec elles deux, tandis que je me prépare jour et nuit à l'exercice de l'audition devant les députés. La veille de l'audition, j'accompagne Marvin, « invité exceptionnel » de l'émission de Santana, le talk-show préféré des jeunes. Dans certains quartiers, Santana est plus connue que n'importe quel ministre, et son influence sur l'opinion indubitable. Certains employeurs ont même inventé la « pause Santana » de 19 heures à 20 heures pour permettre aux jeunes employés de profiter de l'émission, et les sites de livraison de repas en ligne proposent régulièrement des offres spéciales de commandes aux horaires du show.

Marvin a été le premier responsable politique à venir animer des débats de société dans cette émission où se côtoient anciennes stars de la téléréalité, acteurs de Netflix, influenceurs Instagram et intellectuels en vogue. Les Santanas, nom de la communauté de l'animatrice, sorte de fan-club, choisissent chaque semaine un invité pour l'émission en votant via les réseaux sociaux.

En arrivant dans les studios pour rejoindre Marvin, j'enjambe les fils électriques et les câbles de caméras le long des murs couverts de portraits géants de célébrités dont je n'avais jamais entendu parler, jusqu'à la loge ornée d'un panneau étoilé à son nom que l'agent de sécurité m'indique. Je frappe trois coups et pousse la porte, découvrant Marvin assis, une coiffeuse glissant des produits brillants dans ses cheveux courts, une maquilleuse poudrant son front, un assistant de production lui lisant le déroulé de l'émission, fiches en main. Une table basse est recouverte de bouquets de fleurs et de chocolats destinés à Marvin.

Du fond de la pièce, une jeune femme aux cheveux rasés, recouverte de tatouages, lève les yeux de son téléphone pour me lancer un « Vous êtes ? » Marvin réplique que je suis sa meilleure amie Elsa et que c'est bon, j'ai le droit d'entrer. S'en suit un débat entre les personnes présentes pour savoir si je peux venir en plateau ou non, et il est décidé, sans m'adresser la parole une seule fois, que je peux regarder l'émission depuis cette loge, où un écran diffuse la chaîne en direct, avec l'équipe de Marvin. La fille tatouée lève les yeux au ciel pour manifester sa désapprobation, de toute évidence, je la dérange. Marvin, semble lire dans mes pensées, m'explique qu'il s'agit de Chacha, son assistante parlementaire qui l'accompagne dans sa vie de député depuis son élection. Sans quitter son téléphone des yeux, elle fait un geste du menton dont j'imagine qu'il signifie quelque chose comme « enchantée de vous rencontrer ». Je me demande pourquoi je n'ai jamais entendu parler d'elle auparavant. La production s'éclipse et Marvin glisse quelques mots à l'oreille de la Chacha tatouée, ce dont j'aurais pu légitimement m'offusquer, attendu que j'étais la seule autre personne présente dans la pièce. Elle lui désigne de la main une petite pièce attenante où Marvin se glisse dans un sourire.

« Qu'est-ce qui se passe ? »
« Marvin va... »
« Va quoi ? »

Elle met deux doigts dans sa bouche en faisant une grimace pour mimer un vomissement. Je lui demande si Marvin est souffrant, ce à quoi elle répond en levant les yeux au ciel. Elle semble s'être donné pour défi de prononcer le moins de mots possible. Quand Marvin sort, quelques minutes plus tard, je m'enquiers de savoir s'il se sent bien. Gêné, il m'explique qu'il se fait vomir avant chaque grosse émission, le stress, la pression, bref, c'est devenu pour lui une sorte de rituel, il ne peut plus voir une caméra s'allumer et un micro s'activer s'il n'est pas allé se vider avant. Stupéfaite, je m'attends à ce qu'on m'annonce la présence d'une caméra cachée dans la pièce. J'ignorais tout de cette habitude improbable. Marvin est conduit par l'assistant de production et en un clin d'œil, il passe de la loge à l'écran, où il fait la bise à Santana sous les hourras du public, en liesse, debout, dans une explosion de joie, de cris et de couleurs. Marvin s'est associé à Santana pour lancer un nouveau projet, la BCE, en clin d'œil à la Banque centrale européenne. Sauf que leur BCE à eux signifie Banlieues pour le Climat et l'Écologie. Santana, productrice philanthrope en plus d'être animatrice, engage 100 000 euros de son argent personnel pour financer des initiatives portées par des jeunes de banlieue en faveur du climat et de l'écologie. Le message de Marvin : l'écologie n'est pas une préoccupation de bobos ou de gens aisés, les premières victimes du changement climatique ou de la pollution sont les personnes les plus pauvres qui ne peuvent pas consommer bio, n'ont pas toujours accès aux bonnes informations sur les produits, et vivent dans les quartiers les moins chers et donc les plus bruyants et les plus pollués. Ce soir-là, Marvin annonce lancer une mission de prospective sur la question des réfugiés climatiques. « Les sources d'eau se tarissent dans certains endroits comme le Sahel, nous ferons face à un défi démographique et de migrations quand les personnes qui y vivent n'auront plus accès aux ressources naturelles. Alors comment on anticipe ça ? C'est le travail que je vais mener. »

Santana, en tailleur-pantalon et baskets blanches, fait applaudir Marvin, qu'elle appelle « frérot ». Elle annonce qu'elle offre immédiatement 1 000 abonnements à une marque de paniers de légumes bio aux premiers téléspectateurs qui appelleraient au standard de l'émission, puis invite le premier lauréat du programme BCE à entrer sur le plateau de l'émission : Mohamed, 21 ans, qui recycle les pneus des carcasses de voitures dans les quartiers nord de Marseille.

Depuis la loge, je profite du spectacle de l'émission, fascinée par le charisme de Santana et sa manière de faire passer des messages à sa communauté de fans. Je vois Marvin sous un nouveau jour, comme s'il m'échappait, comme si je ne le connaissais pas si bien. Quand il revient dans la loge, il lance un « c'était comment ? » en essuyant la sueur perlant sur son front avec une serviette posée sur la table à maquillage. J'ouvre la bouche pour répondre, quand je comprends que la question ne s'adresse pas à moi, mais à son assistante tatouée, qui répond : « *Huge!* » en lui faisant une sorte de check étrange dont je me sens complètement exclue. Marvin glisse que trois personnes dans le public cherchent du travail et deux un stage, il demande à Chacha d'aller les trouver pour prendre leurs coordonnées et les aider à placer leurs CV quelque part.

Sur l'écran de télévision défile l'invité suivant, de la rubrique « l'intello surprise ». Cette semaine, un célèbre philosophe que je ne connais pas présente son nouveau livre sur la vacuité de l'existence pour le genre humain dans un monde fugace et ultra-connecté. Tout un programme. Je regarde par la fenêtre la cour intérieure, et il me semble reconnaître une voix. Une silhouette d'homme, en bas, de dos, au téléphone. Sans m'en rendre compte, je murmure : « Mais qu'est-ce qu'il fait là ? » Marvin s'approche de la fenêtre et regarde lui aussi en direction de la silhouette au téléphone.

« Ah non, pas lui ! Il a une chronique dans l'émission suivante. On va partir par l'arrière, il ne manquerait plus qu'on croise Arthur de Lavallière… »

En effet, il ne manquerait plus que ça.

8

L'audition, finalement reprogrammée, n'a été pour moi qu'un long et douloureux calvaire. Sur une échelle de 1 à 10, si 1 correspondait à « se faire masser les pieds dans un spa » et 10 à « se faire dévitaliser une dent par le Dr Krozevicz, arrêté pour exercice illégal de la médecine à La Courneuve en 2002 car il était en réalité titulaire d'un CAP plomberie », je dirais que l'on frôlerait le 8,5.

Dans une salle bleu foncé dont l'entrée se situe à l'orée d'une rue perpendiculaire aux statues et aux colonnes de l'Assemblée nationale, après des portillons en plexiglas transparent et quelques travées, des députés dont je distingue mal les traits, ayant oublié mes lunettes dans la cuisine le matin même, me passent littéralement au grill. J'avais préparé mes petites fiches A5 moi-même avec l'une des chargées de projets de All Bioty, pour éviter d'avoir à solliciter Léo.

« Madame Colombani, êtes-vous favorable à l'article de la proposition de loi Martin qui vise à ce que les contrôles soient réalisés et terminés en amont de la mise sur le marché, en sus du label bio des cosmétiques et produits d'hygiène ?

– Oui, oui, c'est une bonne idée, je la soutiens. Je partage pleinement votre objectif. Je tiens à rappeler que la loi n'est pas muette sur ce sujet. En sus du Code de la consommation, le Code de la santé publique prévoit un certain nombre de règles fermes, notamment dans le livre V, chapitre III, titre VIII relatif aux restrictions dans les produits cosmétiques et les produits d'hygiène corporelle. Il y est par exemple prévu que la liste des composants interdits soit fixée par un décret interministériel, en plus de l'exclusion de certains types de composants comme les substances dites vénéneuses.

– Oui, par décret. La loi Martin propose que cela rentre dans la loi. Nous pensons que la représentation nationale doit pouvoir se prononcer sur la liste des substances et la mettre à jour régulièrement. À ce propos, est-ce que vous trouvez que les marques doivent publier leurs composants principaux en caractères plus gros, au moins la moitié du caractère du nom du produit, sur le devant des flacons des produits ?

– Oui. Là encore, je veux rappeler les contraintes légales qui pèsent déjà, notamment l'article L. 658-3 du Code cité précédemment, qui prévoit de déposer un dossier et la formule complète du produit mis sur le marché. Mais concernant l'affichage direct sur les flacons, oui, bien sûr, nous y sommes favorables.

– Même les marques bio ?

– Oui. C'est-à-dire, enfin... non. Nous... partageons pleinement l'objectif. Mais nous avons déjà des certifications compliquées à obtenir, cela ferait double emploi de... voyez-vous, nous avons déjà un label. Difficile à obtenir et à conserver. Nous proposons donc de créer le principe de "composant d'intention". Il permettrait d'indiquer le composant que la formule chimique vise à recréer. Indiquer des chiffres et des lettres n'apporte aucune information fiable aux consommatrices, nous préférons indiquer par exemple *citron*. Ou, dans le cas de notre nouveau shampooing de la gamme Golden qui sortira prochainement, indiquer *Shampooing à l'or* sur le devant de l'emballage.

– Mais la DGCCRF invite les consommateurs à "lire les étiquetages". Or ces étiquetages sont souvent introuvables ou incompréhensibles pour le commun des mortels. Dans ce contexte, le principe des accroches marketing les induit parfois en erreur. Que pensez-vous du principe des allégations sur l'étiquetage, soit le fait que des mentions comme *sans paraben* ou vantant le produit, type *100 % brillance*, puissent être utilisées librement dans le respect du règlement européen spécifique sur les allégations portées sur les cosmétiques n° 1223/2009 du 30 novembre 2009 qui définit les critères que doit remplir toute allégation pour pouvoir être utilisée ? Et du principe que toute allégation ambiguë, exagérée, fausse ou ne respectant pas la réglementation constitue une pratique commerciale trompeuse au sens de l'article L. 121-2 du Code de la consommation, pour reprendre les termes du site dédié du gouvernement ? »

L'audition étant retransmise en direct sur le site de l'Assemblée nationale, je reçois deux SMS simultanés : l'un de Marvin m'expliquant pourquoi il importe de mettre fin aux allégations abusives en les sanctionnant plus durement, l'autre de Belinda m'expliquant que, sans allégation, on peut aussi mettre fin définitivement à toute publicité, se mettre à vendre des shampooings solides ou en vrac aux puces de Saint-Ouen et *basta*. Bien que rapporteur de la proposition de loi, Marvin a décidé de ne pas prendre part à l'audition pour éviter tout conflit d'intérêts. Je décide de faire une réponse vague renvoyant aux règlements européens en vigueur. Dont nous partageons l'objectif, cela allait sans dire.

« Madame Colombani, des tests menés en laboratoire ont permis de révéler la présence dans les protections hygiéniques de dioxines, de furanes, et d'AOX, certes en quantité faible pour ce dernier. Pourtant, à ce jour, la liste des composants des protections hygiéniques reste introuvable sur les emballages de plusieurs marques. L'ANSES écarte tout risque pour la santé, mais cela ne semble pas rassurer les consommatrices. Cela démontre bien la nécessité de la transparence pour ces produits particuliers, en contact avec le corps et même l'intimité. L'une des protections affichées comme *bio* contenait des traces d'AMPA, que l'on trouve d'ailleurs dans la plupart des lessives et qui se traitent mal en stations d'épuration. D'ailleurs, certains produits de rasage semblent aussi poser question. Êtes-vous d'accord pour interdire l'utilisation de tout dérivé d'aluminium dans les produits de beauté et d'hygiène, y compris dans les produits bio ?

– Eh, bien, je... oui... Beaucoup de choses sont déjà prohibées, monsieur le député, et tant mieux. D'ailleurs, chez All Bioty, nous voulons aller plus loin. Mais ça dépend des dérivés et de l'utilité.

– Mais vous, vous représentez une marque bio, vous n'utilisez donc aucun dérivé d'aluminium ?

– Le fait de répondre au cahier des charges des marques biologiques exclut de fait un certain nombre de produits dits nocifs, oui. Obtenir le label bio est déjà un gage de qualité en soi. Utiliser des produits sains, c'est intrinsèque au fait d'être une entreprise bio. La Fédération des entreprises de beauté bio est très volontariste là-dessus, je pense que vous avez dû les auditionner. Cela étant, d'autres produits sont nécessaires pour assurer la qualité du produit. Techniquement, parfois, nous... disons que le goudron de houille, par exemple, est...

– Le goudron de houille ? »

Les députés sortent des notes de leurs dossiers et se les échangent, interrogatifs.

« Mais madame Colombani, si j'affirme que le goudron de houille est un ingrédient de revêtement du bitume ou des joints de toiture, vous confirmez ?

– En vérité il y a plusieurs sortes de goudron et différentes utilisations possibles, monsieur le député. Cela en fait partie, oui. Mais c'est aussi un composant sur la liste des médicaments essentiels de l'Organisation mondiale de la santé...

– Vous êtes en train de qualifier cette substance de médicament ?

– Non, non, non, je... c'est important, la transparence. Je suis pour la transparence. Et nous sommes contre les, euh, contre toute substance, euh, nocive. Nous partageons l'objectif.

– Madame Colombani, je vais vous citer les propos de Mme Wallström au nom de la Commission européenne en 2003 : "La Commission aimerait attirer l'attention sur le fait qu'il existe différents types de goudron, dont le goudron de houille et le goudron de bois, produits par distillation de la houille et du bois respectivement. Il n'est donc pas correct, en toute rigueur, de les qualifier de produits naturels. De surcroît, il est bien connu que les goudrons contiennent un grand nombre de substances très dangereuses, notamment des substances cancérigènes telles que les hydrocarbures aromatiques polycycliques (HAP)."

– Eh bien... l'entreprise que je représente aujourd'hui devant vous est résolument favorable à... à l'écologie. »

L'un des députés proches de Marvin prend son micro d'une voix grave, calme et sereine.

« Plus précisément, pouvez-vous nous dire comment votre engagement se matérialise ? Par exemple, pouvez-vous éclairer la représentation nationale afin qu'elle puisse se prononcer en fonction : que pensez-vous de l'article 7 de la loi

Martin ? Nous faisons des lois pour qu'elles soient appliquées. Dans quels délais pensez-vous possible de mettre en œuvre cet article ?

– Je suis... en phase sur l'idée générale. Chez All Bioty, nous soutenons la santé et la beauté des femmes, car ce sont des trésors. »

En prononçant cette phrase, je me rends compte du ridicule de mon argumentaire, mais j'espère m'en sortir ainsi. En réalité, je savais quoi répondre à chacune de ces questions. Je baigne depuis cinq ans dans l'industrie des cosmétiques biologiques et je peux réciter par cœur les obligations du cahier des charges des entreprises bio... je connais tous les éléments de tête. Mais, engluée dans une série d'injonctions contradictoires, j'étais terrorisée à l'idée de faire un faux pas. Je trouve l'exercice terriblement impressionnant et moi, je ne suis qu'une personne simple. Je ne sais pas dire une chose en pensant l'exact inverse, je ne sais pas amener des élus de la Nation à agir contre leur gré. Je respecte les parlementaires, je me demande d'ailleurs si ce ne serait pas un parjure d'affirmer en conscience une chose dont on se demande si elle est fausse. Et *in fine*, je ne suis pas sûre d'avoir envie d'apprendre à le faire. Au fond de la salle, j'ai aperçu l'assistante parlementaire de Marvin tapoter sur son téléphone en mâchant du chewing-gum.

Malgré ma myopie, je distingue la présidente de la commission des lois qui ouvre les mains en signe de consternation en direction du député à la voix grave qui pose les questions. Ils lèvent la séance, comprenant que cela ne nous mènerait pas plus loin. Je range mes affaires et regagne l'ascenseur, puis franchis les portiques de l'entrée, accompagnée par deux attachés parlementaires dont je jurerais qu'ils me jugent. Je me demande si Arthur de Lavallière regarde les auditions en direct. J'espère que non.

En sortant, je téléphone à Belinda pour lui demander si elle est au bureau, ce à quoi elle me répond : « *Ach*, non, non, je suis actuellement sur la dune du Pilat avec Rufus à contempler l'horizon, un cocktail de fruits frais à la main… D'après vous ? D'évidence, *ja*, je suis au bureau ! » Puis Belinda m'agonit d'invectives en allemand autour du champ lexical de l'incompétence, m'accusant d'avoir ruiné en sept minutes une entreprise à laquelle elle avait consacré sa vie entière, le tout entrecoupé de « *blödes Arschloch !* » – si vous ne parlez pas allemand, je ne vous traduirai pas celui-là.

Le lendemain, Jade me rejoint chez moi pour partager un thé vert matinal et revoir ensemble la liste des personnalités et des journalistes conviés à la prochaine visite presse prévue. Histoire de tourner la page de l'audition, je prévois en effet une « opération transparence » pour les journalistes spécialisés autour de la marque All Bioty. Principe simple : une usine type maison-témoin que nous présenterions comme l'usine All Bioty pour détailler la manière dont nous envisagions de lancer notre prochaine gamme de shampooings. Jade a la courtoisie de ne pas évoquer directement avec moi l'audition de la veille. Je préférais encore cela à la fausse commisération de certains collègues qui n'évoqueraient plus jamais le choix de la photo d'Amazonie, puisque désormais, pour eux, je serais « Tu sais, celle qui a humilié All Bioty à l'Assemblée nationale ? »

Nous préparons un savant mélange de personnalités politiques, influenceuses – aidée par Nina, je découvre des nids de jolies jeunes filles vivant à Dubaï la moitié de l'année et partageant des publicités pour des montres à leurs millions de fans en prenant des poses improbables –, de journalistes et de personnes connues pour leur notoriété. Alors que nous lisons la liste définitive des noms à voix haute, Nina nous interrompt :

« Attends, maman, je peux savoir ce que fait Arthur de Lavallière dans ta liste d'invités ? Mais ce mec est une pourriture ! »

Sans même que je puisse m'insurger contre le jugement assez peu « accords toltèques » de Nina, elle attrape un livre dans la bibliothèque. La couverture indique *La Brillante Promo Pierre-et-Marie-Curie – Secrets sur une génération d'énarques au pouvoir*.

« Tiens, regarde, je l'ai lu l'an dernier, c'est le livre d'une journaliste politique paru dans une petite maison d'édition et passé un peu inaperçu. Mais ce livre récapitule les trajectoires d'amis de la même promo de l'ENA. Arthur de Lavallière en était, ainsi que sa femme. Ils racontent dans ce livre comment la famille de Lavallière, désargentée mais de vieille noblesse française, descendant du général de Lavallière et du héros de la Résistance Edmond de Lavallière, s'est alliée à la famille Kaprisky, celle de sa femme, qui a fait fortune dans l'industrie. Le groupe Kaprisky ? Est-ce que ça te parle ? Kaprisky Constructions ? La famille niçoise qui a créé tous les clubs de vacances de la Côte d'Azur ? En réalité, il se serait marié avec elle uniquement pour son argent : elle a épongé les dettes du château de Lavallière après le mariage, a dû quitter l'ENA pour devenir femme au foyer et il ne l'a jamais laissée travailler. C'est un vrai tyran ! Ce livre a déjà quelques années, il a été alimenté par quelqu'un qui connaissait vraisemblablement très bien cette promo. Mais il est passionnant, tu devrais le lire. C'est un homme qui utilise les femmes pour son intérêt personnel et qui les empêche de vivre après. Tout est écrit dans ce livre ! Sans compter ce qu'il a fait à Marvin. Tu ne googles jamais son nom pour lire les articles sur lui ? »

Marvin, qui avait ainsi raison depuis le début. Nina est mieux informée que je ne le suis. Finalement, c'est utile, d'avoir une fille militante. J'aurais dû m'en tenir à l'analyse de Marvin, plutôt que de me laisser séduire et berner par trois rimes. J'ai bien fait de lui adresser mon SMS comminatoire, même s'il n'a répondu que *vu*. Après tout, qu'est-ce que je lui trouve, à ce type ? Je le connais à peine, je l'ai juste croisé quelques fois, et il me suffit d'oublier son numéro de téléphone pour choisir de l'extirper de mon cortex. Je veux bannir le 0680531330 de mon esprit. Définitivement.

À l'exception de son odeur entêtante mais, après tout, je peux aussi aller acheter une bouteille de parfum Dior pour homme et me l'asperger moi-même, si je l'aime tant !

Je peux parfaitement le faire gérer par Léo tant qu'il est là. À bien y réfléchir, c'est à cela que sert un assistant, non ? En temps normal, j'aurais peut-être trouvé bizarre de devoir envoyer un homme que je repousse pour faire barrage à un homme qui m'attire et que je souhaite tenir à l'écart, mais au point où j'en suis...

Une demi-heure de trajet en métro plus tard, douze roses rouges m'accueillent à mon bureau ce matin. Belinda, qui m'a vue arriver, me fait un clin d'œil entendu : « *Du hast verstanden*. Tu as compris comment on parle aux députés, *sehr gut* ! Tu ne t'es pas contentée de l'audition, c'est ça, hein, petite maligne ? » Je ne comprends pas ; il ne m'a pourtant pas semblé que les députés aient été conquis par mon discours. L'un d'eux m'a même toisée en levant les yeux au ciel devant le portillon de sortie, tandis que j'attendais un taxi. Je me tourne vers Belinda :

« Belinda, attendez... est-ce que je peux vous raconter ma version de l'audition à l'Assemblée nationale ? C'est un exercice difficile et vraiment, cela me serait utile et me ferait du bien de pouvoir prendre un temps pour échanger avec vous sur le retour d'expérience, pour mieux saisir les messages que vous souhaitez faire passer.

– *Ja*, bonne idée, *ja*, et puis après je vous préparerai un chocolat chaud et je vous ferai des tresses pendant que vous me raconterez vos misères.

– Vous êtes encore sarcastique, là ?

– Évidemment ! C'est *nein*, débrouillez-vous, vous êtes payée pour ça ! »

Si l'un des députés m'a envoyé des roses, ça ne peut être que par compassion. J'attrape la carte. Elle est signée *Léo*. Quelle plaie ! De surcroît, je suis allergique au pollen. Je prends le bouquet pour aller le mettre dans le hall devant le fumoir, hors de ma vue, et croise Jade, courant un dossier à la main. Elle me fait un clin d'œil en montrant le bouquet du doigt. Avoir une collègue si gentille et amicale devrait me réconforter, c'est le contraire : j'ai l'impression d'essayer d'agir avec les meilleures intentions du monde, mais de ne faire que des erreurs.

Malgré mon audition ratée, qui n'a persuadé aucun député de voter les amendements All Bioty – « Au moins, personne ne pourra vous soupçonner d'être machiavélique », a soupiré JPP pour tout commentaire –, Belinda fait cette semaine la couverture de *ELLE*. Grâce à mes efforts soutenus pour attirer l'attention des membres du jury sur son parcours exceptionnel, *rôle modèle inspirant pour des générations entières de femmes*, dit toujours le dossier de presse, elle vient de recevoir le Trophée de l'Entreprise écoresponsable de l'année pour All Bioty. *Closer* l'a photographiée lors d'un défilé avec Rufus, salué pour sa bonne connaissance des différents tissus utilisés par les stylistes. Kamala Harris elle-même l'a félicitée dans un tweet. Tout le monde veut l'interviewer en tant que « leader de demain ». Notre crédibilité d'entreprise engagée pour l'environnement, pour les femmes et pour la transparence remonte. C'est pour *événementialiser et matérialiser l'engagement de toute une équipe* – c'est ce que dit l'invitation presse – que j'organise une visite groupée de l'une des usines du groupe ATOM qui fabrique la nouvelle gamme All Bioty.

À une époque où deux tiers des articles disponibles en ligne sont des copiés-collés de dossiers de presse agrémentés d'un titre putaclic – « du nom de Andrezj Putaclic, un ingénieur polonais », aurait précisé Marvin –, autant fournir soi-même le contenu. Et la meilleure défense, c'est l'attaque. On veut, pour d'excellentes raisons, moins de transparence dans la composition des produits bio ? Devenons les chantres de la transparence partout ! Nous n'avons rien à cacher, nous sommes une entreprise verte et en verre, c'est lacanien, la preuve, nous vous invitons même à visiter nos locaux. Le ferions-nous, si nous avions quoi que ce soit à nous reprocher ? Ainsi, les amendements sur les composants d'intention passeront dans la loi de Marvin, et je pourrai garder ce poste, ce salaire, Nina entrera à Henri-IV et je pourrai payer une maison de repos sur la plage à Ajaccio à ma mère et ne plus jamais entendre parler de cet Arthur de Lavallière ! Certes, ce tout dernier objectif est assez récent, mais non moins important.

Une dizaine de jours plus tard, l'opération transparence était fin prête. Nous avions entièrement transformé un ancien dépôt en usine *green* plus vraie que nature : peintures vertes aux murs, plantes autosuffisantes partout, prises pour recharger les voitures électriques et garages à vélo à l'entrée, appareils prototypes fonctionnant à l'hydrogène avec *objectif de généralisation avant 2030* – c'est aussi ce que dit le dossier de presse, et puis en 2030, personne ne ressortira celui de cette année –, boissons servies dans des gourdes recyclables avec des pailles en carton, vélos à disposition pour passer d'une partie de l'usine à l'autre sans polluer... Je me suis surpassée pour rendre ce lieu écolo jusqu'au moindre détail, façon *Maison à vendre* avec Stéphane Plaza, quand la production refait la décoration d'un endroit vieillot pour séduire les visiteurs. En vérité, écolo, il l'était déjà pas mal, mais c'est assez incroyable comme tout le monde a une capacité à se concentrer sur des totems et des symboles, sur ce qui se prend en photo plutôt que sur la réalité des faits. Un objet recyclé suffit à prouver l'engagement écologique de n'importe quelle entreprise, créditée de « rendre le monde meilleur », peu importe si ces objets recyclés sont fabriqués par des enfants dans les caves d'un pays sans code du travail. Vous ne pouvez pas montrer la photo des enfants dans ces caves, mais vous pouvez montrer une photo de l'objet recyclé : or, dans notre monde, c'est la photo qui fait la réalité. Nous vivons en permanence l'allégorie de la caverne de Platon et prêtons plus d'attention à l'ombre portée des choses qu'aux choses elles-mêmes. Rien de désubstantialisé n'est tangible, tout passe à travers une incarnation, que ce soit dans une personne, une image ou un objet.

De facto, je peux déjà parier que le détail des gourdes écolos et des vélos pour se déplacer donnera lieu à davantage d'articles que le planning des ouvriers, tous en *temps choisi* selon leurs contrats. Ce qui signifie que ce temps est choisi uniquement par la direction générale depuis le siège de l'usine à Boulogne-Billancourt, mais bon, ce détail, je ne l'ai pas mis dans le dossier de presse. J'ai fait venir uniquement les jeunes et beaux salariés du siège, avec quelques ouvriers de l'usine pour que les gestes semblent crédibles, et proposé des contrats de travail à durée déterminée de quelques jours aux assistantes récemment licenciées sur la « décision féministe » de JPP.

Avant de lancer une présentation presse, Belinda dit toujours que la seule question à se poser est : « Que voulez-vous voir dans le journal ? », et de présenter ce que l'on veut voir dans le journal. Aujourd'hui, c'est la même chose, mais pour les réseaux sociaux. Cette usine est non seulement transparente, mais 100 % instagrammable.

Belinda, Jade et moi sortons de la voiture électrique estampillée All Bioty. Marvin attend devant la porte, écharpe tricolore de député en travers du torse. L'usine ne se trouve pas sur sa circonscription, mais Marvin est invité au titre de la loi qu'il porte. Après avoir salué chaque intervenant, mains jointes sous le menton comme en prière ou en fin de cours de yoga, Belinda se dirige vers le pupitre installé pour l'occasion et surmonté de décorations en bambou. Je glisse le discours que j'ai écrit devant elle, face au parterre d'invités, quand j'aperçois Arthur de Lavallière.

« Mesdames et messieurs, bienvenue. Pendant que je m'adresse à vous, on va vous distribuer des charlottes à enfiler sur la tête, des masques lavables de protection et des surchaussures pour traverser les usines et préserver ainsi le travail mené par nos ouvrières. All Bioty est une entreprise écoresponsable qui place au cœur de ses valeurs deux préoccupations majeures : la planète et les femmes. Nous pensons, chez All Bioty, que la nature produit tout ce qui est nécessaire pour garder cette beauté intacte. En tant qu'ancienne top-modèle, je tiens à donner confiance aux autres femmes, mais à le faire en respectant la planète. C'est pourquoi j'ai créé cette marque bio et écolo, naturelle, qui respecte la durabilité des produits et place la beauté – des femmes, de la nature – au-dessus de tout. Chez All Bioty, nous nous basons sur les dernières évolutions scientifiques de notre holding ATOM qui nous permet de bénéficier de techniques innovantes de pointe, et d'infrastructures dernier cri, tout en respectant la plus grande simplicité dans la composition de nos produits. C'est le rachat de All Bioty par ATOM qui nous a permis de nous développer et de passer de la petite marque de maquillage bio vendu via Instagram à une belle marque de référence, plébiscitée dans toute l'Europe, distribuée d'ici la fin de l'année, je l'espère, en supermarchés comme en parfumeries et disposant de plus de dix-sept gammes de produits, des gommages aux crèmes de nuit en passant par les baumes à lèvres, et maintenant les shampooings. »

Applaudissements discrets du groupe.

« Vous me connaissez, en tant que mannequin, j'ai toujours refusé les aspects contrefaits de ce métier, je n'ai jamais pris de drogue et je pense qu'une nuit de sommeil et un litre d'eau sont les meilleurs produits de beauté du monde. C'est exactement pour cette raison que j'ai créé All Bioty, qui ne cache pas la vraie nature des femmes, mais la révèle. C'est aussi pour cette raison que nous soutenons la proposition de loi du brillant député Marvin Martin, que nous remercions chaleureusement pour sa présence parmi nous. Oui, oui, on peut l'applaudir ! Monsieur le député, cher Marvin, vous êtes par votre chaîne YouTube et votre compte Instagram une inspiration de tous les jours pour les hommes comme pour les femmes. Et par votre action politique, vous allez rendre leur vie meilleure. Mais chez All Bioty, nous avons décidé d'aller plus loin. Nous n'avons pas attendu votre loi pour prôner la transparence, c'est le sens de votre visite aujourd'hui ! Nous ouvrons grand les portes, et les fenêtres. La transparence, chez nous, ce n'est pas que sur les produits : c'est partout. À tous les niveaux de l'entreprise. Nos comptes sont transparents et nous les publierons en ligne, nous ferons aussi la transparence sur les écarts de salaires femmes-hommes au sein de l'entreprise. Vous le savez, chez All Bioty, les patrons sont des patronnes, et depuis quelques mois, chez nous, les assistants sont des hommes ! Nous sommes des moteurs de la transition écologiste et de la transition féministe. Bienvenue à toutes et à tous dans notre usine francilienne All Bioty, au cœur du réacteur, là où l'on fabrique notre nouvelle gamme de shampooing : Golden Shamp, par All Bioty. Des paillettes d'or pour vos cheveux, mais bio, naturel, transparent. Le secret, c'est qu'il n'y a pas de secret : tout est transparent. C'est parti pour la visite ! »

Derrière Belinda, un cortège composé de salariés de All Bioty dont Jade et d'une vingtaine de journalistes, caméras, micros tendus, dictaphones en marche, charlottes sur la tête et surchaussures aux pieds, découvrent les chaînes sur lesquelles nos produits sont mélangés, fabriqués, emballés, étiquetés avec minutie.

Je m'éloigne un instant pour consulter sur mon smartphone les résultats de nos tests médicaux, à Nina et moi, que je viens de recevoir de la part de Maya. Le charabia du langage médical m'est totalement étranger, je dois grossir avec deux doigts chaque instrument de mesure et en chercher le sens sur Internet.

Le médecin m'a envoyé un mail pour me décrypter les grandes lignes. Mon aménorrhée est bien déclenchée, selon lui, par le stress. Il pense à un choc émotionnel qui m'aurait impactée suffisamment fort pour que cela bloque les cycles. La nomination, sans doute. Il pense que mes règles reviendront naturellement dès que je serai moins anxieuse. Quant à Nina, c'est bien une réaction allergique ; rien de grave donc, ni pour elle ni pour moi. Mais les analyses révèlent autre chose. Manifestement, Nina et moi semblons avoir été exposées aux mêmes substances nocives, retrouvées dans nos analyses en quantité étonnamment importante. Les tests réalisés sur nos cheveux indiquent avec précision que nous l'aurions été depuis dimanche 4 du mois dernier.

Cette date résonne en moi. C'est la soirée de All Bioty. C'est ma dernière soirée foot chez les parents de Marvin. Nous avons mangé très exactement la même chose que d'habitude. De loin, j'observe le ballet des visiteurs : chorégraphie répétée au milieu des travées. Je perçois des éclats de la voix métallique de Belinda, au loin. Je me repasse cette soirée mentalement. « Les tests sont précis, à vingt-quatre heures près », rappelle le médecin dans son mail. Le lendemain, je n'ai vraiment rien fait de spécial, nous avons chacune pris une douche avant de... Mon Dieu ! La voilà, la nouveauté. C'est ça que nous avons modifié, Nina et moi, dans nos habitudes, depuis le 4 du mois dernier, à vingt-quatre heures près. Nous avons commencé à utiliser Golden Shamp. Nina a eu des plaques rouges sur la tête et plus de poux. Abasourdie, je ne peux pas y croire. Pas venant d'un produit bio que ma propre entreprise fabrique et distribue. JPP m'a expliqué que le Golden Shamp est fabriqué dans une usine d'ATOM. C'est impossible.

Et si c'était pourtant la vraie raison de ces modifications ? Mais qu'est-ce qu'ils mettent dedans, pour que ce produit tue les poux et dessèche la peau à ce point ? Non, c'est impossible, ça ne peut pas venir de là…

Horrifiée, je fixe le troupeau conduit par Belinda vers les lignes de l'usine supposées embouteiller le produit dans les jolis flacons recyclés et pailletés de Golden Shamp, bouche bée, paniquée, le fichier encore ouvert sur l'écran de mon téléphone entre mes doigts. Des effluves citronnés me tirent de ma lecture. Cette odeur que j'adore. Citron, vétiver, myrrhe…

« Une mauvaise nouvelle ? »

Voix suave. C'est Arthur de Lavallière. Pas lui… Pas maintenant ! De surcroît, j'ai une horrible charlotte blanche sur la tête. Le temps que je marmonne une réponse, Arthur s'est approché de moi et fait mine de me prendre dans ses bras. Mal à l'aise en pensant aux récentes informations données par le livre de Nina, je recule de deux pas et m'en écarte.

« Oui, on peut dire ça, mauvaise nouvelle.

– De quoi s'agit-il ? Vous envoyez encore un SMS menaçant à un pauvre journaliste sans défense ?

– Vous n'êtes pas la personne à qui j'ai envie d'en parler. Et on ne se connaît pas.

– Ah, vraiment ? Vous m'avez reconnu, pourtant. Comme disait Diogène le cynique en se promenant en Grèce : je cherche un homme… Après tout, à partir de quand connaît-on quelqu'un ?

– La connaissance de l'homme ne peut pas s'étendre au-delà de son expérience propre.
– Pardon ?
– John Locke, philosophe du XVIIe siècle. Vous n'êtes pas le seul à connaître des citations pleines d'esprit. Si vous étiez un vrai journaliste, vous sauriez que je suis diplômée de philosophie, à la base.
– Intéressant. Je passe sur l'attaque personnelle. C'est donc ce que pense M. Locke. Mais selon vous ? À partir de quand connaît-on quelqu'un ?
– À partir du moment où… je ne sais pas. À partir du moment où l'on connaît au moins une information honteuse sur l'autre, par exemple. Dans la connaissance de l'autre, ce qui intéresse, ce n'est pas ce que l'autre veut exprimer, mais plutôt ce qu'il veut dissimuler, vous ne croyez pas ?
– D'accord. Allez-y, dites-moi une information honteuse sur vous.
– Je ne sais pas, par exemple… je vis avec ma mère. Et elle est folle. Voilà. Je vis avec ma mère folle et ma fille. »

Les mots ont jailli de mes lèvres presque malgré moi et, le temps que je les rattrape, ma gorge laissait déjà échapper la dernière syllabe. Gênée, je relance la conversation, plus pour faire diversion que par véritable intérêt.

« À vous.
– J'écoute Julien Clerc, en ce moment.
– Vous plaisantez ? Ce n'est pas honteux, ça ! Moi, je vous confie quelque chose de très personnel, d'intime, de secret, que je ne dévoile jamais, et vous vous moquez de moi !

– Pas du tout. Je suis on ne peut plus sérieux. J'aimais Julien Clerc, et particulièrement une chanson : *Ma préférence*. J'ai toujours bien aimé Julien Clerc. C'est un chanteur pour midinettes, disaient mes copains qui écoutaient AC/DC ou les Guns'n'Roses. C'était plus viril d'encenser Bowie ou Jagger que Julien Clerc, chanteur de la génération de nos parents qui plus est. Alors je l'écoutais en cachette quand j'étais jeune. Et puis c'était… le chanteur préféré de ma femme.

– Votre femme richissime qui a payé votre château et que vous avez obligée à quitter l'ENA alors qu'une carrière prometteuse s'ouvrait devant elle ? »

Il vacille et s'accroche au meuble de présentation, comme touché, pour la première fois depuis que je le connais.

« Vous savez, Elsa, il ne faut pas toujours croire ce qu'écrivent les journalistes. Je suis bien placé pour vous le dire. Un jour, je vous raconterai la véritable histoire à propos de ma femme. Car je crois comprendre que vous n'en savez rien. Vous me montrez donc que vous avez raison : vous ne me connaissez pas du tout. Toujours est-il que Julien Clerc est lié à un moment très particulier de ma vie, survenu bien après mon mariage. Et depuis des années, je n'ai plus écouté ses chansons. Je les fuyais, même. Mais quand je vous ai rencontrée, je ne sais pas pourquoi, j'ai tout de suite eu du Julien Clerc dans la tête. Depuis que je vous connais, je ne sais pas non plus pourquoi, je pense à vous quand j'écoute *Ma préférence*.

À l'époque c'était une chanson que je n'aimais pas tellement. Aujourd'hui, je la relie à vous. Et comme j'aime penser à vous, je l'écoute souvent. J'ai même installé l'application Apple Music. J'ai dû m'y reprendre à trois fois pour créer un bon code confidentiel avec une majuscule, huit caractères et des chiffres, mais c'est fait. “Cet air d'indifférence qui fait sa défense”, c'est tout à fait vous, ça. Je l'écoute une bonne cinquantaine de fois dans la journée ; regardez sur mon téléphone. »

Il me glisse l'écran de son smartphone juste sous le nez.

« Vous voyez ? Et maintenant, c'est moi qui me sens honteux. Je suis allé trop loin dans les confidences, alors que vous m'avez déjà jugé sans écouter la plaidoirie en réponse au réquisitoire. Mais, comme disait Françoise Sagan, l'élégance, c'est de savoir jusqu'où aller trop loin. »

Je dois avouer être touchée par ses mots. Bouleversée, même. Si je ne rêve pas, il vient de me faire une déclaration ? Une déclaration alambiquée et tortueuse, mais une déclaration quand même. Il glisse sa main jusqu'à ma main et entremêle ses doigts dans mes doigts.

C'est la première fois que sa peau rencontre ma peau, et je n'avais jamais imaginé que le simple contact entre nos deux mains puisse me faire ressentir un tel apaisement, proche de la plénitude. Nous nous regardons en silence, les yeux dans les yeux, avec sérieux, comme si nous venions d'avoir une révélation simultanée. Comme si nos deux grains de peau se reconnaissaient. Comme si nous partagions une même énergie qui circulerait de lui à moi et de moi à lui, comme si nous venions de former une bulle juste pour nous deux, comme si le monde autour n'existait plus. Juste parce que nos mains se touchent.

Soudain, je sens un regard derrière nous et me retourne en même temps qu'Arthur pour découvrir Marvin. Arthur me lâche et recule de deux pas, reprenant ses esprits immédiatement.

« Alors, Tintin Reporter, on ne visite pas l'usine avec les autres ?

– Merci, Nelson Mandela, mais j'ai récupéré les informations dont j'avais besoin pour mon article. Le dossier de presse était très bien fait ! », lance Arthur avec un clin d'œil dans ma direction, en s'éloignant pour rejoindre le groupe.

Marvin le regarde partir avec une haine que je ne lui ai jamais vue dans le regard. Mon ami d'enfance, mon frère d'adoption, mon plus proche confident devient aussi haineux que ceux qu'il voulait combattre.

« Tout ça, c'est la faute de ce connard du *Figaro*, qui a tout révélé.

– "Tout ça" quoi, Marvin ?

– Ce fouille-merde n'a pas pu s'empêcher de balancer l'histoire de Marlon et du McDo, l'occasion était trop belle... »

Un mois maintenant que Marvin est en boucle sur le post de son frère et la tentative de déstabilisation médiatique qui a suivi, à droite comme à gauche. Toutes les heures, Marvin actualisait son nom dans la barre de recherches de Google Actualités pour lire les nouveaux articles qui paraissaient. J'avais beau tenter de le raisonner, lui dire qu'une dépêche AFP était forcément très reprise, que les sites se copiaient les uns les autres, que l'on ne parlait pas là de presse sérieuse et que la barre du « jusqu'ici tout va bien » médiatique n'avait pas été atteinte – une du *Parisien*, bandeau de chaînes d'informations en continu, ouverture d'un 20 heures –, il n'en démordait pas : sa vie politique était fichue. Au-dehors, le monde semblait indifférent à ce psychodrame, et Marvin ne s'est calmé qu'à la parution des études d'opinion : tout allait bien, il était toujours plus haut que la plupart des membres du gouvernement, les « bonnes opinions » étaient toujours plus nombreuses que les « mauvaises » et Marvin pouvait continuer à feindre l'indifférence en clamant : « Je ne suis pas le plus populaire, mais le moins impopulaire des politiques ! » Mais là, je ne sais pas si c'est la fatigue ou le trop-plein de travail, je ne suis pas en état d'entendre pour la énième fois les plaintes de « monsieur le député sali bafoué ».

« Marvin, tu ne crois pas que tu devrais passer à autre chose ? Cela fait des semaines que tu n'es pas venu chez tes parents. Ta mère se demande pourquoi tu fais la gueule.

– Je ne peux pas "passer à autre chose" comme tu dis ! À cause de cet enfoiré ! *#MarvinMcDo* figure de nouveau dans les conversations ayant généré le plus d'UBM cette semaine.

– De quoi ?

– D'Unités de Bruit Médiatique. Et pas question de traîner à Aubervilliers. Ça me fend le cœur, mais j'envisage de changer de circonscription aux prochaines élections. Tu sais à quel point je veux défendre cette ville et la représenter à l'Assemblée. Mais si je reste, je vais être identifié à Marlon. Et je ne veux plus qu'on me voie avec le manager du McDo.

– Tu veux dire avec ton frère ? T'as honte de ton frère parce qu'il travaille ? Et pourquoi ? Parce que monsieur est député ? Tu as peur de quoi, des réactions des gens en costumes qui traînent au Bourbon ? Des Cravates, comme tu dis ? Mais Marvin, si tu n'étais pas député, tous ces gens-là ne te parleraient même pas !

– C'est de l'antiparlementarisme primaire, ce que tu fais, là. J'ai réussi à construire un capital politique alors qu'on me rappelle sans cesse que je suis noir… Il a fallu que je fasse de la politique pour qu'on me décrive prioritairement par ma couleur de peau. Mais j'ai réussi à dépasser ça.

– Non, Marvin, non ! Tu as construit ton capital politique *parce que* tu es noir. Si tu étais blanc, tu ne serais pas singulier. Ta singularité, aux yeux des autres, c'est ta couleur de peau ! »

Marvin me fixe, les yeux subitement rouges. Les mots sont sortis tous seuls. Je ne suis même pas sûre de les penser. Non, je ne les pense pas du tout. J'ai juste cherché à avoir raison. C'est horrible, ce que je viens de lui dire. Je cherche en vain quelque chose d'intelligent ou de doux à répliquer à mon meilleur ami, mais rien ne vient.

« Tu sais ce que j'endure à longueur de journée en tant que Noir, gay, de banlieue, dans un monde où tout est hétéronormé et créé par et pour des hommes blancs et blindés de pognon ? Je dois prouver ma légitimité chaque jour, comme si ma couleur de peau était un signe extérieur d'incompétence, comme si je devais la compenser, dédommager les autres du fait d'être noir. Je dois sans cesse prouver que je ne suis pas incompétent, alors que si j'étais un Blanc qui a grandi dans le 7e arrondissement, personne ne se poserait la question de ma compétence. Glisser mon doigt sur les réseaux sociaux et encaisser les "sale nègre", les "tafiole", par centaine ! Tu sais ce que ça fait, peut-être ? Mais le pire, ce n'est pas ça : le pire, c'est le milieu d'où on vient. C'est pas la couleur, c'est le compte en banque. On m'assignerait moins à mon identité si j'étais un fils de diplomate ou un millionnaire, un ex-patron d'une entreprise de la tech. C'est surtout que je suis un pauvre, un pauvre des quartiers, et ça, on ne me le dit pas en face : on me le fait comprendre. Et c'est pire, le mépris de classe, la condescendance. On te fait sentir que tu es un intrus. En tant que femme, tu devrais comprendre ça. Mais tu te rends compte au moins que tu parles comme un troll de la fachosphère ? C'est la fréquentation de M. de Lavallière qui déteint sur toi ?

– C'est pas du tout ce que tu crois, Arthur et moi, nous…

– "Arthur" ? C'est Arthur maintenant, pour toi ? Je ne suis pas un concept. Je suis un être humain ! Avec ses défauts nombreux, avec ses quelques qualités, mais avec sa sensibilité. Je ne peux pas être insulté continuellement sans que cela ne provoque jamais de réaction de défense chez moi, d'accord ? Tu t'en apercevrais si tu étais moins occupée à draguer ce facho comme une vulgaire... Je préfère ne pas terminer. Tu me déçois tellement... Tu es bien la dernière personne dont j'attendais que... »

Marvin laisse la fin de sa phrase se perdre dans l'air de l'usine et me plante là.

Le groupe ouvre la porte pour poursuivre la visite. Je prends soin d'éviter à la fois Arthur et Marvin, qui, les yeux humides, prétexte « un vote solennel à scrutin public à l'Assemblée » auprès de Belinda pour s'éclipser avant la fin, tandis que Léo prend des notes du fond de la salle, me jetant un regard méfiant et suppliant à la fois. Munie d'un radar à histoires sentimentales, Jade s'approche et me demande pourquoi j'évite Arthur.

« Il y a un truc entre vous, ou quoi ? C'est lui qui t'a envoyé les fleurs au bureau ?

– Avec Arthur de Lavallière ? Mais non, absolument rien ! On discute, c'est tout. Si tu veux tout savoir... mon problème sentimental se trouve plutôt au bureau. (Je baisse d'un ton.) Je me suis peut-être un peu envoyé Léo.

– Léo, ton assistant ? Oh là là... Il est chou comme tout. Il a des pec' saillants et des beaux yeux clairs.

– Dis donc, tu es observatrice.

– En effet. C'est dire si je te comprends. Enfin, quand on aime les bébés, quoi. C'est bien pour toi, pour te remettre en selle.

– Pas vraiment, il est devenu supercollant. Le bouquet l'autre jour, c'était de sa part. Il m'envoie des roses au bureau, tu te rends compte ?

– Des roses ? Le goujat ! Je comprends ta colère. Comment ose-t-il t'envoyer des roses ? Appelle Allô Femmes maltraitées tout de suite. Je pense que, sur l'échelle de la roue des violences, c'est au moins à quatre sur dix, ça, l'envoi de roses... Il ne peut pas juste se rhabiller et partir avant le petit-déjeuner, et ne jamais te rappeler, comme tout le monde ? La génération Z, ils n'ont aucun savoir-vivre...

– Ne sois pas sarcastique comme Belinda, s'il te plaît... Ce n'est pas ce que je veux dire. Mais je ne vais pas pouvoir continuer à travailler avec lui. Je ne peux pas regarder dans les yeux un homme que j'ai regardé dans... enfin, tu vois, quoi.

– T'es sérieuse, là, Elsa ? Tu vas virer ce pauvre gentil garçon qui travaille bien et n'a absolument rien à se reprocher, juste parce que tu as vu son intimité de trop près pour qu'il te prenne au sérieux ? Tu sais à qui tu me fais penser ?

– Non...

– À Barbe Bleue. Non, en fait : tu es même pire que Barbe Bleue. Le féminisme, ça n'a jamais été d'exploiter sexuellement les hommes et de les virer quand on a du pouvoir, Elsa. Me piquer le job, encore, je pouvais l'encaisser, c'est la vie, et tu en avais besoin, et je n'en étais pas propriétaire. Mais si c'était pour en faire ça… Tu me déçois trop. »

C'est injuste. Alors les hommes ont le droit de s'épanouir dans leur vie sexuelle, d'entretenir des relations avec leurs jeunes secrétaires depuis la nuit des temps, mais la première femme qui passe une demi-heure sur une chaise avec son assistant sans avoir envie de l'épouser dans l'heure qui suit doit être vilipendée par ses propres amies ? Qu'est-ce que c'est que ce néoconservatisme ! Blessée par les accusations de Jade, je lui suggère mentalement de prendre un ticket, parce que la liste des gens que je déçois ne cesse de s'allonger. « Les déceptions ne tuent pas et les espérances font vivre », écrivait George Sand, me semble-t-il.

9

Esseulée, fâchée avec mon meilleur ami et ma collègue préférée, épuisée par les crises de ma mère, pressurisée par l'exigence de mon patron, délaissée par mon ex-mari, je ne peux pas dire que je vive les meilleurs moments de mon existence. Tout ça pour quoi ? Un travail qui ne me plaît même pas. Moi aussi, parfois, j'aimerais faire du surf en Australie. Heureusement que j'ai Nina, petit soleil et boule d'énergie qui égaye ma vie. Je m'apprête à le lui dire avant de partir travailler, lorsque je l'entends chanter *Hasta siempre* à tue-tête depuis sa chambre pour la troisième fois. J'y renonce et file prendre le métro.

Ces derniers jours, je passe un temps déraisonnable à fouiner sur tous les moteurs de recherches médicaux du monde les effets secondaires répertoriés de chaque composant des produits All Bioty, mais je ne trouve rien qui puisse expliquer un effet tel sur le corps des femmes. La liste des composants est irréprochable : rien qui soit interdit. En revanche, je n'ai pas la liste des substances composant le Golden Shamp. Puisque le flacon est un prototype basé sur le futur amendement JPP qui dispenserait les marques bio de publier leurs composants, je n'ai accès à rien. Le code-barres, la quantité et la date de péremption sont sous le flacon. Basta. Peut-être que le shampooing n'y est pour rien, finalement ? Quoiqu'« ingrédient non interdit » ne signifie pas forcément « sans danger ».

Les questions des députés lors de mon audition me reviennent. Des dérivés d'aluminium ? Oui, il y en a forcément un peu, non ? Et du goudron de houille aussi, c'est ce que nous pourrons appeler « *golden* » comme composant d'intention au moment de la mise sur le marché, si l'amendement que prévoit JPP sur la loi de Marvin passe. Mais de nombreux produits d'hygiène contiennent du goudron de houille, et parmi les plus naturels, d'ailleurs il est même recommandé par certains. *Le goudron de houille est un mélange complexe et variable de phénols et d'hydroxydes, d'hydrocarbures aromatiques polycycliques et de composés hétérocycliques,* spécifie un site spécialisé. Je suis bien en peine d'en comprendre un traître mot. Cela signifie-t-il que c'est sans danger, ou au contraire, mon shampooing porte-t-il en lui une menace pour la santé ? Est-ce que ce sont les « hydrocarbures aromatiques polycycliques » qui ont donné à Nina ses plaques rouges sur la tête ?

Lorsque je cherche ces termes, le premier site qui les référence est le site *Cancer-santé* ; pas une indication positive, c'est un doux euphémisme. Il précise : *Constituants naturels du charbon et du pétrole, ou qui proviennent de la combustion incomplète de matières organiques telles que les carburants, le bois, le tabac. Ils sont présents dans l'air, l'eau ou l'alimentation.* Je ne suis guère plus avancée, d'autant qu'il existe différentes sortes de ce produit.

Je griffonne des notes. Ce qui déplaît aux fabricants, dans la loi de Marvin, c'est d'afficher en énorme sur la face des produits le composant principal. Marvin, lui, y tient beaucoup. Il a raison, chacune doit savoir ce qu'elle achète. Mais en fait, pour nous consommatrices, impossible de savoir si tel ou tel composant est dangereux à moins d'être titulaire d'un DEA de biochimie. Je voudrais proposer un compromis qui soit efficace et simple pour les femmes achetant leurs produits, qui convienne aux fabricants et qui serait une révolution à porter politiquement pour Marvin : le bioscore. Comme l'évaluation EDF de la consommation d'électricité d'une maison de A à E, comme le nutriscore qui indique si les produits fournissent un apport nutritionnel conséquent, le bioscore pourrait prendre en compte différents paramètres prévus dans la loi de Marvin, comme la présence ou non de composants controversés mais non interdits, l'assemblage local, et d'autres à définir avec eux. C'est aberrant, que l'on évalue le potentiel écologique de l'emballage sans même se soucier du caractère biologique de ce qu'on y trouve. Alors le tout servirait à calculer, via un algorithme, le « bioscore » des produits d'hygiène et de beauté. C'est un peu ce que font déjà les applications spécialisées, il ne serait donc matériellement pas impossible de le mettre en place et de le rendre obligatoire.

Car au fond, certains produits de grandes marques vendues en supermarché ne me semblent pas plus néfastes que des produits de productions plus indépendantes ou s'affichant comme plus vertes. Quoiqu'on n'en sache rien, finalement. Sur la face du produit, plus de nom d'un ingrédient qui fait si peur aux fabricants et que les consommatrices ne saisissent pas, mais une note en lettre, A (vert), B, C (orange), D ou E (rouge).

En regardant les autres auditions menées par les députés à l'Assemblée nationale, je comprends que de nombreuses entreprises semblent prêtes à avancer sur ces sujets. Certaines consacrent des sommes énormes à financer la recherche verte, pour trouver des produits alternatifs comme des liants, des brillants… Entre-temps, cela relève aussi des choix des consommateurs et consommatrices. Sommes-nous prêts à acheter des shampooings qui font moins briller, des antirides qui gomment moins, des astringents qui ne resserrent pas vraiment les pores de la peau, des dissolvants qui prennent plus de deux minutes chrono, s'ils sont meilleurs pour la santé ? Je ne suis pas certaine de la réponse. Depuis que j'ai eu Nina, je n'utilise que des produits « 0 % » tout (additifs, plastique, paraben, phtalates, colorant, parfums…) pour le corps. Mais je n'ai pas su me départir des cosmétiques et des produits pour les cheveux.

Je pense que la société est prête à bouger de manière drastique ses normes et ses lois en faveur de la santé environnementale. Il suffit que quelqu'un ait le courage de se lancer, sans commencer par « beaucoup de choses existent déjà » ou « ce n'est pas le bon moment pour cela ». Ce quelqu'un, aujourd'hui, c'est Marvin.

Alors que je précise les contours de ce projet dans une note intitulée provisoirement *Make our bathrooms great again*, à adresser à JPP et à Belinda, Léo apparaît devant mon bureau.

« Elsa, il y a Arthur de Lavallière du *Figaro* à l'accueil, il veut te voir.

– OK, Léo. En revanche, quand on est dans un contexte professionnel, je veux bien que tu me vouvoies.

– D'accord... Il veut *vous* voir, madame la directrice des affaires publiques.

– N'en fais pas trop non plus... Tu peux aller le chercher, s'il te plaît ? Accompagne-le jusqu'au fumoir, sous la véranda, d'accord ? J'en profite pour prendre une pause. »

Je me remaquille, me recoiffe, me reparfume, remonte mon collant, frotte mes dents avec mon index pour les blanchir, pince mes pommettes pour les rosir, soulève mon soutien-gorge, et descends d'un air détaché. Au fumoir, la silhouette d'Arthur se détache des décorations blanches et vertes, un cigare à la main.

« N'ayez crainte, Elsa, je ne suis pas venu faire une Henriette Caillaux à l'envers.

– Qui ?

– Henriette Caillaux. La femme du ministre des Finances qui, mécontente d'un article du *Figaro* sur son mari, a tué Gaston Calmette, directeur du journal, de six balles en 1914. Enfin bref, je viens en paix. C'est ce que j'essaie de vous dire.

– Vous fumez le cigare, vous ? C'est un peu... à l'ancienne, non ?

– Vous n'avez jamais vu quelqu'un fumer un cigare ?

– Si, Rhett Butler dans *Autant en emporte le vent*. Mais c'est cohérent avec la vision de la société que vous défendez, j'imagine que, pendant la guerre de Sécession, vous auriez publié un article pour fustiger le général Lincoln et son idée économiquement insoutenable d'abolir l'esclavage...

– Expliquez-moi quelque chose, Elsa. Qu'est-ce qui vous semble si incroyable dans la vision de la société que je défends ? Un type qui dessine des pingouins humoristiques doit s'excuser d'avoir fait une blague. Quelqu'un qui menace de jeter une chaussure sur le président de la République au théâtre est considéré comme un journaliste. L'Arc de Triomphe a été saccagé. Le leader du parti REV demande l'abolition de la police. Nous nous sommes tellement habitués aux attentats islamistes que la durée d'émoi collectif s'amenuise année après année. Vous trouvez cela réjouissant ? Et ce n'est pas que la France. On vit dans un monde où le Premier ministre canadien a dû s'excuser publiquement pour s'être déguisé en Aladdin quand il était étudiant.

– Cela s'appelle du *blackface*, et c'est offensant.

– Offensant pour qui exactement ? Java, le tigre de Jasmine ?

– C'est ce que faisaient les propriétaires d'esclaves pour se moquer des Noirs qu'ils avaient capturés et privés de liberté. Ce geste a un sens historique. Que vous ne parveniez pas à le saisir corrobore ce que je disais de vous à l'instant. »

Arthur de Lavallière aspire une bouffée de son cigare. Il plonge ses yeux dans les miens en silence un long instant puis souffle sa fumée au loin, au-dessus de ma tête. Il esquisse un sourire ironique et reprend sur un ton plus doux.

« Aucun propriétaire d'esclaves de l'Histoire ne s'est jamais déguisé en Aladdin, et si même Justin Trudeau qui défile aux Gay Prides n'est pas assez progressiste pour vous, je ne sais pas quoi vous dire.

– On dit "prides", sans le "gay" devant. Pour le reste, demandez à votre femme. »

Je guette sa réaction. Va-t-il finir par me confirmer qu'il est bien marié ? Joue-t-il un petit jeu de séduction inconséquent ou a-t-il autre chose en tête ? À l'évocation de sa femme, il se met à froncer les sourcils comme si la blague était terminée.

« Bon, écoutez, Elsa, si ça ne vous convient pas, faites un signalement au CSA ou créez un numéro vert, vous vivez de ça, de toute façon, vous et vos amis, de la victimisation.

– Qu'est-ce que je suis censée comprendre par "mes amis" ? Mes amis noirs par exemple, que vous harcelez avec vos articles racistes empreints de mépris de classe ?

– Pas du tout. »

Il aspire de nouveau sur son cigare et souffle la fumée en direction d'un bambou géant, sourcils froncés, son regard planté dans le mien, mais cette fois avec détermination.

« Je parlais de vos amis de All Bioty. Votre Belinda, là, la prêtresse du *green bling*, et votre Jean-Pierre Planchon, qui se garde bien de se mettre en avant, lui. Ce n'est pas un château familial endetté qu'il doit financer, c'est un groupe malhonnête qui abuse de la crédulité des femmes en mal de jeunesse et de beauté. Ils sont aussi *fake* que les *fake news* que vous dénoncez. Et vous êtes leur bonne caution morale, la petite de la cité d'Aubervilliers qui a gravi les échelons toute seule comme son ami député-influenceur. Je ne peux pas croire que vous ne vous en rendiez pas compte !

– Mais vous dites absolument n'importe quoi ! Et puis, vous, vous vivez dans le passé depuis votre château fort. Vous refusez de faire une mise à jour et de comprendre qu'on ne vit plus au siècle dernier. Avancez ! On n'est plus au Moyen Âge. Vous n'êtes le seigneur de personne. Les femmes votent et avortent.

– C'est heureux. Je ne suis pas contre l'avortement. Je suis contre le fait d'en allonger sans cesse le délai, comme si la surenchère était la seule évolution possible.

– Et à notre époque, des banlieusards peuvent réussir dans la vie, même quand ils ne viennent pas de grandes familles citées dans les livres d'histoire, et peuvent même être gay, et députés. Eh, oui ! Acceptez le présent, acceptez le progrès ! »

Arthur éclate de rire.

« Moi, je vis dans le passé ? Mais c'est vous qui vivez avec votre mère et votre fille ! Votre mari est parti il y a des mois mais vous ne divorcez pas pour ne pas avoir à avancer. Vous pensez que les gens sont dupes de votre histoire du "il est parti en stage en Australie" ?

– Je ne sais pas comment vous êtes au courant de ça, mais ce n'est pas un stage, techniquement. C'est… un entre-deux.

– Je suis journaliste. C'est mon travail d'être au courant de tout. Et, évidemment, c'est un entre-deux. Parce que rester dans cet entre-deux vous arrange bien, au fond. C'est confortable, le passé, n'est-ce pas ? Vos week-ends sont les mêmes que ceux de votre adolescence – vous noterez que je n'ai pas raconté dans mon enquête que vous passez autant de samedis soirs chez la famille du député Marvin Martin. Mais grâce aux recherches menées pour ce papier, je sais que vous avez le même meilleur ami depuis l'enfance. La seule différence c'est que maintenant, lui et vous, vous avez des cartes de visite avec des jolis titres, que vous ne donnez même pas aux gens qui vous font des propositions parce que ça risquerait de devenir réel et vous seriez obligée de vous comporter en adulte. Et alors, vous aussi, vous appartiendriez à "ce monde-là", et n'auriez plus aucune excuse pour le vilipender. Pratique n'est-ce pas, d'être à la fois dans le système et en dehors ? Vous êtes une petite fille qui joue à la marchande. Ah ça oui, vous pouvez vous draper dans de grands principes de progrès. Il est gay ? Formidable ! Qui s'en fout ? Tout le monde ! Il est noir et député, et alors ? Avant lui, il y a eu Jean-Baptiste Belley. Vous savez quand ? En 1793. Blaise Diagne aussi. Quand ? En 1872. Gaston Monnerville, ça vous parle ? Noir. Président du Sénat, pendant dix ans, de 1958 à 1968. Et personne n'en faisait de l'identitarisme indigéniste à l'époque. Faire comme si c'était incroyable qu'un député soit noir, aujourd'hui, je ne vois pas l'intérêt. Alors, qui vit dans le passé ? Moi ou vous ? »

Il a débité tout cela d'une traite, avec un ton persuasif, pointant parfois le doigt dans ma direction. Il passe sa main dans ses cheveux, semblant content de sa tirade. Cette conversation ne prend pas du tout le tour escompté. Un morceau de cendres de cigare encore brûlant tombe sur le sol. Je l'écrase d'un coup sec de talon aiguille pour l'éteindre en fixant Arthur.

« Vous êtes venu jusqu'ici pour me cracher des méchancetés à la figure ?

– Je parle à votre intellect, Elsa, pas à votre émotion. Il ne s'agit pas d'être gentil ou méchant. Non. Je suis venu pour vous dire que je sais tout pour Golden Shamp. Dès que j'aurai les preuves suffisantes, je sortirai un article. Je voulais m'assurer que vous n'y verriez rien de personnel. C'est tout.

– Eh bien sachez que, pour moi, ça compte, d'être gentil ou méchant. Sous prétexte de ne pas être conformiste, vous êtes cruel. C'est trop facile de se moquer de savoir si l'on fait du mal aux gens parce qu'on serait au-dessus des dichotomies manichéennes. Les mots peuvent blesser. Vos articles sont blessants. Vous ne pouvez pas humilier des personnes qui comptent pour moi, comme Marvin, et espérer que je n'y trouverai rien à redire. Et quant à Golden Shamp, je n'ai pas la moindre idée de quoi vous parlez, Arthur.

– Bien sûr que si. Je vous mouillerai le moins possible, je vous citerai peu. Mais je serai peut-être obligé de vous citer quand même. C'est mon travail. J'en suis un peu désolé, parce que j'aurais vraiment aimé vous parler, vous connaître, j'ai encore plein de choses honteuses à vous raconter. Plus tard, peut-être... Dans une autre vie. »

Il écrase ce qui reste de son cigare dans l'un des cendriers en forme de feuille de bambou et, sans se retourner, récite :

« "Tes yeux sont si profonds qu'en me penchant pour boire, j'ai vu tous les soleils y venir se mirer, s'y jeter à mourir tous les désespérés, tes yeux sont si profonds que j'y perds la mémoire." C'est toujours Aragon. Toujours *Les Yeux d'Elsa*. Toujours. »

Puis, sans même attendre ma réaction, il s'en va les mains dans les poches. Je ne peux pas m'empêcher de le suivre du regard jusqu'à la porte, ce dont il semble tout à fait conscient : au moment de sortir, sans se retourner, il lève le bras droit et me fait un signe de la main dans les airs pour dire au revoir.

Le soir même, je m'extirpe de ma note de dix-neuf pages et pousse la porte de chez moi d'un coup d'épaule vers 22 heures. Des bruits de vaisselle jaillissent de la cuisine. J'appelle ma mère, mais c'est Nina qui, debout, se sert un bol de céréales. Elle me fait remarquer que je rentre tard et que les dîners passés ensemble à se raconter nos journées autour d'un plat surgelé ou commandé en ligne lui manquent. J'ouvre le carnet de correspondance posé en évidence sur la table de la cuisine et découvre un mot du professeur d'histoire-géographie : « Nina peut-elle ne pas revendiquer l'improbable “droit à bavarder en cours” au nom de la libération de la parole des femmes ? » Je soupire et signe le mot. Je décide de passer sous silence nos résultats d'examens médicaux pour ne pas l'inquiéter, d'autant qu'elle n'a plus aucune trace de rougeur, puis d'aller, consciencieusement mais discrètement, jeter dans le vide-ordures la totalité des produits de la gamme Golden dont nous disposons.

De sa petite voix, elle me demande si j'ai dîné, puis elle me sert un bol de céréales dans une tasse Frida Khalo et termine la dernière goutte de la dernière bouteille de lait.

« Tu sais, maman, je ne suis pas sûre de vouloir aller à Henri-IV. Si ça signifie autant de sacrifices pour toi… Tu en fais déjà beaucoup pour ta mère. Tu n'es pas obligée de t'en faire aussi pour ta fille. Il y a plein d'autres bons lycées moins regardants sur les dossiers. Comme Saint-Cyprien par exemple.

– Saint-Cyprien ? L'école qui a remplacé les manuels de sciences naturelles par la Bible ? Hors de question.

– Pourquoi est-ce que c'est si important pour toi que j'aille dans un lycée bien classé ? »

Quelle bonne question. Pourquoi est-ce que je m'accroche au seul objectif que j'ai le sentiment de pouvoir contrôler dans ma vie : inscrire ma fille dans un excellent lycée ? Pourquoi est-ce que c'est si important pour moi ? Envoyer Nina au lycée Henri-IV était un but dans ma vie avant même sa naissance, je crois. C'est devenu un automatisme, une sorte de pensée magique. Je me suis tant habituée à cet objectif que j'ai perdu de vue la raison pour laquelle j'en avais fait un but. Pour la première fois, je me pose la question. Je me saisis de la cuillère et, affamée, j'engloutis quelques bouchées de céréales avant de répondre.

« Ma chérie, quand j'étais en quatrième, dans ma classe, il y avait une fille qui s'appelait Anissa, et elle travaillait très, très bien, elle avait toujours des notes excellentes, 18, 19, 20... Un jour, la prof de français nous a tous demandé de faire le silence et nous a dit : "Aujourd'hui, on va dire au revoir à Anissa, parce qu'elle va sauter une classe, et elle a été acceptée à Henri-IV... le meilleur lycée de France. On est tous très fiers d'Anissa, on l'applaudit bien fort, elle va représenter Aubervilliers à Henri-IV et devenir une personne très intelligente et très importante ! Tant de ministres, de grands patrons, de hauts fonctionnaires sont passés par cet établissement... Anissa est promise à un bel avenir. Bravo, Anissa !" Un bel avenir, quelle vague notion pour une adolescente. Mais moi, je n'arrêtais pas de penser : quelle chance elle a,

Anissa. Déjà, son père et sa mère sont toujours ensemble. Et en plus, elle va étudier à Henri-IV. C'est une vie de rêve. Je ne suis pas de nature envieuse, mais ce soir-là, dans mon lit, j'ai pleuré en m'endormant parce que je savais très bien que moi, je n'aurais jamais la chance d'être élève d'un bon lycée où l'on vous apprend des choses, où l'on vous présente des gens. Aujourd'hui, Anissa est une grande chercheuse en biologie et biochimie, elle a été nommée au prix Nobel de chimie l'an dernier, elle travaille sur l'étude biologique de cibles dans le processus angiogénique, je n'ai pas la moindre idée de ce que ça signifie, mais je le sais parce que je l'ai googlée, elle publie ses recherches dans des revues internationales. Et à l'époque, je me disais : moi aussi, un jour, j'aimerais aller à Henri-IV, juste une fois, pour voir à quoi ça ressemble. J'imaginais des fontaines dans le hall, des profs gentils, des amis sympas, des moineaux qui picoreraient dans la cour, des jolis cartables bleus – je ne sais pas pourquoi bleus –, une cantine calme avec de l'eau minérale à volonté, des gens qui se parlent à l'imparfait du subjonctif, des plafonds sculptés dans les classes... Parfois, quand c'était difficile de m'endormir avec les hurlements de maman et les objets lancés et cassés par son mari, je me bouchais les oreilles, je fermais les yeux, et je pensais à Henri-IV. Je me projetais là-bas. Je te jure que l'on peut se projeter dans un endroit que l'on n'a jamais vraiment vu. Moi, pendant des heures entières de ma vie, j'étais physiquement dans mon lit et mentalement dans la cour imaginaire du lycée Henri-IV, devant la fontaine, avec les moineaux et les cartables bleus. Je n'ai jamais pu y aller, je suis restée au lycée de secteur avec Marvin, j'ai eu le baccalauréat, j'ai fait des études de philosophie en cumulant tous les petits boulots possibles pour une étudiante. Et j'ai fini par travailler dans la communication. Personne ne m'a jamais dit que connaître Schopenhauer par cœur n'était pas une compétence monétisable sur le marché du travail. Mais j'aimerais vraiment que ma fille soit une élève d'Henri-IV, et moi je serais une maman d'élève d'Henri-IV. Chacun place sa revanche sociale où il le peut. C'est là qu'elle se niche, me concernant. Je peux tenir mon sac à main au coude et mettre un petit foulard sur les cheveux, tu sais, pour faire bourgeoise... J'organiserai des apéros Zoom de parents de Henri-IV et je cuisinerai même des cakes au chocolat sans gluten pour la kermesse.

– On ne fait plus de kermesse au lycée, maman ! Et les mères d'élèves des copains qui vont à Henri-IV n'ont pas de carré Hermès. C'est un cliché !

– Peut-être, mais je ne rigole pas, je peux vraiment cuisiner, tu sais. Peut-être qu'on était plus heureux à l'époque où l'on ne savait pas qu'à deux heures de chez soi, d'autres élèves sont en train d'être mieux préparés que soi à réussir dans la vie. Mais voilà, c'est comme ça, c'était le rêve de ma vie, et quand le principal me disait que je ne pourrais pas manger à la cantine ce midi parce que mes parents n'avaient pas payé, quand ma mère arrivait ivre aux réunions de parents d'élèves, je tenais fort ma médaille en me disant : “Un jour j’irai à Henri-IV, Henri-IV, Henri-IV…”

– Je comprends. J’ai de la chance de t’avoir comme maman, parce que franchement, la tienne, elle n’a pas été terrible avec toi. »

J’éprouve de la peine pour ma mère, victime et pourtant jugée coupable. D’une mère, on attendrait un minimum syndical d’héroïsme pour protéger ses enfants. Mais elle n’arrivait même pas à se protéger elle-même. Machinalement, je lève la main droite vers ma chaîne pour tenir ma médaille, mais rien ne vient. Ma médaille n’est plus au bout de la chaîne. J’ai dû la perdre au moment de visiter l’usine. C’est ironique, j’ai toujours pensé que je serais dévastée si, un jour, je perdais ma médaille. Et à cet instant, ça ne me fait rien du tout. Je peux me détacher des choses. Et du passé. C’est comme si je lâchais la main de ce qui m’y rattachait. Perdre ma médaille me semble libérateur. Je me sens puissante. Sans même y réfléchir, j’attrape mon ordinateur, ouvre une session Skype et, dans les termes les plus simples et les plus directs qui soient, informe Anthony que je veux divorcer séance tenante.

10

Le lendemain matin, dans la cuisine, je tiens mon téléphone à deux mains, résistant à l'idée d'écrire à Jade ou à Marvin pour leur raconter ma demande de divorce. Pour ce faire, il nous faudrait d'abord nous réconcilier, et je sens bien que nous en sommes loin. Soudain, alors que l'eau commence à peine à frémir dans la bouilloire, la voix de ma mère brise les murmures de la radio :

« Ta jolie médaille ? Elsa ? Ta jolie médaille de baptême, elle a disparu de ta chaîne ?

– Ah oui… je m'en suis aperçue hier, maman, j'ai dû la perdre, je ne sais pas. »

Elle se lève en criant :

« Ta médaille ! Ta jolie médaille qui appartenait à ton père quand il était petit ! Tu as perdu la médaille de ton père, et c'était tout ce qui nous restait de lui ! Ta jolie médaille, oh non… Qu'est-ce qu'on va devenir ? »

Ma mère se met à pleurer sans plus pouvoir s'arrêter, hagarde, émettant des sons de panique. Elle refuse de se rasseoir. Le journal de France Inter indique qu'il est bientôt 8 heures. J'attrape mes clés et reprends mon téléphone pour commander un Uber. Je n'ai pas d'autre choix que d'essayer de retrouver la médaille à l'usine, sans quoi ma mère risque de vriller pour de bon. Heureusement, il me reste un double des clés du portail que j'ai omis de rendre à Léo après la visite presse.

Arrivée sur place, je glisse la clé afin de faire basculer le portail en fer. Tout a été démonté après le départ des journalistes. Je déambule de bâche en table à tréteaux, scrutant le sol. À quatre pattes par terre, je plisse les yeux à la recherche d'un peu d'or au milieu des gravats. Ils ont probablement terminé ce matin seulement car un délicieux parfum flotte encore dans l'air, comme une odeur d'orange, de citron et de vétiver… le parfum d'Arthur de Lavallière. Il faut vraiment que j'arrête avec cette obsession, j'ai l'impression de le sentir partout.

« L'enfant accaparé par les belles images écarquille les siens moins démesurément. Quand tu fais les grands yeux je ne sais si tu mens. On dirait que l'averse ouvre des fleurs sauvages. »

Je me relève. Arthur. Debout. Ma médaille à la main.

« Aragon. C'est toujours *Les Yeux d'Elsa*. Vous cherchez cette médaille ? »

Il la tend au bout de ses doigts.

« Mais que faites-vous ici ?

– Ne voulez-vous pas vous lever ? Non pas que je n'aime pas échanger avec vous tandis que vous êtes à quatre pattes, mais je pense qu'à ce stade de notre relation, nous pourrions nous contenter de nous parler debout.

– Donnez-moi ma médaille. Et vous, vous n'avez rien à faire ici ! »

Arthur de Lavallière circule dans la pièce, désignant tour à tour les bâches, le vide, la peinture fraîche, les néons, le portail, ouvrant les mains paumes en l'air d'un air interrogatif.

« J'ai une carte de presse depuis plus de vingt ans. On ne me berne pas si facilement. Rien dans cette usine ne ressemble à une usine. J'ai dit au gardien de l'entrée de la zone que je venais récupérer la suite des meubles de la part de Jean-Pierre Planchon et Belinda Sugar et voyez-vous, il m'a ouvert. Je ne peux pas dire que cela me surprend, de découvrir ces bâches. Les faux ouvriers, ce sont des figurants ? »

J'éprouve une honte terrible. Il lui aura fallu si peu de temps pour démasquer notre prétendue opération transparence. Je comprends pourquoi JPP tient tant à sa discrétion personnelle. La visibilité, c'est un truc de pauvre. Quand on n'a que ça à opposer à l'argent et aux relations des puissants. Hors de question de me laisser pétrifier par la peur. Ne pas lui montrer que je tremble. Au point où j'en suis, il ne me reste plus qu'à feindre d'assumer. Je me relève et lui arrache ma médaille des mains, avant de répondre d'un ton courroucé.

« Bien sûr que non ! Ils sont tous des employés de All Bioty… Il n'y a pas mort d'homme, non plus. C'est une petite démonstration de transparence. »

Arthur secoue la tête, mi-désolé, mi-moqueur.

« Donc ce ne sont pas les ouvriers. Vous comprenez bien que les mensonges ne forment pas une base solide pour une opération transparence, n'est-ce pas, Elsa ? Comment voulez-vous que j'écrive un article positif sur l'action économique et sociétale de All Bioty alors que vous *inventez* une usine ? C'est votre idée ou celle de Belinda ? Il est fabriqué où, en fait, ce fameux shampooing à l'or ? »

Je ne saurais pas dire si c'est à cause de son talent d'investigation ou à cause du sourire en coin qu'il esquisse en se frottant la joue du revers de la main pour réfléchir. Toujours est-il que je lâche malgré moi l'information qu'il attendait.

« Dans une usine de ATOM... Mais c'est pour une bonne raison, m'a expliqué JPP : pour écouler le goudron de houille que l'on ne peut pas utiliser ailleurs, ça permet de...

– Le goudron de houille ? Il y a du goudron de houille en provenance des usines de ATOM dans les produits de la gamme Golden ? C'est pour ça que vous voulez dispenser les marques bio de publier la composition de leurs produits ! Il peut avoir parfois certaines vertus. Mais mal dosé, conjugué à de mauvais autres ingrédients, ce composant donne de l'eczéma, des dermites, des conjonctivites... c'est totalement inadapté à un shampooing grand public. Tout le monde sait ça. Vous n'êtes pas censée avoir un meilleur ami chantre de l'écologie ? Il ne vous a pas expliqué ? »

Prise à mon propre piège, je récite en baragouinant les éléments de langage défensifs du projet de dossier de presse.

« Nous partageons l'objectif. Le goudron de houille est aussi un formidable antipelliculaire ou médicament contre le psoriasis du cuir chevelu qui, la plupart du temps, mélangé aux bons ingrédients, permet de devenir de l'or pour que les cheveux puissent...

– Marvin Martin couvre tout ça ? »

Marvin. Je dois absolument dédouaner Marvin. Sans quoi il sera cité dans cet article. Il est venu à ma demande à la visite presse, il était aussi à la soirée d'anniversaire de carrière de Belinda. Il risque d'être poussé à la démission par ma faute. Il ne s'en remettrait pas. J'explique alors que Marvin ne sait rien, que je lui ai menti, à lui aussi, ou plus exactement que je ne lui ai pas tout raconté.

Arthur rebouche son stylo et range son carnet dans sa poche intérieure. Il m'explique alors ce qu'il a découvert lors de son enquête : des produits non testés, l'utilisation d'ingrédients interdits, le réétiquetage de produits périmés... J'ai le sentiment d'avoir toujours su sans pouvoir le verbaliser. Mais surtout, depuis plusieurs mois, All Bioty sert à blanchir des matières premières pour le groupe ATOM. Ils font de l'amalgamation de fonds et de produits dans des entreprises honnêtes, et All Bioty est leur dernière acquisition en la matière. Ce qui explique que JPP s'implique autant dans ce qui ne devrait être pour lui qu'une PME accessoire.

Les produits pétrogaziers comme ceux exploités par ATOM ont un cours en bourse de plus en plus variable. Les aléas climatiques des régions dans lesquelles se situent les raffineries impactent de manière imprévisible les investissements. Le cours du pétrole n'a cessé de chuter, et finalement on a assisté à une hausse surprise du cours, due à une relative moindre production après la vague de froid du Texas de l'hiver dernier, par exemple. ATOM a dû considérer qu'investir dans les cosmétiques était une bonne manière pour eux de contrôler toute la chaîne, de l'extraction des matières jusqu'à leur revente en passant par la transformation.

Tout ce que m'explique Arthur fait sens. Les cosmétiques sont une manière efficace et lucrative de placer des matières premières. Je l'avais écrit dans le dossier de presse : chaque seconde, en France, il se vend cinq bouteilles de shampooing. Vous imaginez ? Chaque seconde ! Près de 180 millions de shampooings sont vendus chaque année dans le pays. C'est un chiffre d'affaires d'un demi-milliard d'euros, et je ne parle pas ici des après-shampooings, des masques pour cheveux, des sprays coiffants ou des couleurs. Ce n'est pas anodin si les stars de téléréalité lancent toutes leurs marques de maquillage et de produits, ou si la plus jeune milliardaire du monde, Kylie Jenner, a fait fortune avec des rouges à lèvres et des crèmes. Par ailleurs, une marque bio et créée par une femme aussi populaire que Belinda Sugar, c'est un investissement en or. Le bio, c'est 16 % de croissance par an en France, un marché de 8 milliards d'euros. À l'échelle mondiale, c'est un marché de près de 190 milliards de dollars pour l'année qui vient ! Une valeur ajoutée forte pour de nouvelles gammes de produits pour cheveux.

Les normes et les labels diffèrent dans leurs critères, si bien qu'une norme Iso 16128 par exemple permet de composer un produit avec 80 % d'OGM et 20 % d'ingrédients bio, et de l'afficher comme bio. Comme l'agriculture bio qui induit une obligation de moyens, pas de résultats : il faut « mettre en œuvre les conditions de… » Certains groupes s'engagent à s'inscrire dans une démarche véritablement verte, comme ceux qui veulent mettre fin à leur dépendance vis-à-vis des combustibles d'origine fossile comme matières premières des produits. Mais d'autres marques, moindres en nombre comme en importance, profitent des flous de la réglementation. Selon Arthur de Lavallière, c'est le cas de All Bioty depuis son rachat par ATOM. Si JPP se meut si vite d'un secteur à l'autre, s'il tient tant à sa discrétion, c'est surtout pour ne pas attirer l'attention sur ses malversations.

« Il me manque encore la composition exacte de ce nouveau shampooing, poursuit Arthur, ponctuant ses explications de différentes copies de documents photographiés sur son téléphone. Je ne sais pas avec quoi ils mélangent la base pour obtenir un produit aussi néfaste, mais je trouverai. Mais probablement leur erreur a-t-elle été d'opter pour une entreprise aussi visible. Ils ont pensé que la célébrité de Belinda Sugar les protégerait de toute enquête, c'est le contraire : elle les a exposés. »

Acerbe, avant même de penser à l'impact fatal de cette découverte sur ma vie professionnelle, avant de m'énerver pour avoir été manipulée, je murmure :

« Dites-le à la ministre de la Consommation alors, puisque vous êtes si proches.

– Bérénice ? Pitié... Nous sommes tout sauf proches. C'était une amie de promo de ma femme quand nous étions à l'ENA.

– Votre femme qui a sauvé votre château et à qui vous avez interdit de travailler ? Et que fait-elle, pendant que vous badinez en me récitant du Aragon ? »

Les traits d'Arthur se crispent. Sa mâchoire se bloque. D'une voix plus rauque que d'habitude, il lâche :

« Elle est morte, puisque vous tenez à le savoir. »

Pour la première fois, il semble ébranlé et s'assied à même le sol. Sans réfléchir, je l'y rejoins. Il se met alors à me raconter, sans jamais reprendre sa respiration, avec un débit de mitraillette. Oui, Bérénice Porcher était une amie de sa femme. Il poursuit, d'une voix blanche, comme remettant pour la première fois les pièces du puzzle dans l'ordre. Il l'adorait, sa femme, au début, mais elle avait une personnalité instable, à la limite de la schizophrénie, bipolaire, il ne connaît pas le mot psychiatriquement juste, il ne voulait pas poser de mauvais diagnostic, toujours est-il qu'elle avait des pulsions autodestructrices. Qui l'amenaient souvent à adopter un comportement dangereux pour elle comme pour les autres. La prétendue merveilleuse famille Kaprisky cherchait à dissimuler ces troubles et ses parents, jamais présents pour elle, avaient été ravis de se dédouaner de leurs responsabilités en permettant à leur fille dite ingérable de se marier à vingt et un ans avec un homme gentil offrant la bienséance de la noblesse à cette fille cadette qu'ils n'avaient jamais osé espérer marier.

Oui, elle avait permis de payer les rénovations du château de la famille de Lavallière, mais ce n'était pas Arthur qui lui avait demandé de cesser ses études. Jamais. C'était sa meilleure amie depuis toujours, Bérénice Porcher, moins brillante mais plus carriériste, entrée à l'ENA en même temps qu'elle. Une personnalité de leader, un tempérament de femelle alpha, ne supportant aucune concurrence, même conceptuelle. Serait-elle l'auteure du livre de révélations sur leur promo de l'ENA qu'il ne s'en étonnerait pas, ce torchon paru juste un an après leur mariage et dont seule Bérénice Porcher sortait grandie. Mais trop tard, c'était écrit dans un livre, et les livres n'écrivent que la vérité, pas vrai ?

Les deux femmes ensemble, c'était explosif. Souvent, au petit matin, Arthur recevait un appel de quelque bar où elles étaient restées bien après la fermeture, consommant toutes les substances qui passaient à leur portée. Bérénice percevait son « amie » comme une rivale et l'admirait en même temps. Mais l'environnement concurrentiel et exigeant de l'ENA n'était pas fait pour elle. Un matin, une énième fois, Arthur avait dû trouver l'adresse de la boîte de nuit indiquée par le patron au téléphone, porter sa femme, porter Bérénice, les installer dans la voiture. Cette fois-ci, sa femme avait le mélange alcool et drogue vraiment mauvais, elle pleurait, elle suffoquait, elle s'excusait auprès d'Arthur… craignant la crise de descente, il dut passer à l'arrière, la tenir et la calmer, confier quelques instants le volant à Bérénice. Dans ses souvenirs confus, il lui semble que Bérénice a souri avant de percuter l'arrière de la voiture contre un arbre. En fait, il en est même certain. Mais il ne l'a jamais dit. À personne. Ce sourire terrible lui reste en mémoire. Mais sa femme l'a encore défendue. « Tu te rends compte, la pauvre Bérénice, elle va boiter toute sa vie, après l'accident, mais aussi pourquoi l'as-tu laissée conduire alors qu'elle avait bu ? »

Pour un peu, c'était Arthur le coupable. C'est là qu'il a décidé de la quitter. Las d'être culpabilisé de tout, las d'être le gentil garçon simple qui attend à la maison tandis qu'elle bovaryse. Lorsqu'il lui a annoncé, elle lui a jeté à la figure qu'elle était enceinte. Comme une vengeance, comme un mauvais tour, comme une carte dans sa manche. Il a renoncé à la quitter pour rester auprès de son bébé. Après la naissance de leur fils, il lui a proposé de s'éloigner un temps. De prendre quelques vacances. Pour réfléchir à ce qu'elle voulait faire. Il était prêt à la soutenir, par esprit de responsabilité.

Après cela, le temps a passé, mais l'accident avait… bref, il ne pouvait pas tout me dire d'une traite. Elle est retournée à Nice, chez ses parents, passer les vacances d'été. Certains se sentent portés par leurs origines. Ces gens qui arrivent sur les lieux de leur enfance, sur la terre de leurs ancêtres et inspirent une immense bouffée de bonheur, puis l'expirent satisfaits comme en soufflant : « Ah ! Chez moi ! » Sa femme, elle, était écrasée par ses origines. Elle avait sa famille en horreur. Le soleil de plomb de Nice lui pesait. Les ruelles escarpées étaient pour elle menaçantes, les galets de la plage lui brisaient la plante des pieds, les avions volaient trop bas au-dessus de la promenade des Anglais, elle craignait l'intoxication alimentaire à chaque lecture des menus affichés devant les restaurants. Elle se plaignait de l'invasion des touristes, ne cessait de demander : « Je ne ressemble pas à ça, je ne ressemble pas à ça ? » bien qu'Arthur ne saisisse pas exactement ce que « ça » désignait. Son plaisir lors de leurs premières vacances : aller choisir un livre à la librairie Masséna et le feuilleter en prenant un verre sur une terrasse en face, avant de remonter en bus jusqu'à la villa des Kaprisky, entre Nice et Monaco.

Pour lui, Nice, c'était le ciel azur, l'espace, la mer élégante, les plages qui n'ont pas l'indécence de s'étaler, les rencontres à chaque coin de rue, les immeubles colorés, la liberté, les Niçois chaleureux. Elle serait bien, à Nice, avec leur fils, s'était-il dit.

Quelques semaines après, 86 personnes mourraient dans l'attentat de Nice du 14 juillet 2016. Lui le journaliste engagé, lui le citoyen révulsé par l'islamisme, ne pouvait pas manquer l'hommage national alors organisé sur place. Arthur de Lavallière lâcha la vie de famille promise pour les vacances et signa la série d'articles consacrés aux « événements » de Nice, dès le soir même. Il se rendit auprès des policiers pour les soutenir. Il réconforta les familles des victimes. Il recueillit les confidences du maire pour une grande interview. Puis c'est lui qui alla couvrir la cérémonie. Il ne pouvait pas savoir que, pendant cet hommage rendu à des gens dont les vies avaient été fauchées en pleine fête, sa femme Garance envoyait, elle-même cette fois, volontairement sa voiture contre un arbre.

Les condoléances. Pas le temps de reprendre son souffle. Il passait de l'autre côté. Les photos de leur mariage dans le journal en guise d'hommage. Vous ne pouvez pas dire que vous n'aimiez plus une femme décédée. Vous ne pouvez pas dire que vous en étiez arrivé à la détester, parfois. Vous ne pouvez pas dire que vivre avec elle était un enfer sur terre. Le matin quand vous vouliez partir travailler, alors elle refermait les rideaux pour se créer une seconde nuit à elle. Elle pleurait, elle se faisait vomir, elle criait, elle tentait de sauter par la fenêtre sans raison autre qu'une profonde douleur de vivre. Cela, vous ne pouvez pas le dire quand on vous demande ce que vous aimeriez partager sur votre épouse lors de ses obsèques, quelques jours après un hommage national aussi fort. Que resterait-il d'elle ? Que pouviez-vous dire ? Que malgré tout cela, vous restiez tout de même attaché à elle ? Que vos sentiments à son égard étaient ambivalents ? Que c'est vous qui aviez insisté pour qu'elle parte à Nice, alors qu'elle avait de mauvais pressentiments – mais des mauvais pressentiments, elle en avait tellement tout le temps, tellement pour tout, la paranoïa était sa compagne quotidienne. Que mille fois vous l'aviez rêvée morte ? Elle est morte, voilà, elle s'est tuée, et face aux familles en deuil de martyres de la Nation, quel salaud il serait de revendiquer la séparation et de dévoiler quelle atrocité ce fut pour lui de vivre à ses côtés, et pour elle sans doute de vivre tout court ? La vie était simplement trop lourde pour elle, trop difficile, trop exigeante, elle ne pouvait pas la supporter.

Lors de l'hommage national, derrière les officiels, les familles avaient été conviées à se recueillir. Julien Clerc, qu'elle aimait tant, et lui aussi, avait commencé à chanter à l'hommage.

À quoi sert une chanson si elle est désarmée ?
Me disaient des Chiliens, bras ouverts, poings serrés
Comme une langue ancienne
Qu'on voudrait massacrer
Je veux être utile
À vivre et à rêver
Comme la lune fidèle à n'importe quel quartier
Je veux être utile à ceux qui m'ont aimé
À ceux qui m'aimeront
Et à ceux qui m'aimaient

« Le vibrato de sa voix puissante et chaude, le son de cette mélodie tant écoutée par ma femme pour accompagner ses moments de tourments, tout me pétrifiait. Comme si je ressentais qu'au même moment, une chose terrible et me concernant directement était en train de se produire. Je ne savais pas, à ce moment précis, que je ne la reverrais plus jamais. Comment aurais-je pu l'imaginer ? Quand j'ai appris, quelques heures plus tard, que ma femme avait mis fin à ses jours, je me suis senti le dernier des maris. Je suis désormais le père d'un petit garçon orphelin de mère parce que je n'ai pas su la sauver... Mon fils est si petit et, déjà, sa vie est un tel drame. L'été, le mois de juillet, le Sud et le soleil seront à tout jamais synonymes de deuil et de désespoir pour moi. »

Après un temps de silence, il reprend sa respiration, comme s'il revenait à l'instant présent, comme s'il voulait se rattraper de ce qu'il venait de me confier.

« Sauf bien sûr dans le poème d'Aragon : "Tes yeux sont si profonds qu'en me penchant pour boire, j'ai vu tous les soleils y venir se mirer, s'y jeter à mourir tous les désespérés. Tes yeux sont si profonds que j'y perds la mémoire. À l'ombre des oiseaux c'est l'océan troublé, puis le beau temps soudain se lève et tes yeux changent." Je pensais que plus jamais je ne vibrerais. Cela faisait des années, Elsa, des années que j'avais renoncé, des années que je n'avais pas ressenti quelque chose de positif pour qui que ce soit, là, au fond de moi. »

Arthur me prend la main et la colle contre la sienne, sur son torse, à l'emplacement de son cœur. Je ressens la même chose que la dernière fois lorsque nos mains se sont touchées. Cette évidence. Et tant pis s'il partage à la fois sa douleur d'en avoir perdu une autre et sa consolation de m'avoir rencontrée. Je n'ose rien dire. Je me rappelle maintenant avoir entendu parler, peu de temps après les ignobles attentats de Nice, de l'histoire sordide d'un jeune journaliste, devenu veuf après un tragique accident. Mais à l'époque, on n'avait pas parlé de suicide, et surtout j'ignorais qui était Arthur de Lavallière… Très doucement, j'écarte ma main de son cœur et prends Arthur dans mes bras alors que nous sommes toujours assis par terre. Mon menton sur son épaule, je respire son parfum comme je respirerais son être entier, et je ressens un soulagement intense, malgré l'horreur ankylosée des douleurs qu'il vient de me confier, comme on partagerait un fardeau. Il m'écarte de lui en me tenant par les épaules et je jurerais qu'il s'apprête à m'embrasser, quand du bruit survient. Je regarde à travers les bâches : ce sont les chaussures de JPP ! Arthur me met un doigt sur la bouche, me fait signe de rester cachée et rejoint JPP.

« Bien, bien, bien… Elle est un peu trop neuve, votre usine. Merci quand même d'être venu. Je vois que vous avez eu mon message.

– J'ai compris, Lavallière, pas le peine d'en faire plus. Déjà que vous me donnez rendez-vous ici, en cachette, comme un vulgaire mafieux… J'ai lu votre mail, je sais ce que vous avez. On se parle d'homme à homme ? Évidemment que je me sers de All Bioty pour écouler des matières premières aux origines discutables, au surplus, qu'on ne peut utiliser nulle part ailleurs ou venant de pays qui se torchent avec la Déclaration des droits de l'homme. Est-ce que c'est moral ? Non. C.Q.F.D. C'est le *real business*, bienvenue dans le monde réel. On vit dans une époque où tout passe par la com', alors j'investis dans la com'. Je préfère mettre en avant une boîte bio avec une mannequin gentillette plutôt que notre montage financier autour d'un gisement de gaz au large des côtes birmanes. Vous voyez ce que je veux dire ? Mais si vous publiez un tel article, les conséquences économiques risquent d'être désastreuses. Pour moi. Mais aussi pour vous. Kaprisky Constructions est intimement lié à ATOM, dois-je vous le rappeler ? C'est l'héritage de votre fils, et, on le sait tous les deux, nous avons l'aval de la ministre de la Consommation. Bérénice Porcher est au courant de tout et elle me soutient depuis le début. J'ai carte blanche avec ATOM. Bérénice est une femme brillante, elle comprend les enjeux. Pour la France. Sauver un groupe de pétrochimie tel que le nôtre, c'est éviter le chômage à des centaines, que dis-je ? des milliers de familles dans le pays. Voilà ce qu'on va faire : je vous propose 75 000 euros, cash, et vous abandonnez votre article. Mieux : vous me donnez tout ce que vous avez, et vous nous aidez à faire voter mon amendement sur les composants d'intention en publiant quelques articles bien sentis en faveur de All Bioty pour convaincre la représentation nationale. J'ai un enjeu à six zéros. Je suis prêt à vous donner ce que vous voudrez. Et tout le monde est heureux dans le meilleur des mondes. Entendu ? »

Ma première pensée n'est pas d'être choquée par une telle proposition, qui résonne comme un aveu flagrant de culpabilité et illustre une tentative de corruption, mais de me demander ce que je ferais avec 75 000 euros. Qu'est-ce qu'on est vulnérable, quand on a besoin d'argent. Évidemment, je saurais quoi faire de 75 000 euros. Je rembourserais mes dettes contractées au départ d'Anthony. L'allocation « mon mari est parti en Australie » n'existe pas, peut-être une piste pour une prochaine proposition de loi de Marvin ? Avec cette somme, j'aurais de quoi subvenir aux besoins de Nina. Et envoyer ma mère à Ajaccio quelque temps pour qu'elle se repose. Je reprends mes esprits.

Doucement, mais avec persuasion, Arthur attrape JPP par l'épaule et l'éloigne de l'usine pour poursuivre leur échange dehors. Il lève le bras gauche et, dans son dos, me fait signe de m'en aller. Mais comment devine-t-il chaque fois que je le regarde, sans même se retourner ? Sans perdre plus de temps, je m'éclipse par l'arrière et, en équilibre sur mes talons aiguilles, cours vers le métro le plus proche, direction Montparnasse, abasourdie par le trop-plein d'informations à emmagasiner.

Lorsque je rentre chez moi, encore sonnée par ce que j'ai compris et appris, Nina râle qu'il n'y a plus de lait pour son petit-déjeuner et ma mère se tient prostrée. Elle répète qu'elle a oublié d'enregistrer *Qui est qui ?* avec Marie-Ange Nardi hier soir sur la 2, que Denis va se fâcher, c'est son émission préférée – « il ne veut pas en rater une » –, et qu'elle ne trouve plus le combiné du téléphone qui était à côté de la table basse pour appeler sa collègue Monique la prof d'arts plastiques et lui demander si elle a enregistré l'émission, avant de s'écrouler au sol, inconsciente.

Le médecin de SOS Médecins que je joins par téléphone après quelques minutes d'attente arrive rapidement et annonce son diagnostic après deux trois mouvements au stéthoscope. Il pense à une « surchauffe cardiaque ». Il rédige une ordonnance, range sa besace de médecin, clic, clac, referme le tout, et sur le pas de la porte, me demande : « Elle a le cœur fatigué, votre maman. Elle a eu une vie qui l'a beaucoup abîmée, non ? » Je ne réponds pas, rassemble quelques pièces sur le meuble de l'entrée, n'en trouve pas assez, prends ma carte bancaire, enfile des ballerines pour remplacer les escarpins et sors au supermarché du bout de la rue, sous la pluie, acheter des bouteilles de lait pour ma fille. En quelques mouvements vient mon tour à la caisse.

« Ça fera 6,30 euros. Vous payez comment ?

– Carte bancaire.

– Attention, il ne faut pas toucher la protection en plexiglas, elle est là pour nous protéger du Covid.

– Entendu.

– Est-ce que vous voulez donner 70 centimes pour les enfants lépreux du Cambodge et arrondir à 7 euros ?

– Euh, non.

– Appuyez sur le bouton rouge alors.

– OK, je pourrais avoir un sac ?

– Oui, mais c'est 40 centimes.

– Très bien.

– Écartez votre carte, je vais les ajouter. Vous avez la carte de fidélité ?

– Non...

– Ah, alors je ne peux pas vous donner un sac à 40 centimes, il faut prendre un sac en plastique dur recyclé fabriqué avec des algues, il est à 1 euro, ça vous va ?

– Oui, d'accord.

– Mais vous pourriez aussi prendre la carte de fidélité, elle est gratuite et vous serez dans nos fichiers, vous pourriez ainsi acheter des sacs en papier non réutilisables à 40 centimes.

– Non, merci, vraiment. Je peux payer ?

– Oui, allez-y, sans contact, posez la carte. »

Le terminal n'affiche pas le prix et me demande d'insérer ma carte.

« Ah, le sans contact ne fonctionne pas quand on a fait une annulation. Il faut insérer et faire votre code. Mais je ne prends pas la carte hors sans contact pour moins de 10 euros. Est-ce que vous voulez acheter le calendrier du magasin pour l'an prochain, il est avec des chats ?

– Non ! Non ! Je ne veux pas de calendrier avec des chats, je ne veux pas la carte de fidélité du magasin, je ne veux pas un sac fabriqué avec des algues, je ne veux pas donner 70 centimes aux lépreux de je sais pas où, je veux juste payer mes deux putain de bouteilles de lait demi-écrémé pour le petit-déjeuner de ma fille demain matin ! Merde ! Est-ce que c'est trop demander ? »

Je crie si fort que le directeur du magasin sort de son bureau. Les larmes me montent aux yeux. Le poids des événements récents m'accable, je réalise à peine que ma promotion est un château de cartes, ma famille un géant de sable, mon meilleur ami une étoile filante et, au fond, je me sens désespérément seule face à une rapsodie de contraintes morales et d'obligations irréalisables.

« Tenez, madame, me dit le gérant, le regard compatissant. On vous les offre, les bouteilles de lait. Rentrez chez vous maintenant, et reposez-vous un peu, d'accord ? »

11

Rares sont les occasions, dans une vie, d'appuyer sur pause. C'est pourtant ce qui me semble possible, le temps d'un week-end. Dès le lendemain de notre échange dans l'usine, Arthur m'a téléphoné pour m'inviter à passer la fin de semaine avec lui afin de me raconter la manière dont sa conversation avec JPP s'est terminée. « Rien d'incroyable ni que vous ne sachiez déjà, mais j'ai très envie de vous raconter la conclusion de notre échange. Et puis, nous passerons un week-end entier ensemble, peut-être qu'après ça vous ne direz plus qu'on ne se connaît pas ? »

La proposition était si tentante, la voix d'Arthur si enveloppante, que j'ai immédiatement accepté, sans même prendre le temps d'hésiter, décence minimum requise dans ces cas-là. « Vendredi, 20 heures, envoyez-moi votre adresse par texto, je serai en bas de chez vous. » J'ai répondu un simple « Okay » traînant, comme si je faisais ça tous les jours, organiser des départs en week-end avec des inconnus alors que, dans ma tête, se dandinait une sorte de farandole de la victoire.

Sans nouvelle ni de JPP ni de Belinda depuis deux jours – le premier étant étrangement « en déplacement », la seconde enfermée dans son bureau –, et curieuse de savoir ce qu'il va advenir d'une entreprise à laquelle, malgré tout, je suis attachée pour y avoir consacré des années de ma vie, j'avoue que j'ai surtout sauté sur l'occasion pour passer du temps seule à seul avec Arthur. Suis-je une horrible personne de me sentir soulagée parce qu'il est veuf ? Oui, probablement. J'en ai honte. Mais c'est ainsi. JPP a parlé de morale l'autre jour ; « il n'y a pas de phénomènes moraux, rien qu'une interprétation morale des phénomènes », écrivait Nietzsche. Le caractère moral de mes pensées dépend de l'interprétation que j'en fais et, sincèrement, je suis mal à l'aise à l'idée de me réjouir qu'un drame soit survenu et ait privé un petit garçon de sa mère. Mais ce malaise ne m'empêche pas de choisir une robe à fleurs pour rejoindre Arthur.

En attendant d'affronter lundi JPP et Belinda, je peux donc m'enfermer dans un déni temporaire concernant ATOM, le temps de connaître la totalité des éléments que je ne manquerai pas de découvrir au cours de notre escapade. Mais surtout, je tremble d'envie de raconter à quelqu'un que je vais partir en goguette avec Arthur de Lavallière lui-même… Impossible de me confier à Marvin, toujours fâché et qui me rayerait à jamais de sa vie s'il apprenait que je me prélasse avec son pire ennemi. En un sens, cela m'arrange presque que nous soyons fâchés, j'évite ainsi la conversation pénible consistant à justifier qu'on peut avoir terriblement envie de passer une nuit avec un homme qui a qualifié votre meilleur ami de « error 404 du progressisme », publié une tribune pour la fin du statut de réfugié politique et signé un lamentable article intitulé « Pourquoi l'écriture inclusive est-elle une forme de totalitarisme ? »

Avant de partir, je m'assure que ma mère a bien avalé tous ses médicaments et je file voir ce que fait Nina, étrangement silencieuse dans la salle de bains. Elle se repose au son de One Direction, buée aveuglant les miroirs, bain rempli à ras bord au mépris de toutes les règles écologiques, mais, pour une fois qu'elle semble profiter de quelque chose, je passe cette entorse sous silence.

« Nina, c'est l'heure, je vais descendre pour attendre mon ami avec qui je pars ce week-end… tu sais, comme je te l'ai dit. Tu seras sage ?

– C'est ça, crois en tes rêves, princesse !

– Nina, quand même, je suis ta mère, parle-moi avec respect. Et puis ton bain est si chaud qu'on dirait un jacuzzi. Avec une pincée de sel, on y ferait cuire des spaghettis *al dente* !

– Mais putain, maman, je…

– Langage, Nina, bordel de merde ! »

Nina dans son bain, ma mère endormie mais toujours parmi nous, Marvin en pleine bouderie, je décide de passer outre mes différends avec Jade et de lui téléphoner pour évoquer mon week-end printanier.

Elle décroche dès la première sonnerie.

« Jade ? Je t'appelle car pour une fois, c'est moi qui ai une aventure amoureuse à partager avec toi. Alors voilà, j'espère que nous sommes réconciliées pour de bon, car je dois absolument le raconter à quelqu'un. Je pars en week-end avec quelqu'un !

– Avec Léo ? Félicitations. Tu as bien fait de ne pas le licencier. Je suis fière de toi.

– Léo ? Ah non, non, pas Léo. Je ne l'ai pas renvoyé, c'est vrai, mais il ne se passera plus jamais rien avec lui. Tu sais, Léo est le genre de personnes qui te dit "belle journée" au lieu de "bonne journée" ou "bonne suite d'appétit !" douze fois au cours du repas. C'est insupportable... Et puis il m'abreuve de SMS longs comme un règlement intérieur de salle de sport.

– Moi, ça me plairait de recevoir des SMS avant même d'en envoyer...

– Mais toi, tu aimerais qu'on t'accueille au bureau le matin avec une ola et en jetant des pétales de fleurs sur ton passage. Moi, je suis une personne simple. Je te préviens, je mange des Mikado pendant qu'on parle, si tu entends croquer, c'est normal, c'est l'heure du goûter.

– Le goûter, à 20 heures ? Elsa, enfin, les sucres industriels, c'est pire que la cocaïne ! Et puis, je pratique le jeûne intermittent, de toute façon, donc je ne dîne pas et je ne petit-déjeune pas. Je n'ai pas goûté depuis l'école primaire ni mangé de gluten depuis la mort de Karl Lagerfeld.

– Dis donc, tu as l'air en superforme...

– Tu sais, ces moments dans la vie où tu te sens si célibataire que tu rappelles tous tes ex, incluant les plans cul ? Bon, eh bien, j'en suis là. Je suis à deux doigts d'envoyer un message au type qui était assis à côté de moi en cours d'arts plastiques en cinquième sur le mode : "Salut, ça va, toi ? Ça te dirait qu'on discute longuement du sens de la vie allongés dans mon canapé ?"

– Du sens de la vie ? Carrément ?

– Oui. Je trouve nos vies occidentales d'un nihilisme pathétique. Tu te rends compte qu'un samedi classique pour moi consiste à enjamber les sans-abri pour aller bruncher dans le dernier lieu-concept à la mode ?

– Écoute Jade, je compatis vraiment à tes angoisses existentielles, mais j'ai assez de problèmes à gérer pour ne pas prendre sur moi ceux qui ne m'appartiennent pas. Pour une fois, j'ai un projet pour ce week-end, et je veux juste égoïstement m'en réjouir. Je pars avec Arthur de Lavallière, tu sais, le journaliste du *Figaro*. Destination surprise ! J'ai mis un maillot de bain dans ma valise, je parierais bien sur Rome. J'ai pris mon passeport. Voilà.

– C'est magnifique, Elsa ! Je suis contente pour toi à environ 75 %, et seulement 25 % morte de jalousie.

– Tu sais ce que tu pourrais faire ? Appeler Léo de ma part et prendre de ses nouvelles. Ça me déculpabiliserait.

– Voyons... oui, j'ai un bac +9 uniquement pour passer tes appels à ta place.

– Ce n'est pas ce que...

– Je plaisante. Je vais appeler Léo. Comment a-t-il pris le fait que tu rompes avec lui ?

– Que je rompe avec lui ? Techniquement, je n'ai jamais rompu, puisque nous n'avons jamais été ensemble... »

À l'autre bout du fil, j'entends Jade soupirer. J'ai parfois l'impression qu'il existe quelque part un Code des relations sentimentales et sexuelles en vingt-trois chapitres dictant les règles à suivre, dont tout le monde aurait connaissance, sauf moi.

« Je l'appelle dès qu'on raccroche, alors. Avec un peu de chance, il voudra venir discuter du sens de la vie sur mon canapé. »

Un klaxon en bas de la rue m'informe de l'arrivée d'Arthur. J'attrape ma petite valise, claque la porte et dévale les escaliers quatre à quatre en espérant que ni ma mère ni ma fille ne se mettent à hurler une urgence. Au volant d'une belle décapotable, Arthur porte un surprenant blouson en cuir ouvert sur une chemise blanche presque déboutonnée, comme s'il arrivait directement d'un concert de rock. Son teint est hâlé. Il dégage quelque chose d'indéfinissable, à la fois sérieux et sauvage. Il m'impressionne autant qu'il m'attire. Son sourire lui dessine des petites fossettes, je ne les avais pas remarquées avant. Il relève ses lunettes Aviator pour m'ouvrir la portière de l'intérieur, tandis que j'évite son regard, n'osant pas entrer directement dans une forme d'intimité. Après tout, nous partons en week-end ensemble alors que nous nous connaissons à peine. Nous ne sommes même pas un couple. Que sommes-nous, au fait ? Je commence à angoisser et à me demander si je serai à la hauteur. Je suis devenue une femme qui se tape son assistant sur une chaise entre deux réunions, mais je suis incapable de me projeter sereinement dans un week-end romantique. Et Schopenhauer n'a jamais rien écrit sur le sujet... Je cherche intérieurement un prétexte pour repartir chez moi avant de ne plus pouvoir faire demi-tour, quand Arthur interrompt mes pensées en me demandant dans un sourire si j'ai deviné où nous allons. Je lui fais part de mes espérances : Rome, Venise, San Francisco ? Ce à quoi il me répond, lapidaire :

« Et pourquoi pas au sud de Rambouillet ?

– On a connu mieux en termes de glamour. Personne ne va lancer une gamme de crèmes hydratantes Rambouillet !

– C'est une erreur. C'est très joli, autour de Rambouillet », assène-t-il en tournant le volant, ce qui m'amène à penser que c'est du premier degré et à m'interroger tout de même sur la nature du séjour.

Me suis-je fourvoyée en imaginant qu'il s'agissait d'un voyage romantique pour mieux nous connaître ? Après tout, je n'étais pas certaine d'assumer la destination cliché dès le premier rendez-vous, je suis trop cynique pour apprécier une soirée bougies-Barry White organisée sans aucune spontanéité, avec l'arrière-goût d'obligation qui en découle. Et si je n'avais pas envie de lui ? Et s'il n'avait pas envie de moi ? Est-ce qu'on pourrait se mettre d'accord pour se laisser la possibilité de juste discuter ? Est-ce que c'est quelque chose qui se fait, de partager avec l'autre au préalable les différents scénarii d'évolution de la soirée pour se garder des portes de sortie dignes au cas où l'alchimie ne prenne pas ? Mais comment fait Jade pour éviter de se poser toutes ces questions lors de ses rendez-vous ?

Dans la voiture, cheveux au vent, nous nous mettons d'accord pour ne pas évoquer nos vies professionnelles et garder la discussion sur l'enquête autour de All Bioty pour le lendemain. Dans un premier temps, je me demande de quoi nous allons bien pouvoir parler, mais le sourire d'Arthur, qui se tourne vers moi à intervalles réguliers pour me demander : « Ça va toujours ? », me calme. Nous écoutons beaucoup de musique : la mienne, *Like a Rolling Stone* de Bob Dylan, *West Coast* de Lana Del Rey, *On the Road Again* et *Sittin' on the dock of the bay* d'Otis Redding ; Arthur commente ma playlist, Lana Del Rey, il aime bien, Otis Redding, il aime beaucoup, quant à Bob Dylan, il mime un harmonica du bras qui ne conduit pas en fredonnant les paroles : j'en déduis que ça lui plaît. Sa playlist à lui est beaucoup moins conventionnelle que je ne l'aurais supposé. Il écoute du hard rock et de la musique classique, et même un opéra de Verdi au milieu. Je lui fais remarquer qu'il n'écoute donc pas que Julien Clerc, il me répond :

« Personne n'est une seule chose. Vous, vous n'êtes pas juste une philosophe ou juste une professionnelle des produits de beauté. »

Alors que je suis sur le point de prendre cela pour un compliment, il ajoute :

« Vous êtes aussi une arnaqueuse, malgré vous ! »

Ce qui nous fait éclater de rire ensemble. Quand je lui dis que j'écoute France Inter tous les matins au réveil, il répond qu'il vient d'acheter une paire de bouchons d'oreilles. Il me confie sa passion pour Albert Camus, je lui rétorque qu'on a toujours besoin d'un somnifère pas cher pour s'endormir. Nous avons un débat au moment de l'irruption de Camélia Jordana, qu'il qualifie d'« ennemie de la République qui promeut un apartheid anti-hommes blancs ». Je lui rétorque que s'il parvient à distinguer l'homme de l'artiste pour Polanski, il devrait réussir à distinguer la femme de l'artiste pour une chanteuse de vingt-huit ans qui n'a jamais agressé personne, fût-elle la figure de proue d'un mouvement qu'il réprouve. De l'extérieur, nos joutes verbales pourraient sembler agressives ou hostiles. Il n'en est rien. Arthur sourit en coin à chacune de ses répliques ; de mon côté, je penche la tête dans sa direction dès que je lance une pique. C'est pour nous un jeu de séduction plus puissant que n'importe quelle conversation banale.

Après avoir traversé une forêt et nous être amusés à donner des formes aux nuages, comme des enfants, nous faisons une halte pour remettre de l'essence dans la voiture et partageons une bouteille de Coca Zéro sur une aire d'autoroute alors que la nuit tombe. Arthur m'annonce que nous avons pris un détour et qu'il nous reste une bonne demi-heure de route avant d'arriver à notre destination, dont je ne sais toujours pas grand-chose.

« Arthur, regardez, il y a des sandwiches ! Vous voulez manger quelque chose ? Quoi ? Pourquoi souriez-vous ?

– Pour rien. J'aime juste votre manière de vous enthousiasmer pour des choses banales, comme des sandwiches triangles à vendre dans une boutique d'aire d'autoroute.

– Ne vous moquez pas de moi.

– Je ne me moque pas. J'admire votre spontanéité. Je vous admire. Avec n'importe qui, ce trajet serait banal ou ennuyant. Avec vous, tout devient une aventure, tout devient exceptionnel. Je me suis beaucoup plus amusé pendant cette heure et demie de trajet en voiture qu'au cours des dix dernières années. Peut-être même plus. »

Parfois, quand Arthur récite Aragon ou quand il dit des choses pareilles, j'ai l'impression que des déménageurs frappent à la porte et m'annoncent : « Bonjour, nous sommes venus chercher votre cœur, nous espérons qu'il est bien emballé. » Secouée par ses mots subits, ne trouvant rien à répondre qui serait à la hauteur, je recentre la discussion.

« Bon alors, que prenez-vous comme sandwich ? Poulet ou jambon ?

– Je ne sais pas, il y a trop de choix...

– Certes, mais la nécessité de passage à l'acte induit des choix, comme dirait Schopenhauer. Alors décidez de ce que vous voulez.

– Est-ce qu'on parle toujours des sandwiches, là, Elsa ?

– Parfaitement. “Comme l’eau ne peut pas se transformer ainsi que lorsque des causes déterminantes l’amènent à l’un ou à l’autre de ses états, de même l’homme ne peut faire ce qu’il se persuade être en son pouvoir que lorsque des motifs particuliers l’y déterminent.” Toujours Schopenhauer. Mon passage préféré. Sur la volonté, en quelque sorte, sur le passage à l’acte. Alors ? Qu’est-ce que vous voulez ? »

D’un ton qui ne se veut plus badin du tout, le plus sérieusement du monde, Arthur fait trois pas dans ma direction et répond :

« Toi. »

En souriant sans sarcasme pour la première fois depuis que je le connais, Arthur glisse une main sous mes cheveux, me caresse la nuque, approche ma tête de la sienne, effleure mes lèvres, me prend dans ses bras et m’embrasse. D’abord dans le cou, puis sur les joues, aux commissures des lèvres, et enfin sur la bouche, tandis que, conquise, je me laisse emporter par des émotions nouvelles. Nos doigts s’entrelacent naturellement tandis que nos bouches se rencontrent encore. Un frisson me parcourt les hanches. Je passe mes bras autour de son cou. Nous nous fixons en souriant, visages presque collés. Il passe ses doigts le long de mon dos, je presse mon ventre contre le sien. Arthur recule légèrement comme pour mieux me regarder, mord sa lèvre inférieure, hoche la tête et soupire comme pour acter quelque chose. Il murmure : « Maintenant, au moins, on sait. » Je l’attrape par le menton en m'écartant de lui et réponds : « Oh, on savait déjà avant. » Il éclate de rire, et moi aussi.

Nous ne faisons rien de particulier, et pourtant, j'adore ce rien. Nous devisons joyeusement des choses de la vie pendant que je cherche comment allumer les phares pour conjurer l'obscurité de la route. Il me demande comment je m'entends avec Nina et fait la réflexion que « Nina, ce n'est pas un prénom tellement corse, peut-être plus hispanique, à bien y penser ».

« Anthony était assez snob, il voulait lui donner un prénom à la con, genre Garance.

– Ma femme s'appelait Garance.

– Ah… pardon… j'avais oublié… c'est très joli, Garance, c'est Arletty dans *Les Enfants du Paradis*, c'est le film préféré de ma mère… Mais ma fille porte un prénom féministe : Nina, avant tout, c'est féministe.

– C'est pour… Nina Ricci ?

– Non. Ce n'est pas parce que je travaille dans l'industrie de la beauté que…

– Nina Simone ?

– J'adore Nina Simone ! Mais ce n'est pas cela. Non, vous ne trouverez pas… »

Emportée par nos échanges, je ne pense même pas à le tutoyer.

« Dites-moi, alors. »

Apparemment, lui non plus.

« C'est pour *La Mouette*.

– Quoi ?

– Ça ne vous dit rien, *La Mouette* ? Ne me dites pas que le grand Arthur de Lavallière, le brillant journaliste du *Figaro*, n'a jamais lu Tchekhov, quand même ?

– *La Mouette* ! J'étais à mille lieues de… Pardon, mais le personnage de Nina n'a rien de féministe dans la pièce de Tchekhov ?

– Ce qu'elle incarne, si. Vous savez, c'est ce qu'en dit Marguerite Duras, dans son adaptation du texte russe. “Une jeune fille passe toute sa vie sur le rivage d'un lac. Elle aime le lac, comme une mouette, et elle est heureuse et libre, comme une mouette. Mais un homme arrive par hasard et, quand il la voit, par désœuvrement la fait périr. Comme cette mouette.” Car, pourquoi cet homme dont le nom m'échappe offre-t-il en guise de son amour une mouette morte à Nina, qui ne lui avait pourtant rien demandé ? C'est typiquement masculin, ça.

– Ouch. Dur. Je n'avais jamais envisagé Tchekhov de cette manière. C'est une vision du féminisme plutôt… déprimée. Du féprimisme ?

– Je préférerais être contente d'être heureuse d'être une femme, Arthur, pardonnez-moi d'avoir deux-trois raisons d'être en colère contre un système qui permet aux hommes de ruiner la vie des mouettes – et des femmes. »

Nous voici repartis mais, à tout prendre, je préfère débattre avec Arthur qu'être d'accord avec Léo.

« Le père de Nina, comment est-il avec elle ?

– Comment pourrais-je vous expliquer ? L'an dernier, pour son anniversaire, il lui a offert un arbre. Enfin, il lui a dit qu'il avait donné son prénom à un arbre dans la jungle australe, que c'était un cadeau inestimable, et il lui a envoyé un bon par mail avec une photo de l'arbre et son prénom rajouté sur Photoshop.

– Comme c'est poétique.

– Non, c'est radin.

– Vous êtes impitoyable avec les hommes de votre vie. On arrive bientôt. On va juste prendre cette petite route, à droite… »

Nous roulons les derniers kilomètres de ce trajet dont j'aimerais qu'il ne se termine jamais sur l'air de *Ce n'est rien* de Julien Clerc, et je m'aperçois que j'en connais les paroles malgré moi. « Tu le sais bien le temps passe et ce n'est rien… Il y a mille sirènes de choix sur ton chemin… qui coulent et c'est très bien… » J'éprouve le sentiment de pouvoir être véritablement moi-même auprès d'Arthur. Je ne joue pas un rôle. Tout me semble naturel, spontané, léger, je peux parler sans crainte et me sentir mieux que considérée : comprise. J'oublie même de me demander à quoi je ressemble ou si je lui plais. Rien d'autre n'existe que nous deux et, si c'est ça, être en couple, alors à tout prendre, je pense que je pourrais m'y faire.

Nous arrivons dans le parc immense d'une sorte de château flanqué d'une pancarte *Airbnb* à l'entrée. J'en déduis qu'Arthur a dû réserver une chambre ici. Il fait nuit noire. Nous avons emprunté de nombreux détours pour faire durer ce trajet ensemble. Après avoir récupéré une clé sous le pot d'une plante, Arthur porte ma petite valise en plus de la sienne, puis nous grimpons les quelques marches nous conduisant à une immense arche de pierre. Nous longeons trois couloirs en silence, Arthur pose ma valise devant une porte. Il tourne la poignée d'une chambre gigantesque et sublime, au plafond haut, aux murs recouverts de tableaux anciens et de sculptures en marbre. C'est donc ici que nous passerons notre première nuit ensemble, me dis-je, admirant les lieux, humant l'odeur rafraîchissante de la vieille pierre. Allons-y pour le romantisme, après tout. La voix grave d'Arthur me sort de ma réflexion.

« Voilà, c'est votre chambre. Dormez bien, demain matin nous irons faire du vélo et je vous raconterai enfin toute la fin de ma conversation avec votre patron en détail. »

Sur ce, il referme la porte.

Médusée, je m'attends à ce qu'il rouvre la porte, réapparaisse et me dise qu'il plaisante et que nous allons évidemment dormir ensemble, mais Arthur a bel et bien fermé derrière lui, et me voilà seule ici avec de la lingerie affriolante plein la valise. Ses propos de la soirée me semblaient pourtant limpides… Il me semblait que nous avancions dans notre relation. C'est à n'y rien comprendre. Pourquoi m'inviter dans ce Airbnb qu'il a réservé pour me faire dormir seule ? Il m'a fallu tellement d'efforts et de travail sur moi-même pour accepter le fait qu'Arthur m'attire, que j'éprouve des sentiments à son égard, que passer une nuit avec lui devenait plausible… pour en arriver là. Voilà ce qui arrive quand on se rit du calcul des plaisirs et des peines.

N'ayant guère d'autre choix immédiat, épuisée par les événements des derniers jours, je décide de prendre une douche brûlante en espérant qu'Arthur revienne entre-temps. Un quart d'heure après, toujours aucun signe de sa part. J'hésite à lui envoyer un message. Mais qui dirait quoi, au juste ? Un *Bonne nuit !* simplet pourrait être pris comme une fermeture au cas où il envisagerait de revenir, tandis qu'une question du type *Bon, vous venez dans ma chambre ? Je vous attends, ça commence à faire long* m'exposerait trop à une absence de réponse. Reste l'option de l'insulte, mais c'est un brin définitif. C'est donc cela, avoir une relation avec un homme ? Je me retrouve dans un Airbnb que je n'ai pas choisi, à me faire poser un lapin par la personne qui m'y a invitée. Situation kafkaïenne. D'abord, qu'est-ce qui m'a pris d'accepter cette invitation ? Il était évident que la situation se compliquerait. Dans un peignoir blanc moelleux trouvé suspendu dans la salle de bains, je contemple au-dehors l'immense parc dans l'obscurité. Il me semble apercevoir une sorte de kiosque au loin, comme les kiosques à musique de l'époque, derrière les étendues d'herbe. À l'horizon, le ciel d'un noir bleuté se reflète sur la surface d'un lac. C'est drôle, le fonctionnement de la mémoire : à la vue du lac, les vers du *Lac* de Lamartine me reviennent aussitôt : « Mais je demande en vain quelques moments encore. Le temps m'échappe et fuit ; Je dis à cette nuit : Sois plus lente, et l'aurore va dissiper la nuit. » Sauf que moi, j'aimerais accélérer cette nuit.

Je laisse tomber le peignoir à mes pieds, ouvre ma valise, enfile une nuisette rouge, sors un livre de mon sac à main et me plonge dans le lit confortable de cette chambre inconnue, où je m'endors presque aussitôt.

Le lendemain matin, l'aurore m'ouvre les yeux à travers le store blanc. Il me faut quelques minutes pour me souvenir de l'endroit où je me réveille. Je passe de la joie devant la beauté des lieux au souvenir aigre-doux de la veille. Je me lève, cheveux en bataille, dans ma nuisette de satin, et sors de la chambre à la recherche de la cuisine où je pourrais préparer du thé. J'emporte mon livre, on ne sait jamais, si je ne trouve pas Arthur, je prendrai mon thé sur la terrasse aperçue hier soir. Pieds nus sur la pierre, sans mes lunettes, j'erre les yeux plissés et ne reconnais pas les couloirs de la veille. Je suppose que j'ai dû tourner trop de fois car, en ouvrant la porte, je tombe sur une salle de petit-déjeuner débordant d'enfants. Ils sont huit à chaque table. Il y a trois tables. Une trentaine d'enfants. Peut-être plus. Un petit groupe joue sur le sol. Mais, combien d'enfants y a-t-il au juste ?

Un garçon blond en pyjama bleu, ourson en peluche à la main, s'approche de moi et me regarde avec intensité. Il semble plongé dans une réflexion profonde.

« T'es une touriste ?

– Une touriste ? Euh… un peu, pas vraiment, non. Pourquoi ?

– Moi z'aime pas les touristes.

– Ah oui ? Pourquoi ?
– Les touristes, ils sont méchants.
– Pas tous les touristes, quand même…
– Moi, ze parle des touristes qui zont tué des zens zuste avant ma maman. »

Pour le moins déstabilisée par ce petit garçon, je ne sais que répondre. Qui est-il, et que fait-il dans ce Airbnb ? Des ordres émanant d'une voix de femme surgissent du bout de l'immense pièce.

« Jules ! Reviens à table ! Excusez-le. Vous avez loué le Airbnb en face, dans l'aile ouest du château ? Vous vous êtes enfermée dehors ?
– Non, je…
– Je vais vous donner le double, ne bougez pas. Ce petit Jules est trop mignon. Il a une histoire difficile… Il confond touristes et terroristes. L'orthophoniste lui a dit, pourtant. C'est un travail long et difficile pour lui. Sa maman a été tuée dans un accident de voiture au moment de l'attentat de Nice, il n'en connaît pas les circonstances exactes. Pauvre petit bout de chou… C'est son père qui a créé cet endroit dans le château de sa famille. »

J'écoute, interdite, mon livre serré contre la poitrine, les explications de cette dame dans ce lieu hautement improbable, sans en croire mes oreilles.

« Ici vivent des orphelins, des pupilles de la Nation, des enfants dont les parents ont péri dans des drames et qui ont besoin d'un accompagnement psychologique particulier au quotidien. L'idée est aussi de ne pas séparer les frères et sœurs, par exemple. La petite Sandy, là, son papa a tué sa maman sous ses yeux avec un fusil de chasse. Les parents de la maman ne veulent pas la prendre chez eux. Quant à Timothée, Lison, Solène et Simon, quatre frères et sœurs : parents policiers tués par balle pendant une intervention commune contre un forcené qui voulait commettre un attentat terroriste. Les parents sont morts en héros, ils ont empêché l'attentat de survenir... Dur. Aucune famille d'accueil ne voulait les prendre tous les quatre, mais le foyer n'était pas adapté pour eux, ils ont un suivi psychologique important. Cela nous a pris sept mois pour obtenir la possibilité administrative de les faire venir au château. Au moins, ici, ils ne sont pas séparés. Excusez-moi une minute. Lison ! Lison ! Arrête d'embêter ton frère, rends-lui son doudou. Non, ce n'est pas lui qui a commencé, j'ai tout vu. Rends-lui son doudou, je vais venir t'aider à faire tes tartines dans cinq minutes, ma cocotte. Je vais vous chercher la clé.

– Merci madame, mais...

– Elle est avec moi, Évelyne, merci. »

La voix puissante d'Arthur se cogne contre les immenses murs en pierre du château.

12

Mes pieds nus restent figés malgré moi sur le sol glacé. En face, une apparition : Arthur, jean, chemise blanche, lunettes de soleil sur ses cheveux encore mouillés, sifflote *Ce n'est rien* comme si cette situation était on ne peut plus normale. J'écarquille les yeux, façon de demander des explications pour les derniers événements que je tente de reconnecter. Les questions se bousculent tellement que je ne sais par où commencer, et la présence de cette Évelyne et de la ribambelle d'enfants ne crée pas les conditions d'un échange sincère. Qu'est-ce que c'était que cette nuit sans lui ? Qu'est-ce que c'est que cet endroit ? C'est ça, son fameux château familial ? Il sous-entendait que nous partions en week-end lui et moi, et je me retrouve au beau milieu d'une colonie de vacances…

Le petit Jules se rue sur Arthur en criant :

« Papa ! T'es là, super !

– Oui, comme tous les week-ends, champion.

– On va faire du vélo dans la forêt, aujourd'hui ?

– Non, pas aujourd'hui, je ne t'emmène pas pour une fois. J'ai une invitée, Jules. »

Arthur, Évelyne et Jules se tournent vers moi d'un même regard. Hors de question que, par ma seule présence, j'empêche ce petit Jules de faire du vélo avec son père s'il en a envie.

« Moi, j'adore le vélo, si Jules a envie de faire du vélo et si ça ne le dérange pas que je vienne avec vous, c'est avec plaisir.

– C'est gentil, Elsa, mais j'avais plutôt prévu que nous...

– Du vélo ! Du vélo ! Z'aime le vélo moi !

– Bon alors, c'est entendu, nous allons faire du vélo !, enchaîné-je avec tout l'enthousiasme dont je suis capable dans la situation. Je vais me préparer. Pouvez-vous juste m'indiquer à quel endroit je peux faire du thé ? »

Évelyne me fixe, puis fixe Arthur d'un air interrogateur, et me répond :

« On va vous en faire apporter dans votre chambre, madame. »

Après cinq bonnes minutes à errer dans les couloirs du château, et malgré mon sens de l'orientation capricieux, je finis par retrouver la chambre et la salle de bains. Je prends une douche aussi rapide que possible, me sèche à moitié les cheveux pour gagner du temps, me maquille rapidement et regarde dans ma valise quelle tenue pourrait être compatible avec une sortie vélo en famille. L'une des robes blanches, une veste en jean cintrée et des chaussures en toile à talons compensés feront l'affaire. Je claque la porte de la chambre, bois deux gorgées du thé déposé sur la console devant la porte, et m'apprête à refaire le trajet dans le dédale de couloirs en sens inverse. Je tente de rassembler mes esprits. Arthur m'amène donc ici, dans son fameux château familial, quelque part au sud des Yvelines. Pourquoi ne pas m'avoir tout simplement prévenue ? Est-ce que je devrais trouver émouvant qu'il me présente son fils avant même que nous n'ayons pu passer une nuit ensemble lui et moi ? Ou au contraire, suis-je censée trouver cela angoissant ? Que dirait le Code des relations sentimentales et sexuelles à ce propos ?

Tous les enfants s'impatientent déjà sur leurs petits vélos, casques sur la tête, autour d'Évelyne et de cinq adultes dont je déduis qu'ils sont animateurs de ce centre d'un genre particulier. Au bout du compte, je trouve assez charmant de me retrouver dans cette situation. Je plonge dans l'univers intime d'Arthur tout en évitant le tête-à-tête oppressant du premier jour. À la réflexion, c'est bien joué de sa part. Arthur sourit comme s'il m'avait joué un tour alors que je lance : « Qui fait la course avec moi jusqu'à l'étang ? » aux enfants qui répondent tous en chœur un « Moi ! » aigu et sonore. Je tourne la tête vers Arthur, qui sourit toujours sans dire un mot, et lance mon vélo d'un coup de pied sur la pédale, fonçant droit vers l'étendue d'eau qui jouxte le parc. J'inspire à pleins poumons cet air de liberté.

Après la promenade à vélo dans la forêt, nous participons à l'atelier crêpes organisé par Évelyne pour le déjeuner : je tourne la pâte au fouet, en dépose un peu sur le bout du nez du petit Jules pour le faire rire, puis nous faisons sauter les crêpes le plus haut possible jusqu'au plafond sous le regard réprobateur d'Évelyne qui demande un peu de calme dans la cuisine, immense pièce claire équipée de différents pianos de cuisson. Pendant que nous mettons le couvert tous ensemble dans un joyeux brouhaha, je sens les yeux d'Arthur se poser sur moi. À plusieurs reprises, nos regards se croisent. L'intensité que je décèle dans sa prunelle me fait monter des frissons tout le long de la colonne vertébrale.

Après le déjeuner arrive l'heure de la sieste des enfants, et avec elle le retour d'un calme bienvenu. Arthur me propose une promenade dans l'immense parc du château. Nous voilà déambulant tous les deux, dans le silence des allées. Je ne vois plus du tout Arthur comme un journaliste, ou comme l'ennemi de Marvin, ou comme une personne que j'aurais rencontrée dans un contexte professionnel. Mes responsabilités éreintantes étaient restées quelque part en chemin. Je me sens appartenir à cet endroit tout autant que lui et ne pense même plus à me poser de questions sur la nature de notre relation. La symbiose entre Arthur et moi coule de source.

Arthur me raconte ce qui lui a donné envie de créer ce lieu, d'abord pour son petit garçon qui avait besoin d'un accompagnement médical permanent après le décès de sa mère, mais aussi pour les enfants de victimes de drames. Après Nice, il avait suivi plusieurs drames et avait été touché par la douleur des familles et par les tracas administratifs des survivants mais, surtout, par les difficultés à accompagner les orphelins malgré l'immense bonne volonté de tous, travailleurs sociaux, élus, policiers, qui souvent se proposaient même pour héberger et prendre en charge les enfants.

Jamais je n'aurais pu imaginer une action aussi altruiste, désintéressée et généreuse émanant d'Arthur. Ce château ne colle tellement pas avec le personnage qu'il s'est construit et, pourtant, il colle si bien avec l'homme que je commence à connaître. Sa fragilité me touche autant que son arrogance m'exaspère, mais là, sous les arbres centenaires, tandis qu'il m'attrape la main et l'embrasse, je rends les armes.

De l'autre côté du parc, on entend les rires des enfants qui, levés de leur sieste, se sont lancés dans une bataille d'eau géante, et les cris d'Évelyne qui tente de les sécher avec une serviette pour qu'ils ne prennent pas froid. Arthur et moi, toujours main dans la main et sans un mot, marchons jusqu'au fond du parc. Derrière le lac, nous passons devant une sorte de kiosque que j'avais aperçu la veille, dont je grimpe les marches en sautillant. J'attrape Arthur par la main pour le percher avec moi sur ce kiosque et l'embrasse fougueusement.

« J'adore les vieux kiosques, comme ça, entourés de glycines. C'est beau. Vous pourriez me chanter une des chansons que vous aimez tant ? »

Il me serre la taille à son tour et plante ses yeux dans les miens.

« Vous êtes surprenante, vraiment, Elsa. Vous avez une passion pour Schopenhauer et Tchekhov, qui ne sont pas à proprement parler ni les plus grands romantiques ni les plus guillerets des auteurs et, pourtant, on dirait que vous aimez les films où le héros sort une guitare de nulle part et déclame une sérénade à sa dulcinée sous la glycine ?

– Quel mal y a-t-il à cela ? J'aime la scène où Richard Gere vient chercher Julia Roberts par l'échelle de service avec un bouquet de fleurs dans *Pretty Woman*, la lecture des panneaux remplis de déclarations d'amour sur le perron dans *Love Actually*, et même Benoît Poelvoorde qui chante *Ma préférence* à Julie Depardieu dans *Podium*. Vous voyez, moi aussi, j'apprécie Julien Clerc ! Mais la meilleure scène romantique reste celle avec Rhett Butler : je rêve qu'on m'achète une danse aux enchères d'ouverture de bal au son du quadrille de Virginie, au mépris de ma bonne réputation et du qu'en-dira-t-on, comme dans *Autant en emporte le vent*... Vous avez déjà le cigare, il vous manque juste l'agilité dans la chorégraphie.

– Bref, tu veux vivre dans un film.

– Non. J'aimerais juste que la vie ait un peu de panache, voyez-vous, cher monsieur. Regarde ce que ça pourrait donner, voyons, avec... Elvis Presley ? »

Arthur fait une sorte de mimique qui semble signifier « Va pour Elvis Presley ! », du moins c'est ce que je décide d'en déduire. Je tapote quelques touches sur mon téléphone et lance la musique de *Can't Help Falling in Love*, magnifique chanson du King, que je joue habituellement au piano, dans laquelle il raconte qu'il ne peut pas s'empêcher de tomber amoureux, même s'il essaie, parce que certaines choses doivent suivre leurs cours. Je regarde Arthur d'un air de défi en fredonnant : « *Some things are meant to be...* », qu'il traduit immédiatement : « Certaines choses sont inéluctables. » J'envoie valser mes sandales compensées et fais tomber ma veste en jean pour mieux danser lentement, seule, au milieu du kiosque, bras à moitié relevés au-dessus de ma tête, en murmurant les paroles de cette chanson que je connais par cœur mais dont je n'avais jamais vraiment saisi le sens jusqu'à aujourd'hui. Arthur, lui, ne danse pas : il me regarde, lascif, appuyé sur la rambarde, comme si j'étais un spectacle, ou une apparition, et comme s'il m'analysait. Il soupire d'aise et murmure :

« Tu es tellement... vivante.

– Vivante ? Vivante... Tu es au maximum du niveau de compliments dont tu es capable, là ?

– Tu es terrible. Le moindre mot est décortiqué avec toi. Oui, vivante. C'est vraiment le mot qui me vient, là, en te regardant. Tu vas au-devant de ce qui advient, tu dévores la vie, et j'aime ça.

– C'est ce qui caractérise tout être humain... Schopenhauer l'explique très bien. Le concept du *vouloir-vivre* : "L'ultime inexplicable et le fondement obligé de toute explication est le vouloir-vivre. Bien loin d'être, sous le nom d'absolu, d'infini, d'Idée, ou d'appellations semblables, un mot ronflant et vide, il est de toute chose ce que nous connaissons de plus réel, il est, oui, le germe même de la réalité."

– Alors tu es vivante et réelle... »

Arthur semble penser ce qu'il dit et, pour lui, verbaliser le fait que je sois vivante et réelle semble l'équivalent de la livraison du bouquet de fleurs au bureau pour Léo, ou de payer les impôts de sa propre initiative sans que je le lui rappelle pour Anthony. Une sorte de preuve d'attachement.

Subitement, deux majordomes arrivent depuis l'autre côté du parc, d'un pas pressé, poussant un chariot et une table vers le kiosque où nous nous trouvons.

Devant mon air incrédule, Arthur, sourire aux lèvres, annonce :

« Je n'ai prévu ni de donner un concert privé, ni d'acheter une danse du quadrille de Virginie aux enchères, encore moins de te chanter du Julien Clerc à la télévision, mais un simple dîner ici même pour toi et moi. J'espère que ça aura assez de panache à tes yeux. »

Ne voulant rien laisser transparaître de ma joie, je réponds juste, hautaine :

« On fera avec. »

Les deux majordomes nous quittent en nous souhaitant une bonne soirée, après avoir installé un délicieux dîner qui nous attend sous des cloches en argent. Une fois que je suis assise à table, Arthur attrape la bouteille de champagne qui trône en son centre. Je dois admettre que le dénouement de la journée est inattendu. Il y a moins de vingt-quatre heures, nous partagions un sandwich triangle sur une aire d'autoroute. Et cela m'allait très bien. Mais j'ai beau détester les mièvreries, j'accepte de bon cœur cette mise en scène, tout aussi touchée par le temps qu'Arthur a probablement passé à organiser le dîner que par l'attention elle-même.

Après le dîner, que nous passons sans nous quitter des yeux, ne nous lâchant les mains que pour attraper nos fourchettes, nous remontons vers le château. Toujours pieds nus, je tiens mes sandales dans une main. Cette fois, Arthur, sans dire un mot, me conduit vers sa chambre, sans détour. Il ouvre la porte et me lance un regard, une invitation. Sans une seconde d'hésitation, je le suis, pose mes sandales sur le sol et observe la pièce. Elle semble plus habitée que la chambre où j'ai dormi la nuit dernière. Des bibliothèques en bois foncé encombrées, un large fauteuil club en cuir avec un plaid posé dessus, un tapis fatigué, un ordinateur. Je pense qu'il vient souvent ici. Arthur installe le bras du tourne-disque sur un vinyle qui y était déjà installé. Le son crachote.

« Je crois que tu aimes bien Nina Simone ?

– J'adore Nina Simone.

– C'est vrai, j'oubliais : toi, il n'y a rien que tu aimes bien. Tu *adores* », dit-il, de nouveau goguenard, en s'asseyant sur le rebord de son lit.

La musique commence. Comme pour se justifier d'avoir déclaré forfait la veille, Arthur marmonne sans me regarder dans les yeux : « Tu vois, c'était mieux de passer cette journée ensemble avant… » Il ne semble pas savoir quoi faire de lui, mains croisées, posées sur ses genoux, alors que je suis encore debout. À la réflexion, Arthur de Lavallière, si sûr de lui en toutes circonstances, ne semble pas si à l'aise que cela à l'idée d'être seul avec moi dans sa chambre. Se pourrait-il qu'il ait peur, ou que… je l'impressionne ? Ce serait drôle. Quant à moi, je me suis rarement sentie aussi à ma place. L'air est plus parfumé, la musique est plus mélodieuse, la vie a plus de sel quand je suis avec Arthur. Ce qui se passe autour de nous n'est qu'un décor, un écrin pour notre rencontre, et rien ne compte d'autre au fond que de s'être trouvés. C'est une chose qui ne s'explique pas, que l'on ressent ou que l'on ne ressent pas. Mais si vous l'avez déjà ressenti, alors fermez les yeux et souvenez-vous, et vous comprendrez ce que je ressens en ce moment.

Je chante par-dessus le disque en commençant à danser doucement, les yeux mi-clos. « *Sun in the sky, you know how I feel…* » Arthur, resté immobile, assis sur le rebord du lit, me fixe en commençant à sourire d'un sourire doux, généreux, attentif… oserais-je le dire ? d'un sourire amoureux. Je m'approche de lui en continuant à danser et à chanter : « *It's a new day, it's a new life for me.* » Tandis que je ne suis plus qu'à quelques centimètres de lui, il semble hésiter, ne pas savoir s'il doit se lever ou rester là. Je me colle contre lui, sa tête devant mon ventre, et glisse une de mes jambes entre les siennes. Il avance ses bras et caresse l'arrière de mes genoux ; je me penche pour attraper ses mains et, en reculant, l'attire pour l'inviter à se lever et danser avec moi en murmurant « *And I'm feeling good…* »

Arthur se tient désormais contre moi. Nous dansons doucement, nos corps collés l'un à l'autre, comme aimantés, jusqu'à ce que finalement, nous ne bougions plus du tout pour nous embrasser. C'est le moment que choisit Arthur pour murmurer, les yeux brillants :

« Elsa... Je me consume. »

J'aurais sûrement trouvé l'expression désuète en temps habituel, mais, dans sa bouche, elle me ravit, tandis que je le sens descendre dans mon dos la fermeture éclair de ma robe. La tête enfouie quelque part dans mes cheveux, sans me regarder directement, Arthur murmure : « Elsa, je n'ai pas... je n'ai plus... cela fait des années que je n'ai pas... connu une femme. » Comprenant soudain ce qui l'empêche d'être parfaitement à l'aise, émue par cette confidence, ne sachant que répondre qui ne semble ni trop condescendant ni trop dramatique, je murmure sur le même ton suave, en contradiction avec le sens de mon propos sarcastique, à son oreille :

« Et alors ? Tu as besoin d'un mode d'emploi ? »

Il étouffe un rire en me mordant le cou et, comme libéré de quelque chose, redouble d'intensité dans ses étreintes. Me trouver dans les bras d'Arthur s'avère à la fois intense et léger.

Quelques chansons plus tard, glissés entre ses draps, tandis qu'il m'attrape les cheveux en m'embrassant avec fougue, j'ai l'impression que chaque pore de ma peau s'ouvre pour qu'y entrent les gouttes de sa sueur et je me dis : c'est donc cela que signifie « avoir quelqu'un dans la peau »... Et lorsque, dans un même souffle, nous soupirons de bonheur et de plaisir, je comprends enfin ce que veut dire « être faits l'un pour l'autre ».

Le lendemain matin, après seulement quelques heures de sommeil, j'ouvre les yeux encore dans les bras d'Arthur. Nous avons peu dormi et passé l'essentiel de la nuit ainsi, serrés l'un contre l'autre. J'embrasse Arthur dans le cou. Ensommeillé, il me rend mon baiser sur la bouche. Je caresse l'intérieur de son avant-bras ; il répond en attrapant ma nuque avec fermeté. Plus rien n'existe pour moi en dehors de son cœur qui palpite, de ma poitrine qui se soulève, de ses mouvements décidés. La nuit n'a pas dissipé notre attirance, la lumière du jour la force de notre élan. Et nous avons continué, charmés par le désir de l'autre, envoûtés par un mélange d'adrénaline et de plénitude, jouissant du bonheur de s'être trouvés, sans se demander si cet amour aura un nouveau lendemain.

La matinée s'écoule comme dans un rêve, entre les jeux des enfants, Arthur qui se montre plus que prévenant, et le soleil irradiant le parc comme pour nous donner sa bénédiction. Mais les heures avec Arthur passent plus vite que les minutes avec un autre, et il est déjà temps de rentrer à Paris.

Après un trajet de retour rapide, passé à nous embrasser, à glisser nos mains l'une dans l'autre et à chanter notre bonheur à tue-tête, alors qu'Arthur se gare en bas de chez moi, il me lance, sans que je m'y attende : « Je pourrais peut-être monter dîner ? »

Douche froide. Dîner ? Chez moi ? Dans mon appartement ? Avec Nina qui râle et ma mère qui, dans le meilleur des cas, joue le prélude de Bach ? Non, on ne dîne pas chez moi, non. Après ces deux jours merveilleux, je ne veux pas tout gâcher par une immersion brutale d'Arthur dans mon monde réel, face à ma fille qui ne présidera pas son fan-club et ma mère qui est... ma mère.

« Non, Arthur, je pense que c'est compliqué, et il y a ma fille et ma mère...

– Parfait ! Je pourrais simplement monter leur dire bonsoir, alors ! »

Aussitôt, je me ferme. Pourquoi tout gâcher ? Quel est ce besoin soudain de dire bonsoir à ma famille ? Je regarde Arthur sans sourire, pour la première fois depuis deux jours.

« Dans quel but ?

– Comment ça, dans quel but ?

– Dans quel but veux-tu monter dire bonsoir ? Je ne vais pas présenter le premier homme qui passe à ma fille, comme ça, sans raison.

– Dans le but d'être ensemble, comme deux adultes qui rentrent d'un week-end, sans pression inutile. Mais si c'est un problème, ce n'est pas grave, je vais rentrer.

– Non mais c'est intéressant, parce que tu parles de pression inutile, mais ce n'est pas moi qui ai demandé que l'on passe en un clin d'œil du vouvoiement à la présentation de nos enfants.

– Elsa, qu'est-ce qui t'arrive ? Je t'ai juste proposé de monter saluer ta famille. Cela ne doit pas devenir un drame. »

Aussitôt, je me ferme et lance un « Non, ce n'est pas possible », claque la portière de la voiture sous les yeux incrédules d'Arthur. Je compose le code, puis monte les escaliers et donne un coup d'épaule dans la porte pour qu'elle s'ouvre. Retour à la réalité, entre ma mère qui joue frénétiquement du piano et Nina qui téléphone à une copine, porte de sa chambre fermée. Aucune des deux ne prend la peine de me demander comment s'est passé mon week-end. Tant mieux, finalement : qu'aurais-je pu leur répondre ? Que j'avais vécu les quarante-huit heures les plus merveilleuses de mon existence et que je venais de tout saccager en plantant Arthur le long du trottoir sans un mot d'explication ? Que j'aurais tout donné pour qu'on poursuive notre histoire ici, chez moi, mais que j'ai tellement honte de ce que je cache derrière cette porte que j'ai préféré m'enfuir comme une voleuse ? Tellement honte des crises de ma mère que je n'ai pas envie de décrypter à Arthur ? Tellement peur de blesser Nina comme ma mère m'a blessée moi ? Tellement pas envie d'être ce genre de mère qui amène un homme chez elle et doit expliquer deux semaines plus tard pourquoi il ne reviendra plus jamais ? Ma mère est fragile, Nina est malade. Je ne peux pas leur faire cela. Je ne peux pas prendre ces risques. Ni pour elles, ni pour moi. Et je m'échine à me montrer comme une femme forte et volontaire. Je lutte pour rester du côté des personnes qui avancent. Pour ne pas lâcher la rampe. Arthur m'a dit lui-même que j'étais si vivante, hier encore. Ai-je envie de lui ouvrir mon placard et de lui présenter les fantômes avec lesquels nous vivons ? Pour Arthur, je suis une femme d'affaires *vivante* amie d'un célèbre député, qui aime la philosophie et la musique. Pourquoi lui montrer les piluliers mal vidés de ma mère et la pile d'enveloppes de relances d'huissiers non payés sur le meuble de l'entrée ? Le canapé où je dors depuis que ma mère vit ici, les ampoules non changées depuis qu'Anthony est parti ? Ai-je envie de me montrer aussi vulnérable devant lui ?

Après une douche brûlante, je m'affale enturbannée de serviettes de bain et tente d'écrire un message à Arthur pour lui confesser tout cela en restant digne, mais, ne trouvant pas les mots, je renonce, tandis que mon allergie au pollen fait couler des larmes jusque sur mon oreiller.

13

De retour au bureau le lundi matin, le choc est rude. Pas encore remise de mes émotions, je dois affronter la dure réalité et confronter JPP et Belinda : à ce stade, aucune preuve ne vient corroborer fermement et matériellement les malversations de JPP, nous n'avons que ses aveux et un faisceau d'indices concordants… Passée l'entrée des bureaux de All Bioty, qui ressemblent de plus en plus à un hall de fac des années soixante-dix, je monte retrouver Jade. Mais du bureau de Belinda viennent des bruits sourds de pleurs étouffés. Est-elle déjà informée ? Avec Jade, nous nous regardons puis nous dirigeons doucement vers son bureau.

Je n'avais jamais vu Belinda pleurer. Je l'avais déjà entendue crier, hurler, râler, rire, se pavaner, et même manger. Enfin, presque manger. Belinda a une technique pour avoir l'air de manger sans manger. Je l'ai bien observée dans différentes cérémonies ou cocktails. D'abord, elle incite les autres à manger, comme pour détourner l'attention d'elle-même : allez-y, dégustez, ouvrez le buffet, je vous en prie... Ensuite, elle boit. Souvent. Beaucoup. On n'imaginerait pas une femme si mince et élégante ingurgiter autant d'alcool, et pourtant. Une main prise par sa coupe de champagne, l'autre virevolte d'un convive à l'autre et, parfois, attrape au vol un petit four. Dans ce cas, elle commente le petit four à grand renfort de détails : « Qu'est-ce que c'est ? Hmm, de l'espumas de Saint-Jacques, j'adoooore l'espumas de Saint-Jacques. Un jour, avec Rufus, au restaurant, dans telle ville sublime du bord de mer, nous avons dégusté un succulent espumas de Saint-Jacques, la couleur était une brume claire comme celle-ci », et l'arrondi, l'ovale, le triangle, les plis, l'odeur... si bien qu'on a l'impression qu'elle en a avalé trente, des espumas, pendant qu'elle les décrivait. Et puis, elle garde toujours un accessoire culinaire à la main : cure-dent, pique de brochette, serviette en papier. Elle peut le conserver une demi-heure, ce qui donne l'illusion qu'elle vient de manger. Quant à avaler la bouchée d'espumas en question, c'est toute une stratégie ; elle croque un morceau du bout des dents, sans même que ses lèvres ne le touchent, qu'elle recrache dans sa main sans qu'il n'ait pu pénétrer sa bouche plus loin que les incisives, et dépose discrètement le reste quelque part : plateau, table buffet, au creux de la serviette, dans une coupe qu'elle changera... Techniquement, je peux dire que j'avais vu Belinda manger. Mais pas pleurer.

Pourtant elle est assise là, et elle pleure étrangement, en reniflant et en faisant des bruits de glotte, en se mouchant, mais presque sans larmes. Jade et moi échangeons un dernier regard avant de nous approcher.

« Belinda ?

– *Ja...* ?

– Vous voulez que nous repassions plus tard ?

– *Nein...* »

Bruit de glotte. Aucun sarcasme à l'horizon. Elle doit vraiment se sentir mal.

Sans que nous ayons à poser de questions, Belinda se met à pleurer un mélange de sanglots et de mots. Nous comprenons vaguement que le problème, c'est Rufus. Les larmes reprennent de plus belle chaque fois qu'elle prononce son prénom. D'abord, elle a senti un parfum de femme, et elle a trouvé un flacon dans les affaires de son mari. Puis ce furent divers achats : une bague Victoire de Castellane pour Dior, un beau livre de mode des années cinquante, une édition originale d'un livre sur le féminisme, et même une robe Diane de Furstenberg. Il n'y a pas seulement les cadeaux ; il y a aussi l'apparence de son mari : désormais, Rufus s'épile les sourcils, se teint les cheveux – « avec une teinture de supermarché ! », pleure Belinda de plus belle. Clairement, il fait attention à lui. Il fréquente même une salle de sport et a pris un coach personnel pour développer ses pectoraux.

Belinda a cherché pendant des mois l'identité de la garce à qui ces cadeaux et ces efforts étaient destinés. En vain : le détective chargé de le suivre n'a trouvé aucune adresse de restaurant romantique ou d'hôtel coquin à transmettre à Belinda. Non. En revanche, il a repéré l'adresse d'une clinique privée où Rufus se rend tous les quinze jours. Car Rufus n'aime pas une autre femme. Rufus veut devenir une femme. Il a entamé un processus de transition et veut désormais se faire appeler Angie. En fait et pour être directe, Rufus est une femme.

La seule chose à laquelle je me raccroche sur l'instant est la perspective de me faire tancer par Nina qui trouverait à coup sûr toute réaction de rire transphobe. Alors que mes rires seraient surtout nerveux face à une situation inédite. C'est surprenant comme le rire semble être un mécanisme de défense pour l'être humain dépassé par les événements. Je ne ris donc pas et j'essaye de dire ce que Nina dirait à ma place :

« Si Angie est une femme, c'est mieux pour tout le monde qu'elle puisse s'épanouir en tant que femme. À nous de soutenir cette décision qui a dû être difficile à prendre. Je trouve que c'est courageux. »

Belinda me lance un regard acier dont elle a le secret. Peut-être n'est-ce pas le moment de lui suggérer de proposer à Angie de devenir une égérie pour la prochaine campagne All Bioty, qui pourrait envoyer un signal magnifique d'inclusion à toutes les femmes ? Je lance un regard interrogatif en direction de Jade, ne sachant que dire de plus. Jade prend son courage à deux mains et rompt le silence avec une approche différente et moins subtile.

« Les hommes... On peut toujours compter sur eux pour nous décevoir. Ils promettent monts et merveilles, mais quand il faut passer à l'acte, c'est toujours décevant. C'est tellement décevant que c'est conforme. Tenez, moi, une fois, j'en ai eu un, sa langue était plus longue que son sexe. »

J'écarquille les yeux en direction de Jade, l'air de demander ce que c'est que cette étrange stratégie. Mais Belinda a arrêté de sangloter, intriguée. La minute misandre de Jade semble fonctionner. Entrant dans son jeu, je surenchéris :

« Moi, un soir, j'ai eu un mec qui en avait une de la taille d'un feutre.

– Horrible ! Marqueur ou Stabilo ? relance Jade.

– Plutôt un Bic. »

Belinda réprime un ricanement. Nous sommes en train de la ramener. Jade sort l'artillerie lourde.

« C'est vrai qu'ils nous promettent souvent qu'ils vont nous étouffer avec leurs engins, mais nous préviennent rarement sur la possibilité qu'ils ne nous effleurent même pas avec.

– *Ach*, si encore il n'y avait que Rufus... mais je suis en colère, oui, en colère... contre ces hommes qui ont profité de moi toute ma carrière et même encore aujourd'hui. Planchon, c'est un porc, comme l'autre. *Ach*, Belinda, elle est toujours là pour donner ses idées, ou pour payer, ou pour attirer les médias. Mais quand il s'agit d'éprouver *ein Bisschen* de reconnaissance, alors là, les hommes, pfiou ! plus personne. »

Belinda est une personne intelligente, elle finira par comprendre la transition. D'ores et déjà, elle semble finalement ne plus le prendre si mal, et Jade et moi quittons son bureau tandis qu'elle ne paraît même plus remarquer notre présence.

Je prends Jade à part et décide de lui expliquer ce que j'ai découvert grâce à Arthur. Je m'attendais à une réaction offusquée de sa part. Étrangement, elle semble assez peu surprise. Pour elle, le dossier de presse a beau vanter l'engagement de cette belle entreprise sociale et solidaire, en vérité, si cela transparaît tant dans notre communication, c'est parce que « c'est toi qui la portes. Tu es imprégnée de valeurs altruistes. Pas cette entreprise. Nous ne sommes pas dans une secte, on a le droit de le dire ». Alors des malversations, du blanchiment, elle ne sait pas. Mais des pratiques douteuses, pour elle, c'est évident. Il ne nous reste qu'à faire une seule chose pour savoir si c'est aussi grave que cela : trouver la composition exacte du Golden Shamp.

Belinda semble en colère contre JPP, mais je ne sais pas encore si elle est prête à transgresser les règles, et jusqu'où. Pour aller plus vite, nous sollicitons l'aide de Léo pour qu'il occupe Belinda pendant que nous nous faufilons jusqu'à son ordinateur pour accéder aux données de la composition de Golden Shamp.

« Quel meilleur appât pour une femme quinquagénaire venant de découvrir que son mari la délaisse qu'un éphèbe à peine majeur ? » a argumenté Jade, sans que je relève le caractère sexiste et trivial de la stratégie.

D'autant que, je dois bien l'admettre, les charmes de Léo ne semblent pas laisser Belinda insensible, puisque, dès l'arrivée de mon assistant, elle cesse de renifler et, à la place, rejette sa cascade de cheveux vers l'arrière au son d'un rire de gorge un peu forcé. De l'autre côté de la pièce, nous entendons des bribes de ce que lui dit Léo dans une langue qu'il lui jure être de l'italien, alors que j'ai la nette impression qu'il récite une recette de spaghettis *alle vongole*.

Normalement, toutes les fiches techniques des produits sont classées dans le dossier « FICH_TECH_PROD » et mises à jour quotidiennement par la direction des ventes. Mais nous avons beau passer au crible l'ordinateur de Belinda, aucun élément tangible ne nous permet d'avancer. Léo, face à Belinda et à nous, nous adresse des signes expliquant qu'il arrive bientôt à bout de sa capacité à badiner en italien. À ce stade, il est à peine 16 heures mais, libérée de l'opinion que JPP peut avoir de mon travail, je décide de rentrer chez moi. Sur le chemin, Anthony me rappelle.

« Allô, Anthony ? Tu as reçu ma demande de divorce ?

– Oui, je vais lire ça ce soir avec Anna, elle était juriste avant d'être plongeuse. Tu te rends compte ? Elle a tous les talents.

– Mazel tov. Au cas où la vie de ton enfant t'intéresse, Nina va se mobiliser demain au collège. Notre fille va mettre un crop top pour militer contre les préjugés sexistes sur les tenues des filles. Je suis si fière qu'elle s'engage ! Pas toi ?

– Ça va, elle met un haut court, elle ne fait pas Mai 1968 non plus. Moi aussi je suis militant, j'ai refusé de payer le supplément de location du bateau moteur cette après-midi parce qu'il y avait un côté un peu abîmé, je ne me vante pas pour autant. »

Dans un vaste soupir, je prétexte d'arriver à la maison et raccroche. Je vais d'abord vérifier que ma mère dort, puis j'entrouvre la porte de la chambre de Nina. Malgré l'heure tardive, elle ne dort toujours pas, et, une fois n'est pas coutume, elle me demande comment s'est passée ma journée. Alors je lui confie nos recherches du jour avec Jade. Notre blocage pour trouver la composition exacte du Golden Shamp. Soudain, Nina a une brillante idée : pourquoi est-ce que je ne contacterais pas Anissa, l'ancienne élève du collège d'Aubervilliers dont je lui ai parlé, celle qui a été nommée pour le prix Nobel de chimie, pour lui demander de l'aide ? Ravie de cette idée que je m'en veux de ne pas avoir eue moi-même, j'incite Nina à dormir tout de même.

« Compte les moutons...

– Je peux pas, je suis devenue vegan !

– Je t'ai dit de les compter, pas de les manger !

– Les vegan n'utilisent pas les animaux à leurs fins personnelles.

– Compte les steaks de soja, alors, mais dors ! »

En attrapant mon téléphone pour tenter de retrouver les coordonnées actuelles d'Anissa via les réseaux sociaux, je réalise que je n'ai plus reçu de messages de Léo depuis longtemps. Mais je me rends compte aussi que, bien que j'aie essayé de ne pas y penser, le numéro d'Arthur de Lavallière ne s'est plus affiché sur mon téléphone depuis notre retour de Rambouillet. J'ai passé trop de temps à expliquer à Jade que ses amants n'avaient ni problème de bug de Messenger ni été enlevés par des sadiques bloquant leur accès à leur téléphone pour savoir que, lorsqu'un homme ne vous appelle pas, c'est souvent pour la raison la plus simple : il n'a pas envie de vous appeler.

14

« Je ne suis pas le genre de personne à relancer. » C'est ce qu'Arthur m'a dit quand nous nous sommes rencontrés pour la première fois. Le contexte était posé : il est orgueilleux. Il s'avère que je suis Corse. Je suis donc orgueilleuse *et* susceptible. Jamais je ne m'abaisserai à relancer un homme qui a cessé de m'appeler, et à lui donner la possibilité de me rejeter, même si je l'ai planté sans explication au terme d'un week-end féerique. Non. En revanche, je pourrais tomber sur lui par hasard à la sortie de son lieu de travail, après m'être renseignée fortuitement sur son horaire de départ du bureau – ça, c'est du domaine du plausible. Me voici donc assise sur les marches de la petite église qui jouxte le siège du *Figaro* à peine cinq minutes avant qu'en sorte Arthur. Je me lève et marche à sa rencontre.

« Ça alors ! Quelle surprise ! Bonjour, Arthur.

– Elsa... que fais-tu dans le quartier ? Remise de Rambouillet ? »

La froideur de sa voix n'a d'égale que la dureté du regard qu'il me lance. La question anodine, posée comme il demanderait à un vague collègue de bureau comment s'est passée la fin du séminaire, entend marquer un détachement. La gorge sèche, je me motive en pensées. Elsa ma cocotte, mets-y du tien !

« C'est vraiment un endroit magnifique, ce que tu as fait de ton château, c'est… inattendu.

– Pourquoi serait-ce inattendu ? Parce que je suis un vieux réac de droite ? »

Je ne sais si c'est lancé sur le ton de la plaisanterie ou de la provocation. Arthur remonte les plis de son pantalon, retire sa veste, qu'il pose sur son bras, sort ses lunettes de soleil Aviator et s'assied sur les marches. Je profite de cette supériorité physique inattendue pour appliquer l'un des adages populaires que préférait ma grand-mère – « La meilleure défense, c'est l'attaque. » J'inspire une grande bouffée d'oxygène pour me donner du courage.

« Je peux te poser une question indiscrète ?

– Il n'y a pas de question indiscrète, il n'y a que des réponses indiscrètes.

– Pourquoi, depuis notre retour, tu ne m'appelles pas ? Je sais que mon attitude dimanche soir a pu te surprendre, mais après ce que nous avons vécu ensemble, je m'attendais à ce que tu… enfin… j'ai l'impression que tu m'ignores. »

Arthur écarquille les yeux, interdit. Il sort un paquet de cigarettes de sa poche, en tapote une sur sa cuisse pour rentrer le tabac, l'allume avec un briquet Zippo, aspire la fumée, la souffle, regarde au loin, yeux plissés derrière ses lunettes de soleil, et lève la tête vers moi.

« Moi, je t'ignore ? Moi ? Mais enfin, Elsa… Je fais tout sauf t'ignorer ! Jusqu'à présent, c'est toujours moi qui ai fait tous les pas vers toi. Toujours. Je te laisse l'espace de faire, toi aussi, un pas dans ma direction. Quand nous sommes arrivés en bas de chez toi, tu as refusé de me laisser monter. Qu'est-ce que je dois en déduire ? Je t'ai ouvert ma vie. Mes secrets. Et tu m'interdis de monter chez toi. Donc, depuis dimanche soir, j'attends que toi, tu m'appelles. Que tu m'expliques. Que toi, pour une fois, tu fasses un pas vers moi.

– Me dire que je suis vivante ou que je suis réelle, ce n'est pas ce que j'appelle faire un pas. Si je dois présenter ma fille et ma mère à un homme, ce sera parce que ça compte. Parce qu'il y a un engagement. Pas parce qu'il m'a invitée un week-end et fait l'amour. Pour me servir après la soupe de l'argumentaire sur le ton d'"on y va sans pression inutile" quand on arrive devant chez moi.

– Et te présenter mon fils ? Ça ne compte pas comme un engagement, à tes yeux ? Te soutenir dans ce que tu traverses chez All Bioty ? Mais qu'est-ce qu'il te faut, au juste ? Un contrat ? Tu es difficile à déchiffrer, tu sais… »

Sentant la discussion m'échapper, je tente de faire retomber le niveau de tension.

« *I'm shy.*

– Tu es timide, toi ? Et pourquoi tu parles anglais, d'un coup ?

– Pour les mêmes raisons qui font que tu t'exprimes souvent en citant Aragon.

– D'accord. Donc nous sommes deux introvertis immatures qui ne parviennent pas à exprimer simplement leurs sentiments. Mais, par pitié, ne me dis pas que je t'ignore, alors que les derniers mois de ma vie, je n'ai pas passé une seule journée sans penser à toi. Ne me dis pas que je t'ignore alors qu'on partage ce qu'on partage. Je sais ce que tu ressens, au fond de toi. Pour moi aussi, c'est difficile d'exprimer ce que je ressens. Pour moi aussi, c'est difficile de m'engager. Nous ne sommes plus des jeunes naïfs débutants. Nous nous présentons à l'autre avec nos blessures, avec nos fantômes, avec nos craintes. Qu'est-ce qui t'empêche de me dire ce que tu veux ? »

Je réfléchis à la manière de répondre aussi sincèrement que possible. Son invitation au château m'a ravie. Qu'il veuille monter chez moi m'a oppressée. Mais qu'il me dise qu'il veut « y aller sans pression » m'a blessée. Et si je lui demandais s'il est disponible du 30 juillet au 13 août prochain pour venir avec moi en vacances à Ajaccio ? Parce que, si je tarde trop, les billets de bateau vont augmenter, et vu qu'il me plaît aujourd'hui, il n'y a aucune raison qu'il ne me plaise plus en juillet. Mais son « sans pression inutile » me revient en tête. Qu'est-ce que c'est censé signifier, « sans pression » ? Si d'ici à l'été, il rencontre une femme plus riche, plus conventionnelle, plus de droite, qui lui convient mieux, alors il pourra me quitter sans préavis pour partir en vacances avec elle dans le bassin d'Arcachon puisque notre relation aura été déclarée « sans pression » ?

À la place, je réponds :

« Avant de pouvoir continuer notre relation, j'aimerais être sûre que… bref, de ne pas souffrir. Qu'est-ce qui me garantit que tu ne vas pas partir en Australie surfer ?

– Mais rien, Elsa. Rien ne te le garantit. Et certainement pas moi. Rien ne garantit à aucun de nous deux de ne pas souffrir, rien ne nous garantit une sorte de contrat d'éternité ensemble. Parce que ça ne marche pas comme ça. Mais, parce que je n'ai pas de contrat de garantie avec un service après-vente à te proposer, parce que tu ne pourras pas m'échanger, même si tu as gardé ton ticket, alors nous ne devons rien commencer ? C'est triste. Peut-être que dans trois mois tu me quitteras, toi, par exemple pour ton assistant.

– Léo ? Oh ça, il y a peu de chances…

– Mais je m'en fous, en fait. Quitte-moi pour qui tu veux, ça voudra dire que nous étions ensemble ! Et si ça doit être trois mois, je signe pour trois mois. J'ai vécu à côté de ma vie pendant trop d'années. Mais tu vois, ça, ce n'est pas écrit dans les petites lignes en bas du contrat. On ne peut pas exiger un filet de sécurité avant de se lancer. Mais je te regarde et je te vois, si vivante, si… bon, tu n'aimes pas que je dise ça. Mais tu as une beauté étrange et obsédante, et tout ce que je sais, c'est que je vois ton visage quand je ferme les yeux. Je sais que tu le sais. Alors… pourquoi compliquer les choses en ajoutant des conditions dont on n'a nul besoin ? Mets-y du tien. Cesse de te poser mille questions et de faire mille projections. Essayons. On verra bien.

– Je suis désolée, Arthur. Mais il me faut plus que ça. Il me faut des garanties. Sentir que tu as envie, terriblement envie.

– Je viens de te dire que tu m'obsédais, jour et nuit ! Qu'est-ce que tu veux de plus ?

– J'ai besoin d'entendre que c'est vital pour toi. Le "vivons ce que nous avons à vivre sans pression" qui, sous couvert d'hédonisme, renonce à la seule chose qui apporte un peu d'absolu à nos vies, l'amour, le vrai, l'attirance qui fait table rase de tout, désolée, mais ça ne me suffira pas. Ma vie est déjà pleine de compromis avec mes rêves. Je n'ai pas envie d'une histoire *sympa*, de passage, de faute de mieux, de *on verra*, de quelqu'un qui m'appelle quand il n'a rien trouvé de mieux à faire. Restons-en là.

– Tu refuses de prendre un risque qui… »

Je trépigne et tape du pied devant tant de mauvaise foi.

« Mais enfin, c'est toi qui refuses de prendre des risques ! Pas moi ! Tu refuses de te projeter dans l'avenir, alors c'est sûr, tu n'auras pas à prendre le risque de te dédire, ni à prendre le risque de te ridiculiser non plus. Mais j'ai besoin de quelqu'un qui me dise "toujours", qui me chante des chansons romantiques, et qui me fasse des promesses en y croyant. J'ai besoin de quelqu'un qui ose se montrer tel qu'il est, que je puisse aimer pour cela. De quelqu'un qui me montre sa vérité. Mais dans la durée. Pour que moi aussi, je puisse lui montrer la mienne. Sinon, ça n'en vaut pas la peine. Le rapport plaisir-souffrance devient trop aléatoire. »

Je ne sais pas si c'est parce qu'il m'échappe ou si c'est la lumière qui tombe sur les marches, mais je trouve Arthur plus beau que jamais. Son nez se fronce de colère, sa bouche s'arrondit de surprise, son regard se perd au loin. J'ai envie d'annuler la conversation que nous venons d'avoir, je me maudis de tout gâcher, je veux lui prendre la main, respirer son parfum, souffler la fumée de sa cigarette.

« Je crois qu'il vaut mieux, alors, arrêter là, tu as raison. Tu m'en demandes trop. Je ne suis pas capable de répondre à tes attentes, Elsa. Je suis un homme raisonnable. Je ne vais pas commencer à faire des collages féministes sur les murs, animer la matinale de France Inter et me mettre à chanter du Julien Clerc en public pour te faire plaisir.

– Ce n'est pas ce que je te demande.

– Très bien alors.

– Parfait. »

Furieuse devant tant de gâchis, je tape des talons pour descendre les marches une à une et tourne dans la ruelle le plus vite possible. Arthur se lève subitement, descend les marches, passe devant moi à grandes enjambées, jette le mégot de sa cigarette par terre avec fureur et s'engouffre de nouveau dans le hall du *Figaro*. Cette fois, il ne fait aucun signe de la main pour dire au revoir. Malgré moi, je le regarde partir. Le cœur en miettes quelque part sur les marches de l'église.

15

Sur ma table basse, les piles de *ELLE* et les mugs à messages ont laissé place à une série de pipettes, de tubes à essai et de différents accessoires dont je peinerais à vous donner les noms précis. Anissa n'était pas active sur les réseaux sociaux, mais je l'ai retrouvée grâce à l'aide d'anciens collègues de Doudou au commissariat, qui connaissaient quelqu'un qui connaissait quelqu'un qui… Et voici donc Anissa, qui mérite sa nomination au prix Nobel de chimie. Petit chignon bas, lunettes de vue, tailleur chic, Anissa ressemble au souvenir que j'ai d'elle : gentille, sérieuse, appliquée. Jade, Nina, Maya, Léo et moi attendons avec impatience qu'Anissa nous dévoile le résultat des analyses du flacon de Golden Shamp que j'ai ramené du bureau, pendant que ma mère joue le prélude de Bach pour la douzième fois de la journée. Soudain, Anissa grimace et tire la langue, l'air perturbé.

« Ce shampooing contient une proportion exceptionnellement élevée de goudron de houille, comme tu me l'avais indiqué. Bon, ça n'est pas illégal, même si la proportion est curieuse pour un produit d'hygiène familial. Mais ce n'est pas le plus surprenant : regarde ce petit tube, là. Le produit contient également du formaldéhyde, du phénoxyéthanol, du triclosan, substances dites controversées et figurant sur la liste des deux-cent vingt-six substances interdites depuis plusieurs années dans les cosmétiques européens. Le triclosan, c'est un puissant anti-microbien, tu vas en trouver dans des nettoyants de chirurgiens par exemple, mais aussi dans des déodorants anti-transpirants. Des chercheurs estiment néanmoins qu'il a aussi un effet néfaste sur la reproduction, d'après différents tests biologiques menés sur des cohortes d'animaux. Il inhiberait le système reproducteur et bloquerait les règles. Et puis, c'est un énorme allergisant. Il est aussi mis en cause dans plusieurs rapports sur les questions de troubles du comportement des enfants. Aux États-Unis, il est interdit. En Europe, des normes prévoient qu'il ne puisse pas dépasser 0,2 % de la composition totale du produit mais là, on doit bien être autour de 10, 15 %… »

Aux explications d'Anissa, je comprends pourquoi l'article 7 de la loi de Marvin sur la transparence de la composition des produits est aussi essentiel. Nous avons besoin de connaître non seulement la nature des ingrédients, mais également leur proportion. Anissa poursuit :

« Et ce n'est pas tout. La dose de triclosan, plus le formaldéhyde, créé par combustion, qui sert de liant ou de biocide normalement, mélangée au reste, devient un perturbateur endocrinien puissant, allergène générant des effets comme le prurit intense ou le dessèchement de la peau. Franchement, c'est plus une centrale nucléaire qu'un shampooing, ton produit, là... le tout masqué par le colorant or, plus connu sous le nom de AS2 s3, composé d'arsenic à 69 % et de soufre pour les 31 % restants, c'est-à-dire du trisulfure d'arsenic. Censé servir de colorant jaune donc, si je suis bien, pour donner un aspect doré. C'est comme le radium : ça ne s'utilise plus depuis des siècles dans les cosmétiques. Tu vérifieras, mais je pense même que c'est un produit prohibé pour cette utilisation. Ce shampooing ne passerait jamais aucun test de mise sur le marché, je suis formelle. Heureusement, l'immense majorité des produits ne ressemble pas à ça. N'importe qui lisant la composition comprendrait tout de suite le problème. Bon, je te passe la présence du silicone, ça, c'est quasiment partout dès qu'on parle de cheveux. Je ne sais pas te dire si c'est nocif, mais ça met environ cinq cents ans à être recyclé. Donc ça n'a rien de *green*. Ni de *gold* d'ailleurs. On dirait une salade de restes, avec un peu de tout ce qui aurait traîné, sans cohérence, lié et coloré en doré. Je vais t'écrire la formule et les ingrédients sur un papier, comme ça tu pourras la garder si besoin. Et d'ici là, mets tout ce qui te reste au vide-ordures. Et peut-être aussi, si je peux me permettre, change de job. »

Voilà donc la preuve qui nous manquait : les composants manquants et clairement illégaux ou dangereux. Si All Bioty met sur le marché sa gamme Golden, nous allons perdre notre label bio et, surtout, nous risquons de causer de graves dommages à la santé de nombreuses femmes et jeunes filles qui auront fait confiance à nos produits et à notre marque. Puisque Nina a eu des plaques rouges en quelques jours à peine, comment les milliers de femmes qui utiliseront ces produits risquent-elles de réagir ?

Jade décide de solliciter une visioconférence immédiate auprès du directeur de cabinet de la ministre de la Consommation qui, étonnamment, nous répond tout de suite. En quelques mots, il explique qu'il ne fera rien du tout : il y a trop d'argent et trop d'emplois en jeu et après tout, nous avons connaissance de cette « erreur de formulation chimique », nous pouvons la rectifier avant la mise sur le marché, voilà tout. Il dit qu'il ne voit pas le rapport avec la loi Martin. À ce stade, la gamme Golden n'est pas en vente, aucune infraction légale, donc. C'est tout juste si nous ne le dérangeons pas avec nos broutilles. Il ajoute même :

« Je veux pouvoir entrer au CA de ATOM quand je ne serai plus directeur de cabinet de la ministre de la Consommation. On se connaît un peu avec Jean-Pierre, vous le saluerez de ma part, on a travaillé ensemble en début de carrière, dans les relations internationales, sur les périodes de guerre.

– Vous étiez diplomates ? Casques bleus ? À l'ONU ? », demandé-je, surprise de ne pas avoir lu cette information dans la biographie de JPP.

« Haha, non pas du tout ! On travaillait pour un marchand de sous-marins et d'armes de guerre. J'ai armé pas mal de régimes avec lui, à l'époque, on a vraiment gagné pas mal d'argent. C'était le bon temps ! »

Mon cerveau met plusieurs secondes à scanner la silhouette de la personne qui se reflète là, au fond, dans le coin de l'écran, dans le grand miroir sculpté et doré qui trône juste au-dessus du bureau du directeur de cabinet. Au début, je me dis juste : « Tiens, JPP est là. » Puis : « Que fait-il ici ? » Enfin, j'identifie la silhouette qui le suit en boitant. C'est Bérénice Porcher elle-même. À l'envers, dans le miroir, je distingue ses mains. Elle lui tend un dossier. Un dossier à couverture vert foncé, un bambou vert clair esquissé au dos : le logo de All Bioty. Ils se prennent dans les bras, s'étreignent chaleureusement, rient la tête penchée en arrière. Le directeur de cabinet semble ignorer leur présence.

Une fois l'échange terminé, Jade et moi refermons l'ordinateur, avec la douloureuse sensation que tout le monde se moque de nous et que ce que nous trouvons gravissime semble pris à la légère. Quel dommage qu'il ne subsiste absolument aucune preuve des aveux de JPP dans le hangar désaffecté que j'ai transformé en usine, puisqu'Arthur n'a pas eu le temps d'enclencher l'enregistreur de son smartphone…

Tandis que je mâche un stylo au son du *Prélude en do majeur* de Bach amorcé par ma mère depuis le salon, Nina me demande ce que c'est que ce nouveau bracelet. Je lui explique qu'il s'agit du bracelet anti-harcèlement de rue commandé pour elle et que je n'ai pas réussi à retirer depuis que je l'ai mis à mon poignet pour l'essayer. Alors que Nina appuie dessus, il se met à clamer :

« Vous avez. Une. Vidéo. »

J'implore ma mère d'arrêter avec le piano. Nous nous regardons tous, interloqués. Je n'ai pourtant enregistré aucune vidéo avec le bracelet. Nina appuie sur la touche lecture de l'écran tactile. Le visage d'Arthur y apparaît en gros plan.

« … soleils y venir se mirer, s'y jeter à mourir tous les désespérés. Tes yeux sont si profonds que j'y perds la mémoire. À l'ombre des oiseaux c'est l'océan troublé, puis le beau temps soudain se lève et tes yeux changent… »

« Tu enregistres ton mec qui te déclame de la poésie ? me lance alors Nina en levant les yeux au ciel. Non mais quel ringard… C'est gênant, maman, là…

– Non, Nina ! Attends ! Soleil… C'est le mot soleil qui a déclenché l'enregistrement ! Il l'a dit deux fois de suite en peu de temps, alors ça s'est mis à capter les images ! »

Nina me regarde en plissant les paupières comme si je lui parlais sous LSD. La vidéo clame : *« Bon, bon, bon… elle a l'air un peu trop neuve, votre usine… »* Toute la conversation entre Arthur et JPP a été filmée par le bracelet anti-harcèlement de rue ! Mon patron avoue du blanchiment, des malversations, et tente de corrompre un journaliste.

Nous avons enfin la preuve nécessaire pour le faire tomber.

Je téléphone immédiatement à Marvin, tandis qu'Anissa murmure poliment :

« Je vais y aller, moi, si ça ne vous dérange pas. J'ai des recherches à boucler. »

Jade et Nina raccompagnent Anissa en lui promettant de la tenir informée dès que nous aurons du nouveau sur cette affaire et en la remerciant avec chaleur. Pendant ce temps, Marvin décroche et, après des semaines à bouder, me parle enfin :

« Si c'est pour renouveler ton abonnement à *Valeurs actuelles*, tu t'es trompée de numéro.

– Arrête, Marvin... J'ai besoin de toi. Tu ne devineras jamais avec qui j'étais. Anissa, tu te souviens ? Celle qui a sauté une classe et qui a été nommée pour le prix Nobel de chimie ? Elle nous a aidées, on a découvert des choses qui vont t'intéresser. Tu peux venir ce soir ?

– J'adorerais, malheureusement j'ai prévu de me couper les ongles des pieds.

– Ça concerne ta loi. C'est du sérieux. J'ai des révélations et une solution. Je suis avec Nina, Maya, Jade, Léo, et ma mère qui joue du piano, comme tu peux l'entendre. On a besoin de toi pour mettre fin à une action problématique en matière de santé publique et d'environnement. Marvin, ta loi est formidable, je ne sais pas comment te le dire autrement. C'est une révolution des salles de bain, tu avais raison !

– Je t'écoute. Je ne peux pas manquer ça. Je suis un peu le Erin Brockovich noir.

– T'étais pas déjà le Gwyneth Paltrow gay ?!
– Ça dépend, est-ce que ça signifie que je peux épouser Chris Martin ?
– Non, il est avec Dakota Johnson maintenant.
– Mince, je vais être obligé de retourner sur Grindr le soir de PSG-Saint-Étienne.
– En combien de temps tu peux être chez moi ?
– Je suis au Sénat, en réunion avec le groupe des sénateurs Ordre & Progrès qui soutiennent la loi pour travailler sur leurs amendements. En cinq minutes, je peux être là.
– À tout de suite alors ! »

Pour nous, cet échange équivaut à une réconciliation en bonne et due forme. En moins de dix minutes, Marvin arrive chez moi. Le retrouver est un immense bonheur pour moi et, sans trop m'avancer, je pense pouvoir dire que pour lui aussi.

Je répartis les rôles à chacun pour mettre en place mon plan : nous devons exposer au grand jour ce qui s'est passé, et quel meilleur moment que les débats autour de la loi Martin pour le faire ? Marvin s'arrangera pour toutes nous inviter dans la corbeille de l'hémicycle pour regarder les débats en direct. Nous diffuserons alors la vidéo enregistrée sur la chaîne Instagram de Marvin. Ce sera le témoignage fatal pour démonter à quel point la loi de Marvin, incluant l'article 7, est fondamentale – mais aussi pour dénoncer les lobbys malhonnêtes qui se servent des étiquettes *100 % naturel* dans l'unique but de gagner toujours plus d'argent. L'on s'imagine parfois que les grandes marques seraient les plus nocives et les plus petites les plus vertueuses ; ce que JPP fait de All Bioty démontre que le contraire est possible. Les propos de JPP exposeront aussi les décisions de la ministre de la Consommation, qui devra assumer soit de le désavouer publiquement, soit de démissionner. Dans tous les cas, elle devra expliquer pourquoi elle a tant entravé la loi Martin. De mon côté, je me chargerai de prévenir Belinda.

Nous sommes à la fois survoltés et habités par la gravité des enjeux. Tout dépend de nous, de notre capacité à mobiliser autour de ce sujet. Marvin propose de lancer un #BalanceTonShampooing, Nina de créer un compte TikTok et Maya de diffuser des tracts avec son syndicat devant l'hôpital où elle travaille. Léo ne propose rien, mais il s'exclame : « Quelle belle idée ! Quel beau projet ! » dès que Jade ouvre la bouche, si bien que je lui rappelle que c'est pour moi qu'il travaille. Alors que je pars dans la cuisine pour chercher de quoi remplir nos verres et terminer la soirée, Jade me suit. En attrapant le bol des glaçons, elle lance :

« Tu sais, j'ai eu des nouvelles de Laurence pour le procès qu'elles ont intenté à Barbe Bleue.

– Ah ? Alors, comment ça s'est passé ?

– Mitigé. Barbe Bleue est reconnu coupable de harcèlement sexuel. Mais pas sur toutes les filles.

– Il a été condamné ?

– En ce qui concerne Laurence, il a dû lui verser un euro symbolique. Elle m'a demandé de te le donner et de te remercier, en disant que tu comprendrais pourquoi. »

Jade me remet cette pièce de 1 euro dans la main. Je la contemple longuement, interdite. Un euro. Elles ont fait tout cela pour 1 euro. Qu'est-ce que je suis censée en faire, moi, de cette pièce de 1 euro, symbole à la fois du fait que Barbe Bleue est coupable, mais symbole aussi du fait que nous les femmes avons si peu de valeur que, même reconnues victimes, un juge considère que 1 euro suffira ?

Même dans All Bioty, une entreprise imaginée et créée par une femme, dirigée à la sueur du front d'un groupe de femmes, finalement, on a le droit de nous harceler sexuellement pour la modique somme de 1 euro. Moins cher encore qu'une seule bouteille de shampooing. Je glisse la pièce dans la poche de ma veste dans l'entrée. J'y penserai à tête reposée.

Ma mère s'approche de nouveau du piano ; je lui lance un regard noir pour lui faire comprendre que le vingt-troisième prélude de Bach du jour, à 22 heures, dans les circonstances actuelles, ça ne va pas passer. Elle maugrée : « Attends avant de râler », va s'asseoir sur le tabouret, rejette son châle derrière ses épaules et joue quelques notes inhabituelles à son répertoire, puis se met à chanter d'une magnifique voix, à peine éraillée : « *At first I was afraid...* » Avec étonnement, nous reconnaissons tous la mélodie de *I Will Survive* de Gloria Gaynor. Alors je me lève et entonne avec ma mère, d'une même voix : « *Now I'm saving all my loving for someone who's loving me!* » Dans un élan, Marvin me prend la main et nous nous mettons à danser ensemble, tandis que Léo fait tournoyer Jade et que Maya et Nina se lancent dans une chorégraphie en riant, les bras en l'air. Ma mère poursuit en rythme, module les notes sur le clavier, et chante d'une belle voix claire : « *And I will survive, I will survive!* » Marvin mime un saxophone avec les doigts et Nina monte debout sur une chaise en chantant « *Yeah, yeah, I will survive!* ». Après une mélodie finale, ma mère se lève, salue et lance un « Merci, cher public, et bonsoir Paris ! » rieur et inattendu, comme elle le faisait parfois quand j'étais petite et qu'elle mimait des concerts pour préparer les récitals de ses élèves.

Une fois Maya, Jade et Léo partis et Nina dans sa chambre, ma mère s'arrête de jouer du piano et vient me voir en buvant un verre d'eau pour se remettre de ses émotions.

« Tu t'occupes bien de Nina.

– Ah, tu trouves ? Merci… »

Ma mère ne me dit jamais rien de gentil. En fait, ma mère ne me dit jamais rien, d'habitude. Elle poursuit :

« Je suis sûre qu'elle entrera à Henri-IV. Tu sais, tu n'es pas obligée de t'occuper de moi en plus. Je me rends bien compte que, parfois, je ne suis plus vraiment là. Je ne t'en voudrai pas, si tu me mets en institut pour de bon. Je voulais te le dire à un moment où je suis lucide. C'est dit. »

Les larmes qui me montent aux yeux me surprennent par leur intensité.

« Allons, t'es bête, ne dis pas n'importe quoi, c'est comme ça, on fait avec, tu vas prendre tes médicaments, et puis voilà tout…

– Je voulais aussi te dire que je suis désolée. Je n'ai pas joué mon rôle de mère. Je ne t'ai pas protégée. Tu as dû partir et je ne me suis plus occupée de toi après. Je voudrais te dire que je me souviens de tout. Et que je suis désolée pour tout ce dont je me souviens. Je suis désolée pour la fois où tu as saigné du nez, désolée pour la fois où tu as reçu une bouteille en verre sur la tête, désolée pour les claques et les coups de pied que tu as reçus, désolée pour les hurlements, désolée pour tes affaires jetées par la fenêtre ou lancées à travers ta chambre, désolée pour tes livres déchirés, désolée pour les fois où il t'a réveillée en te tirant par les cheveux, désolée pour tout le reste. Si c'était à refaire, je ferais les choses autrement et je te jure que cette fois je m'occuperais de toi. Je sais que c'est dur d'avoir été abandonnée par sa propre mère. Désolée d'avoir renoncé, désolée de t'avoir laissée seule chez Marvin, désolée d'avoir trouvé des excuses, désolée d'avoir arrêté de m'occuper de toi, désolée d'être restée là, et désolée que tu aies, toi, à t'occuper de moi maintenant. J'ai gâché ton enfance, ton adolescence et je ne voudrais pas gâcher ta vie d'adulte en plus. Ça fait assez longtemps que tu t'occupes de moi. Voilà, c'est tout. Je te l'aurai dit, au moins. Maintenant, je vais dormir, moi aussi, parce que je suis fatiguée et ça fait un moment que les moutons ont arrêté de sauter les barrières de mes nuits. »

Elle me tapote la cuisse avec affection, se lève et, depuis le pas de la porte, se retourne vers moi, menton haut, châle enroulé autour de ses épaules.

« Mais je vais survivre. Toi et moi, on est comme Gloria, pas vrai, on survit toujours ? »

16

Ce matin, je viens au bureau comme si de rien n'était. Pour la première fois depuis des mois, je me suis réveillée sans cette boule au ventre à laquelle je m'étais habituée. J'ai repoussé ma couette dès la première note de ma sonnerie de réveil et, cheveux encore mouillés par la douche, j'ai virevolté vers l'extérieur chantant un « Bonne journée ! » à la cantonade en direction de ma mère et ma fille. J'ai passé la nuit à réfléchir. Il me semblait qu'il manquait une partie importante dans la stratégie que j'avais élaborée : nous savions comment sauver la loi de Marvin. Mais comment sauver All Bioty ? Depuis que j'avais surpris Belinda pester en allemand contre JPP, j'avais compris qu'elle n'était pas complice, mais victime de ce système, comme Laurence, Jade ou moi. Belinda avait ses côtés insupportables. Cette manie du sarcasme. Les grossièretés en allemand. Et sa façon de déambuler sur des talons de quinze centimètres comme si David La Chapelle s'apprêtait à démarrer un shooting à tout moment. Mais elle avait tout de même eu le cran de créer cette entreprise. Je ne pouvais pas la laisser tomber. Alors, avec Jade au téléphone, vers 2 heures du matin, nous avons trouvé la solution.

Je longe les grilles du jardin du Luxembourg jusqu'au bus, qui freine au moment exact où j'approche de l'arrêt. Je décide de prendre cette synchronicité pour une forme de signe du destin. Arrivée aux Batignolles, je passe en éternuant devant le fleuriste, l'espace trotinettes, le magasin de décoration du coin de la rue, l'attroupement des parents avec leurs poussettes, le bar à pain devenu entre-temps un bar à huîtres, et présente mon badge à l'entrée des bureaux de All Bioty en me disant : « C'est sûrement la dernière fois... »

Sans m'attarder au fumoir, je vais m'asseoir à ma place habituelle, dans le brouhaha de l'open space, devant mon ancien bureau, où rien n'a changé. Comme sanctuarisé, mon autel trône toujours. Je prends la photo d'Anthony dans son cadre ébène et la mets dans un tiroir. Quant au cadre de Nina à La Baule, je le glisse dans mon sac à main pour le ramener à la maison. Nina est trop bien pour rester là, entourée de toutes ces ondes négatives.

JPP arrive dans ma direction, une pile de parapheurs sous le bras, agité.

« Ah ! Vous êtes là, Emma ! Voilà des heures que je vous cherche.

– C'est Elsa. Elsa. Sans M. Et avec un L et un S. ELSA. Il y a quatre lettres en tout. C'est tout de même incroyable, ça ! Je travaille avec vous tous les jours et vous êtes toujours dans l'incapacité de vous souvenir de mon prénom exact. C'est freudien ? Vous avez des problèmes de mémoire ? Vous êtes comme ça avec tout le monde ou c'est simplement parce que les femmes de caractère vous insécurisent ? »

Le brouhaha de l'open space cesse sur-le-champ. Personne ne répond à JPP. Personne ne hausse le ton devant JPP. Et puis d'abord, qu'est-ce que le puissant JPP d'ATOM vient faire à cet étage ?

J'aperçois le regard impatient de Jade. Léo en train de se ronger les ongles. Je jurerais que j'entends les dents d'une fille, juste derrière, claquer. Pourtant, JPP ne répond rien. Ignorant ma question, il jette quasiment la pile de parapheurs sur mon bureau. Belinda est souffrante, et il a absolument besoin que l'on signe en urgence ces parapheurs au nom de All Bioty. Je prends la pile de parapheurs, les ouvre un à un, les signe, les referme, les tends à JPP. Sans prévenir, au moment où il avance la main pour s'en saisir, je me lève d'un bond et les lui retire.

« Il manque un parapheur, Jean-Pierre.

– Ah bon ? Mais... lequel ?

– Le vôtre.

– Comment ça, le mien ? »

Jade traverse la pièce en trois enjambées et lui présente un nouveau parapheur dans un immense sourire.

« Celui avec votre démission. »

JPP regarde à droite, à gauche, semblant se demander si c'est une plaisanterie.

« Je ne vais pas démissionner ! Arrêtez de dire n'importe quoi. Vous êtes hystériques. Vous avez bu ? Je suis Jean-Pierre Planchon. Je possède cette entreprise. Ces bureaux sont à moi. Vos badges sont à moi. Vos stylos sont à moi. Vos journées sont à moi. Ce genre de plaisanteries de gourgandines ne m'amuse pas. Je n'ai pas le temps pour ça. »

Sa voix est descendue dans les graves, comme s'il cherchait à se rassurer. Je poursuis, narquoise :

« C'est votre dernier mot, Jean-Pierre ? Parce que nous savions que vous alliez refuser de démissionner. Je vais donc vous racheter All Bioty. Jade, tu as le deuxième parapheur avec le contrat de rachat, s'il te plaît ?

– Vous ? Emma, euh… Elsa ? Mais vous n'avez pas d'argent ! Vous n'allez rien racheter du tout !

– Détrompez-vous. J'ai 1 euro. On peut faire beaucoup de choses, avec 1 euro. Les membres du Conseil d'administration d'ATOM pensent de même. C'est Laurence qui me l'a donné. Vous vous souvenez de Laurence ? Elle le tient de votre ami, l'ancien directeur des affaires publiques. Nous pratiquons l'économie circulaire, en somme ! *Cradle to cradle*. De l'écoconception jusque dans les rachats !

– Donnez-moi les parapheurs et laissez-moi passer ! »

Au moment où JPP essaie de se tourner vers le couloir, toutes les filles de l'étage se lèvent spontanément une par une pour lui bloquer le passage. Si bien qu'il se retrouve planté là, debout, attendant ses parapheurs, ne sachant pas s'il doit nous prendre au sérieux, mais commençant à suer à grandes eaux.

Après tout, nous travaillons jour et nuit pour ces hommes, pour les enrichir, et pour les valoriser. Si j'ai postulé chez All Bioty voilà des années de cela, c'était justement pour consacrer mes journées à améliorer le quotidien des femmes, à protéger leurs corps, à avoir un impact positif sur l'environnement. Il est hors de question que JPP me vole ce projet, cet engagement de toute une vie. J'en ai plus qu'assez, de travailler pour ces vieux types ingrats qui n'ont jamais aucune idée par eux-mêmes et qui nous spolient de notre temps, notre bonne humeur, qui détournent nos engagements et qui réussissent même à nous coller des boules au ventre à distance sans jamais faire l'effort ne serait-ce que de se souvenir de notre prénom.

« Allez, Jean-Pierre, je serais vous, je prendrais la pièce de 1 euro, je signerais ce parapheur et je m'en irais loin, très loin, avec la Fondation pour l'Eau ATOM, par exemple. Parce que les jours à venir ne vont pas s'avérer très agréables pour vous. »

Jade s'approche de lui si près que les mèches de sa frange arrivent au-dessus de son crâne et lui dit, dans un immense sourire dévoilant ses dents impeccables :

« On sait tout. On est sympas, on vous laisse vingt-quatre heures pour quitter les lieux. Parce que, dans vingt-quatre heures, tous les médias voudront des détails, et c'est auprès de vous qu'ils viendront les chercher. »

L'œil droit de JPP se met à tressauter nerveusement, comme s'il saisissait enfin ce qui est en train de se passer. À ce moment précis, mon téléphone se met à sonner. Je l'attrape de la main gauche, tenant toujours le parapheur de la main droite, comme un pistolet pour mettre JPP en joue. Un nom s'affiche sur l'écran : *Arthur de Lavallière*. Coup de fil imprévu, mais qui tombe au meilleur moment ! Sans un mot, je tends le téléphone en direction de JPP qui découvre le nom clignotant et, blême, prend un stylo et signe le contrat de rachat. Magnanime, je lui jette la pièce de 1 euro au visage. Sans doute par réflexe, il l'attrape au vol et se retrouve debout, mains jointes autour de la pièce. Dans mes rêves les plus fous, nous aurions toutes déversé des quantités de Golden Shamp sur JPP pour accompagner sa sortie, comme on le couvrirait de goudron et de plumes en signe de honte. Dans la réalité, les regards méprisants d'une trentaine de jeunes femmes tandis qu'il quitte l'open space suffisent à lui faire sentir qu'il est un moins que rien.

Je prends une immense inspiration ; la première partie de ma stratégie vient de se réaliser : je suis désormais la propriétaire en titre de All Bioty, que j'ai très officiellement racheté pour 1 euro symbolique à ATOM. Je tire la langue de soulagement aux filles de l'étage, qui se mettent alors à scander en chœur : « EL-SA ! EL-SA ! EL-SA ! »

À partir de ce jour, je ne serai plus jamais celle qui a mis une photo de la Malaisie sur la campagne pour les gommages Amazonie, mais celle qui a racheté l'entreprise à un magnat de la finance en lui jetant 1 euro à la figure. Et, par ailleurs, j'ai aussi l'honneur d'être la femme destinataire d'un appel en absence d'Arthur de Lavallière.

17

Depuis les balcons de l'Assemblée nationale, nous tenons nos téléphones très fort entre nos mains et attendons impatiemment l'heure prévue. Marvin, dans l'hémicycle, prononce un magnifique discours engagé pour protéger l'environnement et pour défendre le droit de chacun à savoir avec quel produit il se frotte le corps. Le jour du vote de la loi Martin est enfin arrivé.

« Alors que le monde entier s'est préoccupé des questions de santé publique pendant les dernières années, nous ne pouvons plus négliger les questions de santé environnementale. Aux confins de la consommation, de l'écologie, de l'économie, de la protection des femmes et des filles, de la lutte contre la précarité, la possibilité de permettre à chacune et à chacun de bénéficier de produits sans perturbateurs endocriniens et sans substances controversées est un droit fondamental… »

Marvin continue, tandis que les ONG écologistes regardent les débats d'un œil vigilant. Soudain, les téléphones vibrent tous en même temps. Nous recevons des alertes de la chaîne YouTube de Marvin Martin-Député, qui adresse à ses 2,7 millions d'abonnés la vidéo de JPP confessant ses magouilles nuisibles. En fin de vidéo, la composition du Golden Shamp, écrite par Anissa.

Dans l'hémicycle, les députés s'agitent, se montrent leurs smartphones, crient d'un banc à l'autre.

La présidente de séance de l'Assemblée nationale poursuit, faisant fi de l'agitation ambiante :

« Je mets aux voix le premier article, nous avons un avis favorable du rapporteur et un avis défavorable du gouvernement. J'ai une demande de scrutin public, chers collègues, je vais vous demander de reprendre vos places attitrées afin de voter… »

Soudain, Bérénice Porcher s'affole, tourne sur elle-même, tape du poing sur la table de ses collaboratrices. Elle a probablement découvert la vidéo à l'instant.

« Avis défavorable du gouvernement ! Avis défavorable du gouvernement ! J'ai un avis défavorable, non, ne la votez pas, ne la votez pas ! Contre ! Défavorable ! » martèle la ministre de l'Économie et de la Consommation en quittant l'hémicycle en courant.

La présidente de l'Assemblée nationale, frappant de son marteau, appelle une suspension de séance et demande le retour au calme. Juste avant le rideau de sortie, j'aperçois la ministre de la Consommation en discussion agitée avec une jeune femme. J'entends une dame d'un certain âge dire à sa voisine, dans le rang au-dessus du nôtre :

« C'est la conseillère parlementaire du Premier ministre. Je ne sais pas pourquoi elle s'énerve comme ça, mais quand la conseillère parlementaire du Premier ministre se permet de hausser le ton sur un ministre, c'est que ça se passe mal pour lui. »

La situation semble totalement hors de contrôle, les huissiers, debout, surveillent les entrées, tandis que les députés se sont déplacés pour parler entre eux. Une dépêche AFP vient d'arriver sur tous les téléphones pour annoncer le remaniement ministériel. Bérénice Porcher hurle :

« Écartez-vous ! Je veux retourner dans l'hémicycle.

– Désolé, madame, mais vous n'êtes plus ministre. Le remaniement ministériel a été annoncé au moment où vous sortiez. L'arrêté vient d'être transmis par le Secrétaire général de l'Élysée.

– Mais j'ai toutes mes affaires à l'intérieur !

– Nous vous apporterons votre sac devant la porte après la séance, madame Porcher.

– Je vais attendre dans la voiture avec mon conducteur et mon officier de sécurité.

– Madame Porcher, ce n'est pas à moi de vous dire cela, mais vous n'êtes plus membre du gouvernement. Le conducteur et l'officier de sécurité ne vous sont plus affectés, et cela prend effet immédiatement. Vous devrez partir seule. Et à pied. »

Elle ne revient pas au banc. Son directeur de cabinet non plus. Le nouveau ministre de la Consommation représentera désormais le gouvernement pour la suite de la discussion avec les parlementaires. La présidente de l'Assemblée annonce :

« Monsieur le ministre, c'est à vous... »

Il faut quelques minutes à l'hémicycle tout entier pour comprendre que la présidente de l'Assemblée nationale, lisant la fiche qu'un huissier vient de lui transmettre, est en train d'annoncer en direct à Marvin Martin qu'il entre au gouvernement. De l'index, il remonte ses lunettes de vue sur son nez, puis les enlève, semblant encombré, et tourne sur lui-même comme s'il cherchait quelqu'un. Dans le brouhaha ambiant, je me sens autorisée à lui crier depuis le balcon :

« Marvin ! Marvin ! On est là ! »

Il lève la tête, remet ses lunettes et nous aperçoit, Maya, Jade, Nina et moi, criant des bravos. La présidente de l'Assemblée nationale tape de nouveau sur le micro avec une sorte de règle pour ramener le calme. L'Assemblée finit par s'apaiser.

« Nous reprenons. Alors, je demandais l'avis du gouvernement.

– Sur la transparence obligatoire dans la composition, affichée sur tous les produits d'hygiène et de beauté, sur les protections hygiéniques, et sur l'interdiction des composants controversés dits perturbateurs endocriniens, sur la création du bioscore pour tous les produits d'hygiène et de beauté, avis favorable du gouvernement, Madame la Présidente », répond Marvin avec assurance.

Scène de liesse à l'Assemblée nationale, survoltée par ces rebondissements inattendus autour de ce qui ne devait être qu'un vote de formalité autour d'une loi en apparence relativement consensuelle. La vidéo de JPP risque de le conduire vers la prison et, dans tous les cas, sa crédibilité en tant que chef d'entreprise en a pris un sérieux coup. Dans le plan que j'ai échafaudé, j'ai bien prévu que JPP ne saurait pas comment réagir à cette visibilité négative soudaine. J'ai observé attentivement avec Marvin les effets de panique que des « bad buzz » peuvent créer sur des personnes qui n'en n'ont pas l'habitude, et aucune grande école ne délivre de cours sur le thème « Réagir à un bad buzz consécutif à une vidéo filmée par un bracelet anti-harcèlement de rue où vous avouez des malversations et tentez de corrompre le journaliste vedette du *Figaro* par ailleurs amoureux de l'amie d'enfance du député le plus populaire du pays ».

À la suite du rachat, nous avons décidé, avec Jade et Belinda, de faire de All Bioty une SCOP ouverte et exemplaire de réinsertion des femmes en difficulté, avec une seule usine, en France, et cette fois véritablement ouverte. Nous sommes prêtes à prendre le temps nécessaire pour mériter de conserver nos labels bio.

Marlon entre en trombe dans le balcon de l'Assemblée nationale : il tenait à féliciter Marvin lui-même. Un livreur passe et dépose un bouquet de fleurs. Les membres de l'ONG du balcon d'à côté soufflent :

« Mais qui sont ces gens bruyants qui font leur vie depuis le balcon de l'Assemblée, là ?

– On est les gens qui ont sauvé cette loi ! » lance Nina, fière.

Une carte signe simplement le bouquet déposé avec un prénom : *Léo*. Léo ? Avec tout ça, j'ai oublié jusqu'à son existence. Le moins qu'on puisse dire, c'est qu'il est tenace. Mon assistant ne serait-il pas censé savoir que je suis allergique au pollen ? Il ne pourrait pas au moins m'offrir des chocolats, par exemple, ou du thé ? Jade m'arrache le bouquet des mains en un clin d'œil.

« Tu permets ? Je pense que ça vient de mon nouveau petit ami. Léo. »

Étonnée mais ravie pour mon amie, je me lève et fais signe aux autres de me suivre. Nous quittons le balcon, les mains chargées des bonnes nouvelles sous forme de contrat ou de bouquet de fleurs, et après avoir cheminé jusqu'à la sortie, nous dirigeons vers le bar d'en face, qui diffuse une chaîne d'information en continu. Le serveur, gilet noir, plateau en main et torchon propre posé sur le bras, nous demande combien nous serons. J'ai à peine le temps de passer la porte que je me fige devant l'écran de télévision. Le visage d'Arthur apparaît à l'écran. Mon cœur manque un battement. Sa barbe de trois jours, ses yeux vert profond et brillants, ses pattes d'oie, sa voix suave, son odeur citronnée, le goût de sa langue, la chaleur de ses bras, la douceur de sa peau, ses citations d'Aragon, ses réflexions désuètes, tout en lui me manque, même ce qui m'agace. Je ne l'ai plus revu depuis les derniers jours. Je ne l'ai pas rappelé. Je ne sais pas quoi lui dire.

L'apercevoir à travers l'écran de cette télévision me brise. J'ai envie d'éteindre et de crier aux personnes assises à leurs tables dans le bar que cet homme est à moi et qu'ils ne méritent pas de l'écouter.

« *Nous sommes en direct, nous recevons Arthur de Lavallière, commence le journaliste depuis le plateau. Vous êtes en charge des pages politiques du journal* Le Figaro *et vous allez décrypter pour nous les coulisses de la loi Martin pour la transparence dans la composition des produits d'hygiène et de beauté. D'abord, Arthur, c'est vous qui avez dévoilé le système du groupe de pétrochimie ATOM dans une vidéo dont on ignore encore qui l'a filmée, vidéo diffusée via le compte Instagram du député Marvin Martin, auquel vous vous êtes pourtant beaucoup opposé dans le passé... Alors nous avons hâte de vous entendre, vous avez sûrement beaucoup d'informations. C'est une première, puisqu'au beau milieu de la présentation d'une loi, le rapporteur de cette même loi est devenu le ministre la portant pour le gouvernement. D'ailleurs, je ne suis pas tout à fait certain que cela soit totalement constitutionnel, soit dit en passant... Des mesures très innovantes ont été adoptées, auxquelles, jusqu'à hier encore, le gouvernement était farouchement opposé. Alors, Arthur de Lavallière, savez-vous ce qui a produit ce retournement des votes à l'Assemblée nationale et cet incroyable remaniement ministériel en direct ?*

– *Je le sais...*

– Oui ?

– *Je...* hum. *Je... le... sais. Je... le sais...* »

Arthur hésite, prend une profonde respiration, puis, sans prévenir, il commence à chanter *Ma préférence*.

« *Je le sais, sa façon d'être à moi parfois vous déplaît, autour d'elle et moi le silence se fait, mais elle est... ma préférence à moi...*

– Euh, non, Arthur de Lavallière, nous attendons votre analyse du vote, je... euh... C'est une très belle chanson de Julien Clerc, et merci de nous faire profiter de vos talents cachés, mais nous sommes en direct, revenons au sujet si vous le voulez bien... »

Arthur continue à chanter, assez faux et de plus en plus fort.

« *Oui je sais, cet air d'indifférence qui est sa défense vous fait souvent offense, mais quand elle est parmi mes amis de faïence, de faïence, je sais sa défaillance...*

– Alors, on va envoyer la météo, le temps qu'Arthur de Lavallière se ressaisisse...

– *Je le sais, on ne me croit pas fidèle à ce qu'elle est, et déjà vous parlez d'elle à l'imparfait, mais elle est... ma préférence à moi...* »

Arthur chante à la télévision. Arthur chante *Ma préférence* en direct à la télévision. Arthur chante pour moi, il fait exactement ce qu'il m'avait prévenue qu'il ne ferait jamais. Il chante pour moi, nous sommes d'accord ? Pour qui d'autre chanterait-il cette chanson en direct ? Il fait le coup de la comédie romantique. Bouche bée, je porte mes mains autour de mon visage tandis que Jade crie : « Elsa !

Elsa ! C'est ton mec ! » et Nina marmonne : « Quel ringard de droite... »

Je réalise à peine. Un immense sourire me barre le visage. Hypnotisée, je m'approche le plus près possible de l'écran, tête levée, la chair de poule, tandis que les gens du bar, interloqués par ses chants comme par nos réactions, le fixent aussi. À la télévision, le journaliste appuie sur son oreillette d'un geste rageur et hurle :

« J'essaie de la maîtriser, mon antenne, mais là, le type chante, qu'est-ce que je... quoi le CSA ? Envoyez la météo ! On envoie la météo !

– *Il faut le croire, moi seul je sais quand elle a froid, ses regards ne regardent que moi, par hasard elle aime mon incertitude, par hasard j'aime sa solitude... Lalala... lalalalalala... lalala...* »

18

Si quelqu'un passait par là, il verrait sur la plage Saint-François, assise par terre sur son blouson en jean, vêtue d'une marinière, des lunettes de soleil sur le nez, une femme. Au bord de l'eau, il verrait une adolescente semblant être sa fille et une femme plus âgée semblant être sa mère. Il les verrait jouer ensemble toutes les deux, sautillant dans les vagues, les pieds nus, leurs chaussures gisant quelques mètres plus haut, sous le muret qui sépare la grève de la ville d'Ajaccio. Il ne remarquerait peut-être pas que la femme plus âgée sourit, parce qu'il ne saurait pas combien c'est rare. Il se dirait peut-être que la femme assise, qui est à la fois la mère et la fille, semble s'ennuyer, semble en retrait, semble loin, le journal du jour posé sur les genoux.

Il se tromperait. Derrière ses lunettes de soleil, à quelques centimètres du *Figaro* du jour, elle contemple sa mère et sa fille jouer ensemble, en silence, sereine, attentive, gardienne du phare de la famille. Elle se dit simplement qu'il est agréable d'avoir quelqu'un à soi à qui penser en plongeant ses mains dans le sable chaud.

Remerciements

Merci avant tout à Manuel Carcassonne pour sa confiance et son engagement précieux. Merci à Charlotte Brossier pour son soutien, à Virginie Plantard, Léa Marty et toute l'équipe des éditions Stock pour leur professionnalisme et leur exigence bienveillante.

Pour nos débats, pour leurs encouragements et leur amour, merci à mes filles. Merci à leur père de ne pas être parti surfer en Australie. Mes sœurs pour l'inspiration permanente. Mes amies qui se reconnaîtront, héroïnes dont l'assertivité et le regard sur le monde m'inspirent chaque jour. Mes amis et premiers lecteurs pour leurs remarques passionnées. Mes conseillères et conseillers pour leur soutien quotidien et leur travail acharné.

Merci aux députés, aux ministres, aux journalistes, aux citoyens, aux entreprises qui font avancer la situation des femmes, de la planète, de l'avenir.

Merci à celles et ceux qui s'engagent pour des principes qui nous dépassent. Merci à toutes les personnes qui prouvent que l'on peut être en désaccord et pourtant se parler, se comprendre, et même parfois, soyons fous : s'aimer.

Malgré lui, merci à Julien Clerc pour ses chansons.

DE LA MÊME AUTRICE (suite)

Les lendemains avaient un goût de miel, *Charleston*, *2017*

Laïcité, point !, avec Jérémie Peltier, *L'Aube*, *2018*

Le deuxième sexe de la démocratie, *L'Aube*, *2018*

Si souvent éloignée de vous, *Stock*, *2018*

Le meilleur des astuces de Maman travaille : 250 astuces testées et approuvées pour mieux gérer votre quotidien et bannir le stress de votre vie, *Leduc.s éditions*, *2019*

Une & Indivisible, *L'Aube*, *2019*

Entre toutes les femmes : onze rencontres exceptionnelles, *Grasset*, *2020*

Les droits des femmes face aux violences, *Dalloz*, *2020*

Cet ouvrage a été composé
par Nord Compo
et achevé d'imprimer en France
par CPI BRODARD & TAUPIN (72200 La Flèche)
pour le compte des Éditions Stock
21, rue du Montparnasse, 75006 Paris
en septembre 2021

PAPIER À BASE DE FIBRES CERTIFIÉES

Stock s'engage pour l'environnement en réduisant l'empreinte carbone de ses livres. Celle de cet exemplaire est de :
900 g éq. CO_2
Rendez-vous sur www.editions-stock-durable.fr

Imprimé en France

Dépôt légal : octobre 2021
N° d'édition : 01 - N° d'impression : 3044910
75-02-7563/6